JN278549

ジョン・マーズデン

菅 靖彦 監修／二見千尋 訳

Tomorrow

Stage 2 友の死

poplar

Chris （クリス）❻

ロックにドラッグ、詩を愛する天才？ ただの変人？ 積極的にみんなと関わらず、何を考えているか分からない。

Robyn （ロビン）❺

小柄でも、しなやかで均整のとれたスタイル。神の言葉を心から信じ、信念のためには命を投げ出してしまうほどの勇敢さを持つ。

Lee （リー）❹

タイ人の父とベトナム人の母を持つ移民の子。ホラー映画にハマっている。理論派のようでいて、激情にかられると何をしでかすか分からない一面も。エリーに積極的にアプローチ。

Corrie （コリー）❼

エリーの大親友。一見おとなしそうだが意思は強い。ケビンと付き合うようになって、どんどん積極的に。stage 1で銃弾に倒れ、重傷を負う。

Kevin （ケビン）❽

コリーの彼。なんにでも軽々しく口を出してくるわりに、実行力が伴わないタイプ。重傷のコリーを病院に運ぶため、敵のいるウィラウィーに車を走らせる。

●登場人物紹介

Fi（フィ）❸

ウィラウィーの高級住宅街に住むセレブのお嬢さま。ガラスのように壊れやすいハートを持ちながら、時に、他の誰よりも芯の強い側面を見せる。

Homer（ホーマー）❷

エリーの幼なじみ。クラス一番の問題児を演じながらも、その仮面の下には思いやりのある優しい素顔を隠している。抜群の行動力を発揮する司令塔。ギリシャ系移民の子孫。

Ellie（エリー）❶

田舎町ウィラウィーに暮らす女子高校生。この物語の記録係。困難から目を背けず、立ち向かう勇気を持つ。頭でっかちでいつもあれこれ考えてしまうのが玉にキズ。リーとホーマーの間で恋心を揺らす。

©1994 by John Marsden
First Published by Pan Macmillan Publishers Australia Pty Limited
Japanese translation rights arranged
by Anderson Grinberg Literary Management, Inc.
through Owl's Agency Inc.
All rights reserved.

Tomorrow stage 2 友の死

PROLOGUE

こうして書いていることに、どれだけの意味があるのだろう。

それより、わたしは眠っていたいんだ。こんなに眠りを欲しているのに、でも、どうしても眠れない。夜、ぐっすりと寝たのはいつのことだろう。遠い昔の出来事にさえ思えてしまう。

ヘルに来てからというもの、熟睡したことなんかない。そう、こんな〈地獄〉みたいに息のつまる場所に来てからというもの、一度だって……。

だから、横になるチャンスがあれば、あれこれ試している。羊を数えるなんて、ありふれたこともその一つ。

パパやママのことを考えたりもする。それから、リーのこと。コリーやケビン、たくさんの友だちのこと。クリスについては特に、いろいろ考えることがある。

たまには眼をきつく閉じて、強制的に眠ろうとしてみる。けれど、それがうまくいかないと、今度は無理にでも起き続けることにする。そのほうがかえって眠くなるかもしれないから。

昼間、光があるうちにたくさん本を読んでいる。貴重なバッテリーを多少減らしてもいいやと思える時には、夜でも読書をする。しばらくすると、眼が疲れて瞼《まぶた》が重くなる。ウトウトしながら、わたしは手を伸ばしてライトを消し、本を置く。

だけど、そんなわずかな動作でさえ、わたしの意識は目覚めてしまう。眠りへの階段をずっと降りて、やっとドアのところに着いたと思ったら眼の前でピシャリと閉まってしまうような感じ。

そんなわけで、わたしはまた書き始めた。暇つぶしになるかと思って。いや、本当のところ、書くことに夢中になっていたのかも。

わたしは、頭や心の中からガラクタをかき集めては、それを紙に書きなぐる。書いたからといって、頭や心が空っぽになりはしない。次から次へと書くべきことがたくさん浮かんでくる。書きつくしたと思っても、わたしの中にまた別の部屋が現れてくるような感じがする。別のガラクタがつめ込まれる新たな部屋が。

こんなことを続けていて眠れるわけがない。でも、テントの中に寝そべって、ただ眠りを待つよりもずっとマシだったのだ。

これまでは、わたしが書くことにみんなが敏感に反応してくれた。それは、この記録がわたしたちの歴史そのものになるはずだったから。わたしたちが経験したすべてを書き残しておくことが、みんなの喜びにつながっていたから。

それが今では、わたしが書いても書かなくてもどうでもいいみたいだ。たぶん、わたしが最後に書いた文章が気に入らなかったんだろう。わたしは正直でありたいとみんなにも宣言していたし、実際、ありのままに書いてきた。それでいいんじゃないって、仲間は口では言ってくれた。けれど手にとって読んでみて、快く思わなかったようだ。クリスなんか、特にそうだった。

今夜の闇は、とても深い。茂みを通じて忍び寄った秋が、木々の葉をあちこちに落としている。ブラックベリーは色づき、風は頬に冷たく刺してくる。

寒くてたまらない。身体が凍えて書くのも難しくなる。わたしはせむしみたいに寝袋に潜り込む。そして、夜風になるべく肌を触れさせないように、ライトと紙、それにわたしのペンの位置を調整している。

「『わたしの』ペン」なんて変なの。無意識にそう書いたけど、「ライト」も「紙」もそうしてないのに、「ペン」にだけ「わたしの」とつけ加えている。

そうなんだ。書くことは、わたしにとって何か特別なことを意味している。「『わたしの』ペン」は、心から紙につながるパイプのような存在。わたしが今持っているもので、一番大切なものと言ってもいいくらいだ。

そういえば、最後に書いたのはいつだっただろう。そうだ、あの晩、ケビンが黒のメルセデスに乗って走り去った後だった。あの時、車の後部座席には、撃たれて意識を失ったコリーがいた。二人を見送った後、わたしの中にいくつかの願いが生まれた。そのことを、わたしは今でも憶えている。

二人が病院に無事にたどり着き、コリーの治療がうまく行われること、これが一つ目。それから、見本市会場に監禁されたパパやママがどうか無事であってほしいということ、これが二つ目。そして最後が、この国のみんなが無事でいてほしいということ。もちろん、わたし自身も含めて、だけど。

CHAPTER 01

ホーマーがみんなを呼び集めたのは、ケビンとコリーの二人がいなくなって二、三週間が過ぎた頃だった。

みんなは仲間の不在でまだ神経質になっていた。だからまともな話し合いをするのに、いいタイミングではなかったかもしれない。気持ちが落ち込んで、具体的なことを話したり計画を立てたりする気力はわたしたちの間には正直なかった。それでも、何もせずにじっとしていることを、そろそろ終わりにしなければ、という思いもあった。

わたしは今度も、ホーマーのことを見くびっていたみたい。彼はこの数週間というもの、本当にたくさんのことを考えていた。話し合いをリードする彼の態度を見れば、それは明らかだった。その日、小川のところで彼の言葉に触れて、彼がわたしたちのようなスランプ状態にはなかったことがはっきりしたのだ。

ホーマーは巨大な岩にもたれ、両手をジーンズのポケットに突っ込んだまま立っていた。そして真剣な表情でみんなを見まわしながら、その茶色の瞳で一人一人の表情を読み取ろうとしていた。まるで、わたしたちを品定めでもしているかのように。

最初に彼の目にとまったのは、リーだった。リーは、二、三メートル離れた小川の縁に座って、水の流れを目で追っていた。木の枝を手に取ってはゆっくりした動作で細かく折り、木々のかけらを小川に投げ込み流れに漂わせている。

小さなかけらが泡立つ水の流れに飲み込まれ、岩の間に消えていく。リーはその動作を繰り返したまま、一度も顔を上げようとはしなかった。たとえ上げたとしても、彼の瞳には哀しみしか浮かんでいなかっただろう。これは、わたしにはほとんど耐え難いことだった。なんとかしてやりたかったが、どうすればいいのか分からないのだ。

リーの向かい側には、クリスがいた。膝の上にノートを置き、何かをたえず書きつけている。彼はわたしたちなんかよりも、そのノートと語り合っていたかったのだろう。もちろん、大声でノートに話しかけたりはしなかったけれど、眠る時も食べる時も、いつだってノートと一緒だった。きっと、わたしのようなおせっかいにその大事なものを触れられたくなかったに違いない。

クリスはずっと詩を書き続けていたんだと思う。たまにわたしに彼の宝物を見せてくれたこともあったけれど、わたしが彼について書いたことで、かなり気分を害したようだ。それ以来、彼はわたしにほとんど話しかけてこないようになった。そんなにひどいことを書いたつもりはないのに。

わたしは彼の詩が好きだった。意味不明なことも多かったけれど、言葉の響きがいい感じだったから。

トラックが冷たい闇にうなりを上げている
それは絶望への旅路
陽の光もなく、雲もない
導きの標《しるべ》など何処《どこ》にもない
群集は頭《こうべ》を垂れて歩を進める
彼らには分かち合う愛すらない

これが、わたしの覚えている詩の断片だった。

わたしの隣には、わたしが知る限り最も強い女性・ロビンが座っていた。恐ろしい出来事が続けば続くほど、彼女はむしろ腹が据わっていくようだった。彼女だってみんなのように、コリーやケビンを襲った出来事にくじけそうになっていた。でも、日がたつにつれ、以前にもまして冷静さを増しているようにわたしは感じた。

彼女の顔から笑顔が絶えたことはなく、このわたしにもたくさん笑いかけてくれた。そのおかげで、わたしは救われた気がした。みんな、どこかよそよそしかったから。

ロビンはとても勇敢だった。銃弾の嵐の中を九〇キロのスピードでブルドーザーを走らせながら、絶体絶命のピンチに追い込まれて狂いそうになるわたしの心を支えてくれたのは彼女だった。わたし一人だったら、敵の兵士たちから逃げ切れず、あっという間に蜂の巣になっていたかもしれない。いつだって、わたしはロビンからたくさんの勇気をもらってきたんだ。彼女の心がカラカラに乾いてしまわないように、わたしは一心に祈った。

ホーマーの向かい側には、フィが座っていた。スレンダーな足に、完璧な足首。彼女はそのバレリーナのような足を水の中に遊ばせていた。

彼女の振る舞いは、いつもとまったく変わらない。今にも「お茶はいかが」と老婦人にカップを手渡しそうな感じがしたし、ファッションカタログの表紙を飾っているような優雅な雰囲気も漂っていた。男の子たちを夢中にさせ、女の子たちを嫉妬させたフィ。父親のような年齢の男性を二〇歳以上も若返らせて赤面させたり笑わせたり、おしゃべりさせたりするフィ。そう、キュートでかわいくて、脆くて壊れやすい。それがフィだった。

そんな彼女が、敵のパトロールが待ち構えていないかを調べるために闇夜を独りで歩き、導火線に火をつけて橋を吹き飛ばし、バイクで田舎道を爆走したんだ。わたしは、フィのことをひどく誤解していたのではないだろうか。

今でも、彼女のことを理解できているとは思えなかった。わたしたちが橋を爆破した後、彼女は「わたしたち、スゴイことやったわね、信じられない。ねえ、もっとやっちゃおう」とクスクス笑いながら言ったのだ。そうかと思えば、コリーを連れてケビンが去った後、彼女は一週間もの間、ずっと泣き続けていた。

じつは、わたしが書いたものに一番傷ついたのはフィだった。クリスの場合は怒りだったけど、フィの場合、それは痛みとなっていた。

フィは言った。彼女とホーマーの関係をいやらしいもの、あるいは子どもじみたもののように扱ったことで、彼女のプライドは踏みにじられたと。そして何より、わたしがホーマーに対する感情を隠していたことは、彼女に対する欺きだったと。

わたしが原因で二人の関係が悪化したことは分かっている。二人は見るからにギクシャクし、何をするにも周囲を気にするようになった。文章を書いた後の二人がどうなるのか、わたしはきちんと考えるべきだったのだ。バカなことをしてしまった。

ホーマーにしても、面と向かっては何も言わなかったけれど、かなり動揺していたようだ。そのせいで、わたしたちの関係も微妙におかしくなっていた。これまでは気軽に話せていたのに、今のホーマーはわたしのことをひどく警戒するようになっていたから。たまに二人きりになることがあっても、彼は言い訳をひねり出してはどこか他の場所へと行ってしまった。わたしはかなり落ち込んだ。フィとの関係以上に、それを哀しく感じていたかもしれない。

すさまじいんだ、言葉の力って。

けれど、状況は少しずつ好転していった。こんな小さなグループなんだから、いつまでも仲たがいしているわけにはいかない。そもそもこんなややこしいことになった原因の半分は、疲労と極度の緊張のせいだった。かすかな物音にすら、みんな過剰に反応していた。

わたしはただ、すべてが元通りになってほしかった。

唯一の救い、それはリーとロビンがわたしの書いたものにそれほど影響を受けていなかったことだ。彼らはこれまでと変わりなくわたしに接してくれた。

リーとの間に問題がなかったわけじゃない。彼は自分の殻に引きこもりがちになっていた。そうなってしまうと、彼の心を引き戻すのはかなり難しい。

ともかく、いろんな問題を引きずりながら、わたしたちは話し合いを始めた。エンジンはなかなかスムーズに動き出さない。熱心なのはホーマーだけで、彼だってやっぱりナーバスになっていた。しばらくして、彼は息苦しそうに咳き込んだ。わたしたちはそんな彼を気づかうこともなく、彼の話を聞き流していた。

「なあ、そろそろ頭のギアを入れ直さないか。俺たちは、ここでぶらついてることも、何かが起こるのを待ってることだってできる。外に出ていって、何かをしでかすことだってできる。小川の流れにもみくちゃにされることもあれば、流れそのものを変えちまうことだってできるんだ。

待てば待つほどヤバイ状況になるだろうし、危険にもなるだろう。何もかも、すごく面倒だって気持ちも分かる。俺たちは、手に負えない状況に追い込まれちまったのかもしれないから。だけどな、忘れてほしくないんだ。そんなにブザマなことはしてないってこと。俺たちは、何人か知らないけど敵をやっつけて、撃たれたリーを町から救出した。それに、あの目障りな橋を木っ端微塵に吹き飛ばした。素人の集団にしちゃあ、なかなかの成果じゃないか」

ホーマーは続けた。

「お前たちがどう思ってるのか、正直分かんないよ。俺だって、ここでヘコんでしばらく途方に暮れてた。でもそれじゃ何も変わっていかないだろ。コリーとケビンがいなくなっちまったのはショックだよ。でもな、少なくとも俺たち六人はここに無事でいる。そのことは、誇りに思ってもいいんじゃないか。橋を吹き飛ばして浮かれてたら、コリーがあんな目に遭った。天国から地獄に突き落とされた気分だ。そのせいで、俺たち不安で不安でたまらなくて、動けなくなってんのも当然だ。

でも、誰が予想できたっていうんだ。何から何まで危険を避けて通ることなんかできやしない。いつ、どこで、やつらが襲ってくるか。一日二四時間、ずっと警戒してたって、殺られる時は殺られんだよ。ともかくだ」ホーマーは、頭を振った。彼は疲れて、どこか哀しそうでもあった。

「ともかく、そんなことどうでもいいんだ。俺が言いたいのは、これからのことなんだ。もちろん、過去のことを忘れちまうってことじゃない。俺、これまでもがき苦しんでやっと答えらしいものにたどり着いたよ。それは勇気を振り絞るってこと、ガッツを忘れるなってことだ。それこそが、俺がずっと考えてきたことなんだ」

ホーマーはしゃがんで、乾いたボロボロの小枝を拾うと、それを口の端にくわえた。彼は地面を見つめ、気持ちを抑え切れないみたいに話を続けた。前よりも早口で、それでも気持ちがたっぷりと込められていた。

「何を今さらって感じだろ。けど俺、最近やっと分かってきたんだ。この勇気を出すってことがどういうことかって。すべてはお前たちの頭の中にある。生まれつき持ってるもんでもないし、学校で教わるもんでもない。つまり、気持ちの問題なんだ。それがやっと分かってきたんだよ。

危険なことが起こったら、心は恐怖で狂いそうになる。茂みの中を走ってて、もしかしたら、マシンガンを持った敵の兵士にバッタリと出くわすかもしれない。そんな風に想像すると、いざって時に身動き一つできなくなっちまう。けど、その瞬間にしなくちゃいけないことは、恐怖でガチガチになった気持ちにフタをして、自分の気持ちをコントロールすることなんだ。気持ちの問題ってのは、そういうこと。勇敢であるってのは、お前ら自身が選択することなんだからな。恐怖やパニックを抑え込んで、勇敢に振る舞ってやる——自分にそう言い聞かせるしかないんだよ」

青い顔をして、熱心にわたしたちを説得しようとしていたホーマーは、地面を見つめながら、そしてたまに空を見上げながら、熱く語り続けた。

「俺たちは何週間も車輪を空回りさせてきた。うんざりするくらい動揺し、怯えてきたはずだ。そろそろ頭のスイッチを切り替えて、勇敢に振る舞うべき時が来てるんじゃないか。そうやって頭を上げて、胸を張って歩き始めるしか方法はない。銃弾だの血だの、そんなのを考えるのはもう止めないか。なるようにしかならないさ。

眼の前には、仕事が山積みだ。そろそろ秋になる。日は短くなってきたし、夜は地獄みたく冷え込んできた。さっさと食糧調達のルートを作り上げて、冬に備えなくちゃいけない。春になったらなったで、もっとたくさんの野菜を植えよう。家畜だってもっと必要だし、放牧地もないわけだから、それに見合うものを作るべきだ。着るものは充分に手に入れたけど、燃料だけは絶やさないようにしないと。どんなに手に入れるのが難しくても」

ホーマーは、ここで深呼吸をした。

「ただ、こんなのは、生き残るための最低限の条件でしかない。本当に生き延びようっていうのなら、ここにじっと隠れてるだけじゃなくて、勇気を振り絞って外で動きまわるべきなんだ。

やるべきことは二つある。一つは、ヘルの外で活動してる仲間を見つけ出すこと。俺たちみたいにグループを作ってる連中がいるはずだ。実際、ラジオのニュースでは、敵に抵抗してるゲリラ組織のことを流してる。連中と手を組んで一緒に活動すべきだと思う。俺たち、これまで何も知らないまま手探りで作戦を決行してきたわけだろ。それじゃ危なっかしくて仕方ない」

ホーマーはいったんそこで言葉を区切った。

「けど、連中を探す前に、俺たちには決めるべきことがある。ケビンとコリーの二人を捜し出すかどうかだ」

もしその瞬間、誰かがわたしたちの様子を見ていたら、それはまるで屋外のバレエ教室のように映っただろう。わたしたちはみんな、ゆっくりと頭を上げて、ホーマーのほうへと顔を向けた。

リーは木の枝を投げ捨て、クリスはノートとペンを置き、背伸びをした。わたしは立ち上がって、もっと高い岩のほうへと向かった。

ケビンとコリーを捜し出すかどうかだって？　決まってるじゃない。そう考えたとたん、わたしたちの心は希望と興奮と大胆さで一気に満たされた。これまでわたしたちは、そんなこと考えもしなかった。だって、最初から無理だって決めつけてたから。でも、ホーマーが言い出してくれたおかげで、「できるんじゃないか」という思いが現実味を帯びてきた。それどころか、「やらなければいけない」唯一のことだとさえ思えてきた。ホーマーの一言によって、それはリアルな世界のことになった。

言葉の力って、すごいじゃない。

ホーマーの言葉で、わたしたちは元気を取り戻した。エンジンが再びうなりを上げ始めた。言葉が次々に溢れ出してくる。誰一人、そうすべきだということを疑わなかった。話し合いの中心は、どのように実行するかということで、すべきかどうかではなかった。

食糧や家畜や燃料のことは頭の中からすっかり消え去っていた。わたしたちの思考のすべては、コリーとケビンのことだけに注がれたのだった。

分かったんだ。現実に、二人のために何かできるかもしれないってことが。これまでそんな考えが浮かばなかったこと自体、愚かなことに感じられた。

CHAPTER 02

ウィラウィーの町が侵略されてから、もう二、三ヵ月が過ぎただろうか。眼の前には、見知らぬ風景が広がっていた。

秋だというのに農作物が収穫されないだけじゃない。あちこちに散らばる家には、人の気配がなかった。放牧地には家畜の死骸が放置されていた。腐った果物が木に垂れ下がり、あるいは地面に落ちて潰れたりしていた。ブラックモアさんの農家は壊滅的な状況だった。自然発火の火事か、兵士たちによって焼かれたに違いない。

そこらじゅう、たくさんのウサギが飛び跳ねていたし、キツネも三匹うろついていた。これまでだったら、昼間にそんな光景を眼にすることなどあり得なかったのに。

それに、土地の空気というのだろうか、周囲の雰囲気もどことなく違っていた。すっかり荒れ果てて、開拓以前の時代に戻ったような印象さえ受けた。

そんな中を歩きながら、感傷に振りまわされることはなかった。わたし自身、ウサギやキツネほど、その風景の中で意義ある存在のように感じられなかったから。雑草が農場を奪い返した今となっては、わたしは草むらに生きるまったく別の生き物となっていた。草の根元を這いまわるネズミみたい。不思議なことに、わたしにはそれが嫌じゃなかった。むしろ、ずっと自然な気がしたのだ。

用心のためになるべく道路から離れて、立ち並ぶ木々に身を隠しながら、わたしたちは放牧地をゆっくりと横切っていた。立ち並ぶ木々に身を隠すようにして、時間をかけて歩いた。口にこそ出さなかったけれど、みんなの間には新たなムードがみなぎっていた。血液中を新たなエネルギーが駆けめぐっているかのような。

わたしたちは廃墟と化したコリーの家へと向かっていた。ようやくたどり着くと休憩を取り、午後のお茶をと小さな果樹園をあさった。たくさんのリンゴがキツネやオウムの餌になっていたけれど、わたしたちの空腹を満たす分は残っていた。おなかいっぱいになったわたしたちはすぐに動き出そうとはせず、一時間ぐらいその場で過ごすことにした。みんなは木々の背後に移動して、身を潜めていた。

周囲が充分に暗くなるまで、わたしたちはマッケンジー家の周囲をぶらついていた。この場所を安全だと判断したのは、瓦礫の山と化したその家には、兵士たちが狙いそうなものはもはやほとんど残っていなかったからだ。残骸を前に心が落ち込んだけれど、これから起こることをあれこれ想像して自分が少しナーバスになりすぎていると感じた。

心の奥のほうでは、コリーやケビンを救出するという輝かしい未来が、遥か彼方に遠のいていく瞬間があった。救出以前に、まず自分自身が生き残れるか、そのほうがずっと切実な問題になっていたのだ。わたしの身体はあっという間にコリーの家みたいになってしまうかもしれない。風景の中にバラバラに撒き散らされることになるかもしれない。

コリーはもう死んでいるかもしれない……、そんな最低最悪の考えが頭をもたげるたびに、わたしはそれを必死にかき消そうとした。もしコリーが死んだら、そのことを直視できるとは思えなかった。コリーの死を確かめることは、わたしの最期を意味するような気がし、怖くて仕方なかった。もし、親友のコリーが戦争の犠牲となり、侵略した兵士の銃弾によって殺されたとしたら、これ以上生きていられない。わたしはそう確信していた。わたしだけじゃない。本当は誰も生き残ることなどできないはず。ああ、もう！　何もかもが異常だよ。

町へ行って、ケビンとコリーを捜し出そう。ホーマーが提案した時から、わたしたちは二人のどちらかが、あるいはもしかしたら両方とも殺された可能性があることを考えないようにしていた。二人を探すことが、わたしたちに再び生きる意味を与えたからだ。だからこそ、「もしかしたら……」なんて不吉な思いを、わたしたちはかなぐり捨てたのだった。

夜の一一時になって、わたしたちはウィラウィーへと向かって出発した。二人一組になって道路脇の草むらを、お互い五〇メートルほどの間隔を保ちながら歩いた。

マッケンジー家を出発してすぐのことだ。リーがわたしの手を、彼の温かい掌《てのひら》で包み込んできた。わたしは驚いた。この数週間で、彼がわたしに対して行動を起こしたのはそれが初めてのことだったから。リーがまた、わたしに関心を示してくれた。そのことが、ただうれしくてたまらない。でも、何かを言おうとすると、その浮き立つ気持ちがリーに伝わってしまいそうで、わたしは複雑な心境になっていた。

わたしはリーの手を強く握りしめながら話しかけた。

「せめてマッケンジーさんのとこまで、バイクを使えばよかったわね」

「ウーン、そうかもしれないね。ただ、状況がどれくらい変わってるのか分からなかったから。安全策をとったほうが無難ってものさ」

「あの時のこと……、まだ引きずってる?」

「当然だろう！　この足の傷はリンゴをぶつけられてできたわけじゃないんだよ」

「知ってる？　あなたがそんな冗談言ったの、この数週間で初めてよ」わたしは笑いながら言った。

「そんなことないんじゃないかな。君は数えてたってわけ？」

「数えてなんかいない。でも、あなた、とても哀しそうにしてたから……」

「哀しそう？　そうだったかもしれないね。今だってそうさ。僕たち、みんなそうじゃないのかな」

「そうね。でも、あなたの場合はとても深刻そうだったの。なんだか手の届かないところにいるみたいに感じたわ」

「ごめん」

「謝るようなことじゃない。あなたの気持ちの問題だから。どうしようもないことでしょ」

「分かったよ。それじゃあ、謝らない」

「ねえ、冗談はいいかげんにしない。こんな調子じゃ、ウィラウィー・ナイトクラブでコントでもやり出しかねないわね」

「ウィラウィー・ナイトクラブ？　なんのことかな。言いたいことがさっぱりだ。確かに、僕の家のレストランはナイトクラブの近くにあるけどさ」

「ウィラウィーには遊ぶ場所がどこにもないって、学校でみんなが愚痴ってたの憶えてない？

わたしたちが楽しめそうなクラブなんて、ホントなかったわ。『タイム9』っていうクラブがあったけど、それだけで、わたしたち、他に行きようがなかったもの。でもまあ、あそこはイイ感じだったけどね」

「そうだね。僕は君と踊れたわけだし」

「わたしたちが？　嘘でしょ。ぜんぜん憶えてないわ」

「僕は憶えてる」

　間違いないというように、彼がきつくわたしの手を握ってきた。わたしは胸が高鳴るのを感じた。でも、暗闇の中では彼の表情を確かめようもない。

「その時のこと、はっきり憶えてる？」

「君はコリーと一緒に、クラブ対抗選手権の旗の下に座ってたんだ。左手にグラスを持ちながら、右手で顔の辺りを扇いでた。真っ赤な顔をして笑ってたよ。店の中もかなり暑かったし、それにスティーブと踊った後だったからよけいにそうだったんだろう。僕は店に着いてからずっと、君をダンスに誘いたいと思ってたのさ。じゃなければ、僕があんな場所に行く理由はなかったからね。僕にはそうするだけの勇気がなかった。なのに、突然、僕は君のほうへと歩き始めてた。どうしてそんなことしてるのか分からないままさ。ロボットにでもなった気分だった。僕が声をかけると、君は僕をちらりと見たんだ。返事を待つ間、僕は自分がマヌケに思えて仕方なかったし、君がどんな風にそつなく断るんだろうって考えてた。

そしたら、君はグラスをコリーに預けて何も言わずに立ち上がったんだ。で、僕たちはダンスを踊ったんだよ。長くてスローな曲だったらよかったのに、流れてたのは『愛の苦悩』だった。お世辞にもロマンチックとは言い難かったね。おまけに、盛り上がる前にコリーが君をトイレに引っぱっていってしまって。あっけない幕切れってわけ」

わたしの掌は汗ばんで湿っていた。けれど、それはリーだって同じ。どちらの手が湿ってたかなんて見分けるのは難しかった。わたしは自分の耳が信じられなかった。リーはわたしのことを長い間、本当にそんな風に感じていたんだろうか？　だったら驚きだ。

「リー、あなた、そんな風に……。もっと前に話してくれたらよかったのに」

「そうなんだけどね、どうしてかな」

彼は口ごもってしまった。何か言葉を吐こうとすると、すぐにそれを飲み込んでしまう。

「そんな風に思ってたなんて。あなたがわたしのこと好きだなんて、ぜんぜん知らなかったんだもの」

「エリー、僕は好きだよ。ただ君だけを好きなわけじゃない。両親なんか特にそうさ。このところ親が無事なのか考えるのに疲れてしまって、他のことまで考える余裕もないんだ」

「そうね。本当にその通り。でも、家族が救出されるまで、わたしたちは足踏みしてるわけにはいかないのよ。わたしたちは生き続けなくてはいけないの。それは考えること、感じることと、そして前進することなの。言いたいこと分かる？」

「分かってるさ。ただ、時々、そうするのが難しくなるだけだよ」

やがて、わたしたちはウィラウウィー郊外にある教会を通りすぎた。先頭を歩いていたホーマーとロビンが立ち止まり、わたしたち四人は少し遅れているフィとクリスを待つことになった。これから先、お互いの気持ちを伝え合うチャンスはなくなるだろう。わたしは、リーの気持ちの強さと深さに驚いたけれど、ひとまずそれを封印しなければならなかった。まさに今、警戒を強め、集中すべき時だった。ここは戦地で、わたしたちはその中心地に突入しようとしているのだ。

小さなウィラウウィーの町には、一〇〇人、いや、それ以上の兵士がいるに違いなかった。きっとその全員が、仲間の仇を討とうとわたしたちを待ち構えているはずだった。

わたしたち六人は三組に分かれ、さらに、それぞれのペアは通りを挟んで二手に分かれた。わたしは右側を、そしてリーは左側を進んだ。わたしたち二人は、ホーマーとロビンの暗い影が進むのを六〇秒待ってから、後に続いた。

ワリグル通りに沿って進んだ後、あらかじめ決めていたように、わたしたちはハニー通りに入り、歩道をそろりそろりと歩き続けた。辺り一帯に明かりはなく、近くにいるはずのリーの姿を時折見失うこともあった。ましてや他の四人の姿はまったく見えなかった。皆が同じスピードで進んでいることを願うしかなかった。

電柱にぶつかって大破した車がある以外、ハニー通りは少なくとも落ち着いていた。そう思った瞬間、わたしは濃い青色の車にあやうくぶつかりそうになった。

例によって、ここでわたしの妄想が始まった。駐車している車とぶつかったら、そのことを警官になんて言い訳すればいいんだろう……。目の前の危機的な状況に、わたしはまだ集中できずにいたのだ。

「ええ、お巡りさん、ハニー通りを東に四キロぐらい行ったところかしら、突然車がわたしの眼の前に現れたの。急ブレーキを踏んでハンドルを右に切ったけど、間に合わなかったみたい。次の瞬間にはぶつかってて、右手の下のほうには車が見えてたわ」

わたしはどこを歩いていても、どんな時だって、あれこれ妄想する癖があった。なかでもお気に入りだったのは、家にあった電化製品の数（恥ずかしながら六四個くらいあったかな）、それに私が殺したせいで生まれなかった蚊の数（もし全部のメスが一〇〇〇個の卵を産んだら、半年で六〇〇億の蚊が産まれただろうな）なんかに想いをめぐらせることだった。このわたしを殺したがっている兵士がうようよしている町中を歩いていると、そうした妄想を中断しなくてはならなかった。

一〇分くらいは集中していられたけど、次の瞬間には気持ちがそれて、わたしの心は妄想にハマっていくのだった。それは地理の授業を受けている最中だろうが、このような戦争下にいようが変わらなかった。もしかしたら、自分が死ぬかもしれないという妄想にハマるのを、無意識に避けようとしていたのかもしれなかった。

それから、わたしたちはハニー通りを離れ、名前もない小さな公園を横切ると、バラブール・アベニューへと入っていった。ロビンが音楽を習っていた先生の家の前で予定通り合流すると、ペパーコーンの木の下に移動して、手短に会話を交わした。

「静かだな」ホーマーが言った。

「静かすぎるね」リーがそう言いながら、少しだけ笑った。戦争映画のワンシーンでも思い出してるのかもしれない。

「兵士たち、みんな引き払ったんじゃないの」ロビンが言った。

「残り、一区画と半分ってとこだな。計画通り、先へ進むぞ。お前ら、大丈夫か?」ホーマーがみんなに呼びかけた。

「気が変になるくらい愉快なんだけど」クリスがニヤつきながら答えた。

こうして、ロビンとホーマーが木々の間に足音を忍ばせて消えていった。その後しばらくして、砂利の上を歩く二人の足音がかすかに聞こえてきた。彼らは、庭から歩道へと飛び降りたのだ。

「先に行ってもいいかしら?」フィがささやくように聞いてきた。

「いいけど。でも、どうして?」

「わたし、待ってると不安でしょうがないんだもの」フィは、幽霊みたいに暗闇に青白く浮かんでいた。

手を伸ばして彼女の冷たい頬に触れると、彼女は静かに泣き出した。彼女がどんな恐怖に襲われていたかなんて、わたしに分かるはずもない。ヘルに閉じこもっていた時間という時間すべてが、彼女の心を蝕んでいたのだった。でも、こうして町に飛び出したからにはタフになるしかなかった。病院を隅々まで調べ上げるつもりなら、フィの持つ情報は大いに役立つはずだった。

「フィ、勇気を出すのよ、いい?」わたしはこう言うしかなかった。

「うん、そうよね」

フィは振り返り、クリスの後に続いた。その時、リーがまたわたしの手を握った。

「フィと早く仲直りしたいな。昔みたいな、いい友だちに戻りたい」わたしの囁きに彼は答えず、ただわたしの手を強く握った。

わたしたちは再び左右に分かれて、バラブール・アベニューへと戻った。少なくとも今のところは、わたしの集中が途切れることはなかった。

普通に考えれば、病院周辺は町のどこよりも比較的安全なはずだった。病院が標的になる可能性は低いし、そんなに厳重な警備がされることはないだろう。この点については、わたしたちの意見は一致していた。それでも今回は、その病院こそがこちらの標的だったから、わたしはむしろ警戒心を強め、神経を尖らせていたのだった。

ウィラウィー病院は、バラブール・アベニューの西側、丘の上に建っていた。一階建てだけれど、何年にもわたって増築を重ねていて、いろんな棟があちこちでその翼を伸ばしていた。その結果、建物全体は、アルファベットの「H」に「T」をくっつけたような形をしていた。わたしたちは、すでに見事な病院の見取り図を入手していた。これまでの経験から知り得た情報を、みんなで寄せ集めて作り上げたものだった。

リーは弟たちが生まれるたびに病院を訪れていたし、ロビンはクロスカントリーで足首を折った時に、何日か入院したことがあった。フィのおじいさんは死ぬ前の数ヵ月を病院で過ごしていた。わたしは肩のレントゲンを撮ったり、薬局でパパの代わりに薬を受け取ったり、友だちの見舞いに行ったりしていた。そう、わたしたちみんなが病院の内部に精通していたのだ。

問題は、侵略された後にどれだけ状況が変わったのか、わたしたちがまったく知らないことだった。偵察中に捕虜から仕入れた情報によれば、侵略時に入院していた患者たちは、引き続き病院にいることを許されているらしかった。だけど、その人たちが快適な個室できちんとした治療を受けているかどうかは疑問だった。駐車場みたいなところにつめ込まれている可能性のほうがずっと高いように思えた。

侵略前の玄関ロビーは「H」の横棒に当たる部分にあり、右サイドには外来病棟やレントゲン科なんかがあった。左サイドはすべて病棟だった。「T」の横棒部分には事務室があり、その背後に長い列をなして老人病棟が並んでいた。

つまり、わが町の病院は老人ホームも兼ねていたのだ。そう、ウィラウィーでは移植手術のような先端医療はもちろん、満足な外科手術すら受けられなかった。

午前一時三五分、わたしたちは到着した。

これまで潜入した時と同じく、ウィラウィーの中でも病院周辺だけは明かりが灯っていた。街灯こそないものの、駐車場では巨大な安全灯が強い光を放っている。病院内部にも、明かりがついていた。けれど、それも廊下やロビーのところだけで、すべての病室の電灯がついていたわけではなかった。

一時四五分。打ち合わせ通りに、ホーマーとロビンが最初に動き始めた。

駐車場沿いに並ぶ木々の間から、リーとわたしは二つの暗い影が外来病棟の端へと動くのを見守った。ロビンが先頭、ホーマーはその後を進みながら周囲の様子を探っている。

外来病棟の外れ、ほとんど人目につかない場所にドアがあった。わたしはそのドアに鍵がかかっていないことを祈った。けれど、ロビンはドアの前にしばらく立っていたかと思うと、さっと身を翻して、建物側面に並ぶ窓を調べ始めた。

一方、ホーマーは建物の向こう側に姿を消していた。数分後、ホーマーが再び現れると、二人は示し合わせて木立ちのほうへと急いで引き返してきた。二人の動きから、彼らの目論見がうまくいかなかったことが分かった。

五分後、今度はフィとクリスが丘の上にある小屋の背後から出てきた。彼らのターゲットはT字状の建物、つまり、事務所と老人病棟のある建物だった。二人は一〇分ほどかけてあちこちを調べていたけれど、結果は先発隊と同じだった。どの窓やドアも、バコーラ（ステンレス製の密封容器）みたいに厳重に戸締まりがされていたのだ。

クリスはこちらを振り向き、お手上げだといわんばかりに肩をすくめてみせた。彼のいる場所からはこちらの姿は見えないはずだが、それでも大よその方向がわかったのだろう。まもなく、クリスとフィの二人は周囲の安全を確認しながら退散し、わたしたちのいるほうへ戻ってきた。

そして、いよいよわたしたちの番だった。リーは恐怖と緊張から大きく見開いた眼でわたしを見つめた。わたしは微笑みを返した。怯えていることを知られたくなかったから。

わたしたち二人は事前の取り決めに従って、そのまま五分間待った。二時九分、わたしがリーの腕をポンと叩くと、彼はうなずき、それを合図に二人一緒に飛び出していった。乾いた音を立てる砂利道を抜け、あちこちに赤い花が植えられた小高い土手を登った。そうして、わたしたちは中央病棟の側面にあるドアを目指したのだった。三メートルの間隔を保ちながら、ゆっくりと歩いた。わたしは、まるでクロスカントリーの最中みたいだった。呼吸をするのもやっと、身体中に汗が噴き出していたのだ。汗は肌を湿らせ、凍りつきそうだった。それに、喉に大きな塊が詰まって、チキンの骨でも飲み込んでしまったかのようだった。

わたしたちをここへと導いた感情、つまり、コリーやケビンを捜し出したいという思いを、この時のわたしはほとんど忘れかけていた。二人が見つかるかどうかなんてどうでもいい。とにかく任務を果たして、さっさとその場を立ち去りたい。それしか考えていなかった。

とうとう、わたしは目指すドアにたどり着いた。その上の非常口を示す緑色の誘導灯が、闇の中にドアを浮かび上がらせていた。わたしはノブをゆっくりと回し、押したり引いたりしてみたけれど、結果は同じ。ドアには厳重に鍵がかけられていた。

他のみんながやったように、わたしたちは二手に分かれて窓を調べ始めた。廊下の窓にはすべて鍵がかかっていたけれど、反対側の窓はいくつか開いていた。でも、とても高い位置にあって、ハシゴでもなければ届きそうにない。

わたしはロビーの明かりに照らし出される危険を冒して、玄関のドアをチェックし、すぐさま引き返して非常口近くでリーと合流した。その場で会話をするのはあまりに危険だったため、四〇メートルほど離れたところにある小屋の背後に身を隠した。

「君はどう思う？」リーが尋ねた。

「どうだろう。開いてる窓の辺りは病棟だと思うけど。ただ、あそこから病室に潜り込めるのか、なんとも言えないわね」

「それに、少々高すぎるね」

「そうなの」

しばらく間があった。これからどう行動すべきか、わたしには考えが浮かばなかった。

「みんながここにいたらなあ。なにか打開策が浮かぶかもしれないのに」

「僕たちが引き上げる時間まで、あと一〇分しかないよ」

「うーん」

そのまま数分が過ぎた。わたしはため息をつき、立ち上がった。こんな危険な場所で、じっとしていても仕方なかった。でも、わたしが動き出そうとした瞬間、リーがわたしの腕をぐいっとつかんだ。

「静かに！　ちょっと待って。何か音がする」

わたしもその音を聞いた。ドアが開く音だ。

わたしは小屋の一方の角から、リーはその反対の角からのぞき込んだ。すると、さっき確認したばかりの非常口のドアから、軍服姿の男が一人出てきた。廊下のほの暗い明かりに背後から照らされていたから、その姿をとらえるのは簡単だった。男は辺りを見まわすこともなく、土手に沿ってひたすら歩くとポケットから何かを取り出した。手が口に移動する動きだけで、彼が何をしようとしているのか分かった。タバコだ。彼はタバコを吸いに外に出たのだった。

わたしたちのように、兵士も病院内でタバコを吸うことは許されていないらしい。これまで兵士たちを野獣や怪物とばかり思っていたけれど、彼らだってルールを持ち、規律を守る心を持っているんだ。無邪気に聞こえるかもしれない。でも、わたしが彼らに共感できたのは初めてのことだった。何か奇妙な感じだ。

じれったかった。暗闇にしゃがみ込み、開いたドアを見つめているだけの状態が癪《しゃく》で仕方なかった。廊下からこぼれる黄色い光を見ている自分は、まるで金の山を眼の前にして指をくわえているだけの存在だった。わたしは必死になって、あそこに潜り込む方法はないかと頭をひねった。

その時、小屋の左側、遥か彼方にある木々の間から、泣き声にもうめき声にも似た絶叫が響き渡った。まるでバニヤップ（アボリジニーの伝説に登場する悪霊）の子どもが生まれようとしているかのような。

身体中に鳥肌が走った。振り返ってリーの腕をつかむと、恐怖に駆られて彼の顔を見つめた。きっとわたしの眉はつり上がって、前髪の上まで達していたに違いない。叫び声がまた響き渡った。さっきより激しく、長い叫びだった。

「ホーマーの仕業だ」リーが耳元でささやいた。

彼がそう言ったとたん、わたしはすべてを理解した。ホーマーがその奇妙な声で兵士を引きつけておいて、開けっ放しのドアからわたしたちを潜入させようとしているのだ。リーとわたしは握り合っていた手を放し、小屋の角から身を乗り出した。兵士は木立ちの中に突入する勇気はなく、逆にドアへと駆け戻った。そして、ドアの隙間からするりと滑り込み、後ろ手でドアをピシャリと閉めた。兵士が厳重に鍵をかけ、さらには二、三のスライド錠を閉める音が遠くからでもはっきり聞こえた。

「ホーマーの野郎」リーが吐き捨てた。「あいつはゲームとでも思ってんのか!」

「今夜やつらが騒ぎ出して、病院が火の海にならなきゃいいんだけど」わたしは言った。「とにかく、やつらが動き出すまで三〇分の猶予はあるよね」

「そんなヤワな連中かな。やつらはプロの兵士だって、僕、思うんだけど」

「前に聞いたことを憶えてる？　なかにはプロもいる、けど召集兵もいるんでしょ。イヤイヤ加わってる素人だっているのよ。見た感じ、さっきの兵士なんかそうじゃない？」

「ひとまず、退散ってとこだね」

それから二〇分後、わたしたち二人は音楽の先生の家でみんなと再会した。ホーマーはバツが悪そうな、どこか身構えている様子だった。だからといって深く反省したり、責任を感じているわけでもなさそうだった。彼の中には相変わらず野蛮で、クレイジーな少年が潜んでいたんだ。

「いいから、俺の話を聞けよ」

わたしの話の途中で、ホーマーが口をはさんできた。

「あの時はいい考えだって思ったんだ。もし、やつが俺たちを探そうとすれば、その隙にリーとエリーが中に侵入できるだろうってな。そうなりゃ、お前たちが今頃、俺の頬にキスしてビールでもおごってくれてたかもしれないじゃんか」

「君の両頬に飛び蹴りを食らわしてやりたいよ」リーがぶつぶつ文句を言った。「他でもない、君の頬にだよ」

「かなりヤバかったね」クリスが言った。「もし奴が銃を持ってたら、間違いなく撃たれてた。持ってなかったから、真夜中の草むらに飛び込んでいけなかったんだ。それはそれでマヌケだけど」

それ以上、つけ加えることはないようだった。わたしたちはみんな疲れて、気分も最悪の状況だった。最初の見張り番をホーマーに押しつけると、わたしたちは一階で横になった。この隠れ家は、わたしたちが知る限り最も安全な家だった。二階の窓から木の枝を伝って逃げ出せたし、通りの様子もよく見渡せた。見張りの眼をすり抜けて、簡単に近づくことのできない家だったのだ。

わたしは朝の六時から八時まで見張りを務めた後、昼食の時間までぐっすり眠った。

CHAPTER 03

午後の時間を静かに過ごしながら、わたしたちは病院に忍び込む方法を考え続けた。

その日だけは、みんな、少しは平和な気分を味わえたんじゃないだろうか。これまでの、息のつまるような状況から、久しぶりに解放された日だった。それに粗末なものではあったけれど、この家には食べ物や飲み物があったし、新鮮な空気も吸えた。とにかく、何よりも生きている実感のようなものを取り戻すことができたのだ。

わたしはチェック模様のラグにくるまって、ほとんどの時間を床の上で過ごした。みんなからはタフで冷静だと思われていたかもしれない。けれど、自分自身を支えるために、何よりも他の五人の仲間を必要としていたのはじつはこのわたしだった。

あれこれ考えても、病院に侵入する方法は思いつかなかった。闇が広がり始め、深くなり、やがて地面全体を覆い尽くした。何も思い浮かばない。だけど、その時すでにわたしたちは答えを見つけていたのかもしれない。後は、自分たちの直感にどれだけ自信を持てるか、それだけが問題だった。

わたしは、ぼんやりとホーマーの無謀な戦法について考えていた。そこに何か可能性がありそうな気がしたのだ。彼はただやり方を間違っただけ。何かがわたしの頭を駆けめぐり、まるで小さなねずみが飛び跳ねているみたいだった。鍵でもあれば、すぐにでも外に出してやりたい感じ。

「リー、ちょっといい?」わたしは言った。

その時、彼はフィと見張り番を交代してきたところだった。

「なんだい、わが美しくも、セクシーなイモムシさん」

「イモムシですって?」

「そんなものにくるまって、まるでイモムシみたいだよ」

「それは、どうも。ねえ、小屋の後ろに隠れていた時、わたしたち少しだけど話をしたでしょ。ホーマーが叫ぶのを止めた後よ。憶えてる?」

「何も知らない哀れな兵士が震え上がった時かい。憶えてるけど」

「何を話したんだっけ？　あの時話したことでわたし引っかかってることがあって、なんかモヤモヤしてるんだ」

「イモムシって、たいていはイラつくものだよね。だからこそ、イモムシだって言えるんだろうけど」

「はいはい、面白いわね。わたし真剣なのよ」

「僕たちが何を話してたか。うーん、僕たちたぶん、叫び声の主はホーマーだと話してたんだ」

「うん、それで」

「思い出せないな。兵士が駆け込んでいって、ドアを閉めるのを見守ってた。そしたら、ガチャガチャと鍵が閉まる音がしたのさ」

「そう、そこなのよ。鍵の辺り……」

「そういえば、何か言ってたような」

「だから、言ったのよ。そこが問題なの」

わたしはじれったい思いをしながら座っていた。

「それって、何か重要なことなのかな？」リーが言った。

「分からないの。わたし、たぶん鈍いんだと思う。そこに何かあるんだろうけど。ああ、イライラする。ぼんやりしたものが頭に浮かんでるんだけど、それが一体なんなのか、まるではっきりしないのよ」

わたしは立ち上がり、そこらじゅうを歩きまわった。気がつくと、わたしたちは二階の居間に来ていた。リム先生が練習部屋に使っていた部屋に違いない。黒く美しい小型グランドピアノが窓際に置かれていたから。埃まみれのピアノの天板には、指で「ヘビーメタル」と落書きしてあった。きっとホーマーの仕業だ。

わたしの眼を釘づけにしたのはリーだった。彼はピアノの蓋を開けて、鍵盤に指を走らせていた。彼の指は震えていて、表情にはこれまで見たことのない情熱と興奮が浮かんでいた。わたしはドアの近くに立ったまま、彼を見つめていた。

リーはわたしの視線に気づくと、ピアノの蓋をすばやく閉じた。彼の顔には、罪深さのようなものが浮かんでいた。

「序曲『一八一二年』（楽譜上に〈大砲〉という指定があるチャイコフスキーの序曲）でも弾こうか。兵士たちに大砲を派手にぶっ放してもらうのさ」

わたしは何も答えなかった。どうして彼は強い感情を軽い冗談へとすりかえてしまうんだろう。わたしは彼の気持ちを計りかねていた。

苛立ちを抑えきれず、わたしは部屋の中を歩きまわった。ブラインドのひもをピシャリと叩きつけ、ピアノの椅子を回転させ、ホーマーの落書きを消した。それからでこぼこに並んでいた本の背表紙を揃えると、古い時計の扉を開けたり閉めたりした。

「手短に答えるよ」リーがわたしを見つめながら言った。

「手短にはいかないわ」そう言いながら、わたしはピアノの椅子に腰かけて彼と向き合った。

「まあ、いいわ。始めて」

「分かった。あの兵士がドアを閉めて鍵をかけるまで、僕たち大したことは話してない。ホーマーのことを少しばかり罵っていただけさ。それから僕たちは、ずいぶん厳重に鍵を閉めるもんだって話をしたんだ。それと、兵士とはいっても、プロもいればアマチュアもいるはずだって話もしたね。で、眼の前の兵士は素人に違いないって……」

「待って」わたしは座ったまま、両手で頭を抱え込んだ。

それから突然何かがひらめいて、わたしはすばやく立ち上がった。

「分かったわ。みんなを集めるのよ」

その日の夜、病院の駐車場近くの木立ちに身を隠しながら、リーとわたしはホーマーの姿を追っていた。彼を見ていると、学校一の悪ガキであることがこの状況でどれだけ有利に働くのか、再認識させられた。

闇に紛れた破壊活動がどんなものなのか、ホーマーには身体で分かっていたみたいだ。経済の授業でみんなが製品差別化や価格差別について学んでいた間、ホーマーたち悪ガキどもは、教室の後ろで都市型テロリズムの訓練に没頭していたのだった。そんなこと、どこで学んできたんだろう。

ホーマーは身をかがめて再び外来病棟へと進んでいた。今回、五〇メートル後方で見張り役を務めたのはロビンだった。彼は、前回ロビンが確認したドアにたどり着き、そのままそこを素通りして、その棟の中央にある別のドアへと向かった。それは高さ一メートルほどの小さなドアだった。たどり着くにはラベンダーの茂みを抜け、手探りで進まなければならない。巨体のホーマーが悪戦苦闘している様子は、遠くからでもはっきりと見ることができた。

ドアには予想通り鍵がかかっていた。鍵を開けようと、彼はノミを使ってみた。ドアは、四枚の白く薄っぺらな縦板に二枚の横板をクギで止めたもので、かなりボロボロになっている。それでもノミでは歯が立たないようだった。ホーマーに慌てる様子はなかった。そう、彼はちゃんと次の手を用意していた。手をバッグに伸ばすと、ドライバーを取り出し、ちょうつがいを外しにかかった。

彼はさらに五分ほどかけてドアの止め具を外し、ドアごとそっと取り去った。それから後ろを振り返ることなく、開いた入り口から身をくねらせて入った(ホーマーは、なんてったって大男だから)。彼の姿はそれきり見えなくなった。けれど、わたしは彼ならきっとうまくやってのけると思っていた。今頃、巨大ミミズみたいに、冷たくて暗い床下をくねくね進んでいるんだろうと。

わたしが最初のアイデアを話した時、彼はこの計画がうまくいくことを確信したようだ。だって彼は学校でもっと突拍子もない離れ業を繰り返していたのだから。すでに、本番に向けてのリハーサルを済ませていたようなものだった。

今頃、病棟の中で、彼は床に穴を開ける場所を探しまわっているはずだ。発煙爆弾の煙が噴き出すための穴。彼が潜入した建物はかなり老朽化していたから、そうするのにピッタリだったし、糸ノコやドリルなんかの道具も揃っていた。

わたしたちは今回の作戦を、とことん慎重に練り上げていたのだ。侵入した形跡を一切残さないよう、窓を破ったり、ホーマー手製の爆弾を投げ込んだりなんていう簡単で派手な方法を選ばなかった。選択したのは、床に穴を開けるという地味なやり方だった。

作戦の中身が決まってからの行動は早かった。わたしたちは午後の時間を無駄にすることなく、バラブール・アベニューの家に忍び込んでは卓球のボールを探しまわった。ホーマーは手に入れたボールをアルミホイルで包みながら、「きっとうまくいくぜ」とわたしたちに約束してくれた。誰も疑ったりしない。ほんの六ヵ月前、すでにこれと似た作戦を学校で試し、成功していたからだ。

そろそろ自分たちが動き出す時間だ。リーとわたしはそのことで少しずつ緊張感を高めていた。身震いしながら何度も時計に眼をやり、顔を見合わせたり外来病棟の様子を探ったりしていた。

突然、けたたましい警報が鳴り響いた。ホーマーの進入した建物からだ。澄みきった夜の空気を続けざまのアナウンスが切り裂いた。それは英語で、こちらが充分に聞き取れる音量だった。病院全体から発せられているような感じ。どうやら、あらかじめ録音されたものが自動的に流れているようだ。

「指令2、指令2、指令2」

最初のアナウンスが、一五秒、いや二〇秒間隔で繰り返された。

「地域4、地域4、地域4」

数分後にこのメッセージが発せられた。それから、「レベル3、レベル3、レベル3」と続き、その時点で病院中が一斉に眼を醒ました。

あちこちの窓に明かりがついて、人々が叫ぶ声が聞こえてきた。アナウンスの第二ラウンドが始まる。同じ放送の繰り返しだったと思うけれど、もうわたしの耳には届いていなかった。リーとわたしは身をかがめて前進し、機会を待った。

外来病棟の端から、実際に煙が立ち昇るのを確認することはできなかった。それでも病棟から出てくる人たちがみんなその方向へと走っていった。兵士が二人駆けていき、その後に普通の服をきた男女が何人か続いた。看護師らしい女性、それにパジャマ姿の人も数人、後を追いかけている。誰か知り合いがいないかと思ったけれど、顔の確認ができなかった。

わたしたちは病人を巻き込むつもりはなかった。だからホーマーの発煙爆弾にしても、火を出さない仕組みにしていたのだ。職員が慌てて重症患者たちを動かそうとしなければいいのだけど、そのことが気がかりだった。

病院には火災報知システムがあるはず。わたしたちはシステムが煙を感知して、作動することに賭けていたのだ。ギャンブルというほどじゃない。かなりの確率で、そのシステムがあるのは分かってたから。

実際、職員たちはわたしたちの予想通りに反応した。彼らは警報が鳴った場所に急いだ。それから、病院中のドアを開け放ったのだ。

時間に余裕はなかった。フィとクリスがすばやくドアへ向かい、中央病棟に突入するのが見えた。

リーとわたしのターゲットは、T字型の建物にある老人病棟だった。兵士がたった一人だけ、そこから飛び出してきた。彼（彼女かも）は一応ドアを閉めたけれど、勢いが強すぎたせいで、再び跳ね返って開いた状態になった。

わたしはリーよりも先に足を踏み出した。駐車場を突っ走りながら、見つからないでくれと心から祈った。その広々とした黒い砂漠で、身を守る方法はただ一つだけ。スピードだ。わたしは頭を下げ、背後の足音がリーのものであることを願いながら全速力で走った。頬に触る冷たい夜気など気にもならない。息を切らせ、なんとか病棟のドアのところにたどり着いた。生きてることがうれしかった。

もたもたしている場合じゃない。迷うことなく、わたしはドアから頭を突っ込み、左右を確認した。廊下に人気はなく、わたしはリーがついてくることを信じながら、中に入っていった。彼はすぐ後ろにいた。あまりに近くにいたので、息づかいまでもが聞こえるくらいだった。

廊下に人はいなかったけれど、建物の中にはたくさんの人の気配があった。その根拠を聞かれても答えようがない。かすかな物音だったかもしれないし、足を引きずる音だったかもしれない。そこらじゅうに人の身体や呼吸の匂いがしていた。周囲を満たす温もりがヒーターなんかのものじゃなくて、どことなく湿っぽく感じられる。それで、長い廊下に並んだドアの背後に、人々が息を潜めていることを確信したのだ。

直感を信じて、わたしはすぐに右折することを決めた。早足で廊下を歩きながら、どのドアを開けようか迷っていた。レントゲンで透視ができればいいのに、そう思わずにはいられなかった。やがて、わたしたち二人は、ドアが開けっぱなしのキッチンを通りすぎた。空っぽで、暗かった。

隣の部屋には「B7」という表札があった。ドアと床の隙間から漏れる明かりはない。わたしは立ち止まるとリーを振り返り、まゆ毛を上げて眼の前のドアを指し示した。彼は肩をすくめてうなずいた。わたしは深く呼吸をし、背中を丸めながらノブをきつく回してドアを開けた。

真っ暗だった。電気が消されているばかりか、カーテンも閉じられている。小さな部屋に思えたけれど、人はたくさんいるようだ。重苦しい息づかいに満ちていて、ある人はゆっくりと深く、ある人は震えながら長く息をしていた。わたしはその場に立ち、話しかける危険を冒すべきか迷ったまま闇に慣れようとしていた。

すると、リーがわたしの肩を叩いた。わたしは何も言わずに、彼の後について廊下へと戻った。

「ここは、恐ろしく危険だ」リーが言った。彼はひどく汗をかいていた。

その時、廊下の奥で物音がした。音のするほうを振り返ると、駐車場につながるドアが再び開いたままになっている。もう迷っている場合じゃなかった。わたしたちは最も近いドアに向かって突進した。

そこは「B8」の部屋だった。なるべく静かにドアを開けようとしたけれど、じっくりと時間をかけるわけにもいかなかった。二人で部屋に飛び込んだ時、ほんの少しだけドアがきしんだ。リーがすばやくドアを閉めた時、背後から鋭い声が突き刺さってきた。

「誰?」

聞こえた声が英語だったことに、わたしはホッとした。それは女性の声で、しかも、二五歳から三〇歳ぐらいの若い女性のようだ。

「わたしたち、友人を探してるんです」わたしはとっさに答えた。

侵略されてからというもの、大人と会話をしたのは初めてのことだった。

「あなたたち、誰?」彼女はもう一度、同じ問いを繰り返した。

わたしは迷いながらも、結局はありのままに答えることにした。

「教えてもいいのか、わたし、分からないんです。危険な目に遭うかもしれないから」

しばらく沈黙が続いた。それから驚きに声を震わせながら、彼女は言った。

「あなた、自分は捕虜じゃないとでも言いたいの?」

「その通りです」

「嘘でしょう。みんな捕まったものだとばかり思ってたわ」

「僕たち、ここにいて大丈夫でしょうか？」リーが尋ねた。

「あなたたち、何人連れなの？」

「二人だけです」わたしは答えた。

「そう。たぶん、朝までは安全じゃないかな。さっきはキツイ言い方してごめんなさいね。でも、わたしたちがどんな状況に置かれてるのか、あなたたちは知らないでしょう。この先どうなるのか分からなくて、みんなピリピリしてるの。ほら、私の隣にお婆さんが寝てるわよね。シンプソンさんよ。誰かが明かりをつけたら、彼女のベッドの下に隠れるといいわ。それにしたって、ああ、なんてこと。信じられないわ」

わたしたちは手探りでベッドを探し、その下に潜り込んだ。シンプソン夫人はイヤな臭いを放っていたけれど我慢するしかなかった。

「ここは一体、どうなってるんですか？」わたしは尋ねた。「あなたは誰ですか？　それと、ここには他に誰がいますか？」

「私の名前は、ネル・フォードっていうの。以前は、美容室で働いてたわ」

「患者さん……、なんですか？」

「まあ、そんなところ。ここに入るのは、かなりの重症患者よ。でも明日か明後日には、ここを出ることになってる。見本市会場に戻るの」

「ここにいる患者は、全員捕虜ってことですか?」

「まあ、そういうことになるわね。連中は私たちをイワシの缶詰みたいにここに押し込んでおいて、自分たちは中央病棟で快適な暮らしを満喫してるんだから」

「看護師さんはいるんですか? お医者さんは?」

彼女は笑ったようだけれど、そこには苦々しさが漂っていた。

「看護師なら一人いるわ。フィリス・デ・スタイガーって人。彼女のこと知ってる? 医者は、兵士の治療のない時だけ、たまに診察に来るのが許されてる。三〇分でも診てもらえたらラッキー。基本的に自分の面倒は自分で見なくちゃいけないの。大変よ」

「この部屋には何人いるんですか?」

「七人ね。感染症にかかった人たちよ。ともかく、そんなことどうでもいいわ。あなたたちみたいな子どもが、ここで何してるの? 誰かを探してるとか言わなかった?」

汚いベッドの下、リーの隣で伏せたまま、わたしは小声で話していた。緊張のあまり、爪が手のひらに強く食い込んでいた。

「コリー・マッケンジーをご存じですか?」わたしは質問を続けた。「それから、ケビン・ホルムスは?」

「えっ、それじゃあなたたち、彼らの仲間っていうわけね?」彼女が聞き返した。「そうなのね。なるほど、そういうことか。これですべてがつながった。あなたたちの正体、当ててみようか。橋を吹き飛ばしたの、あなたたちでしょう」

わたしは急に冷や汗が噴き出すのを感じた。わたしたちがそんなに有名人だなんて。わたしは何も答えなかったけれど、ネルは笑っていた。

「心配しないで」彼女は言った。「私、おしゃべりじゃないから。ねえ、あなたたち、仲間がどうなっているか知りたいんでしょう」

「そうなんです。教えてください」わたしはささやいた。

「ケビンは、今は元気よ。彼は会場に戻ったわ。哀れなコリーは……」

彼女は口をつぐんだ。わたしは全身がこわばり、胸の奥が耐えられないほど重苦しくなるのを感じた。

「あんな可愛い娘が……」

「何？　なんですって？」

「ほら、彼女の傷、ひどかったでしょう。かわいそうに」

コリーは死んでるんだ。そうとしか考えられなかった。

「コリーはどこ？」

「ここにいるわ。二つ先の部屋にね。でも言ったように、彼女は重傷なのよ」

「どういう意味ですか？」

「本当にかわいそう。昏睡状態なの。言ってること分かる？　意識が戻らないの。ここに来て以来、ずっとそうよ。少しも良くなってないわ」

「コリーに会いに行けますか？」

「ええ、もちろんよ。でも、もうちょっと待ったほうがいいわね。もうすぐ見まわりが来る時間だもの。一晩に一回しか来ないけど、さっき火災報知器が鳴ったでしょう。そのせいで来るのが遅れてるのかもしれない」

「あれは僕たちの仕業なんです」リーが言った。「そうでもしないと連中の気を逸らして、侵入できなかったものですから」

「うーん、連中は言ってたわよ。あなたたちが頭のいいガキどもだって」

「コリーのこと、もう少し教えてください」わたしは頼んだ。「いえ、何もかも教えて」

ネルはため息をついた。

「ホント、気が滅入るわね。一つぐらい、いい知らせがないものかしら。でもね、いい？　連中はコリーに対してかなり冷たいわ。ケビンは救急病棟に車を乗り入れて、コリーを運び込んだの。最初は医者が診たんだけど、銃で撃たれた跡を見つけたとたん、兵士たちの目つきが変わったわ。連中は彼女を部屋に閉じ込めて、医者以外、誰にも会わせようとしなかった。それに治療らしい治療もろくにしてない。その後はここに連れてきて、ずっと私たちに彼女の面倒を見させてたの。連中はずっと、『この小悪魔、悪い小娘だ』って言い続けてた。彼女、意識を失ってて幸せだったんじゃないかな。でも、哀れな少女は寝たきりのまま。連中も最後には彼女に点滴を打ったりしたけれど、快方には向かわなかった。私たちはできる限りのことをしたのよ。彼女を独りきりにしないように、必ず誰かが付き添ってた。ええ、今夜はスレーター夫人の番のはずだわ。彼女のこと、知ってるわよね」

長い沈黙があった。兵士たちへの激しい憎しみがはっきりとした形で噴き出してきた。自分の中に残虐な悪の力がうごめくのを感じて戸惑いさえ覚えた。まるで心の中の悪魔が、わたしの内臓にどす黒い物質を吐き出しているようだった。リスクを冒して会いにきたっていうのに、コリーがそんなひどい目に遭ってるなんて……。

「僕たちの家族については、何かご存じですか？」リーが尋ねた。

ネルはかすかに喉を鳴らした。

「あなたの正体も分からないのに、答えようがないわ」彼女は言った。「さっきも同じこと言ったはずよね」

結局、わたしたちは彼女にすべてを打ち明けた。彼女が信用できる人かどうかなんて分からなかった。知りたい気持ちのほうが警戒心を上回っていたのだ。

ネルは美容師という商売柄か、みんなのことをよく知っていた。

わたしの両親は無事だった。ただ侵略された日、パパはあまりにケンカ腰だったため、お腹にライフルを突きつけられたらしい。その後も同じ理由で「何度か叩きのめされた」ようだ。わたしは以前からそのことを心配していたのだ。農家の人ってたいていは親分気質《かたぎ》なもの。娘を含めて、他の誰かに指図されるのをとても嫌うのだ。よその国から来た連中に自由を奪われ、この先何年も、もしかしたら一生指図され続けることを考えて、パパは顔を真っ赤にして怒ったに違いなかった。

リーの家族も無事だった。ただし、最初は同じようにひどい目に遭ったらしい。兵士たちにレストランから引きずり出された時、リーの両親は必死に抵抗したそうだ。もしかしてアジア系ってのも関係して、より過酷な目に遭ったのかもしれない。リーの父親は腕を折られ、母親は眼の周りにアザをつけられたけれど、二人の幼い弟たちは無事だった。もちろん精神的なショックは除いて。

仲間たちの家族もなんとか元気そうだったが、ホーマーの弟のジョージは、食事の準備で野菜を切っている時に手を怪我してしまったらしい。フィの小さな妹は、ひどい喘息の発作に見舞われたようだ。

見本市会場での生活は、想像以上に劣悪なようだった。ネルの話では、みんな狭いところに押し込められていた。下水システムは働かず、充分な食糧がいき渡らないこともしょっちゅう。馬の展示場には手入れ用のシャワーがいくつか設置されていたけれど、それを使うことは許されていなかった。そのせいで、みんな悪臭を放ち、かゆみに耐えていた。引っかき傷や切り傷がすぐに化膿し、病気が頻繁に流行した。最初の流行は水疱瘡で、最近ではおたふく風邪が流行っているらしかった。

人々はストレスがたまって、疲れ切っていた。ケンカは日常茶飯事、互いに口をきかない人たちもいた。自殺者もいたらしい。これまでに一二人の死者が出、そのほとんどは老人だったけれど、なかには病院から追い出された人や赤ちゃん、それにアンゲラ・ベイツという二〇歳の女性も含まれていた。彼女は殺されたと言われていたけれど、真相は闇の中だった。ある朝、トイレの外で彼女の身体が投げ捨てられているのが発見された。みんなもちろん兵士の仕業だと確信していた。それでも、彼らに不満をぶつけることは時間のムダであった。殺人事件は未解決のままだった。

侵略時、町中の人々が見本市会場に連行される時にも何件かのレイプが行われたらしい。今はそういう行為は聞かなくなったけれど、それでも命令に従わない者はかたっぱしから殴られたそうだ。

わたしたちが置かれていた状況は、深刻そのものだった。捕虜の労働部隊から入手したわずかな情報や、「クリーンな」侵略といったラジオのコメントに騙されて、わたしたちは楽観的になりすぎていた。そもそもこんな侵略行為にクリーンなものなどあるはずがない。わたしはベッドの下から飛び出して、手を洗いたかった。

ネルが教えてくれた話の中で、さらにショックなことが二つあった。

一つ目は、敵の兵士に協力的な人たちがたくさんいたということだ。それを聞いた時、どう理解したらいいのか、わたしには分からなかった。兵士におべっかを使って機嫌を取ったり、せっせと兵士を手助けしようと警備の仕事を自ら申し出る人たちが何人もいたらしい。なかには、夜を兵士と一緒に過ごす人までいたみたいだ。

頭がぐるぐると回り、わたしは混乱してきた。

「どうして?」リーが不可解そうにわたしに聞いてきた。「どうして、彼らはそんなことをするんだろう?」

ネルが苦々しく笑った。彼女の笑い方に、わたしたちは慣れ始めていた。

「いいこと、君たち」ネルはささやいた。「私は美容師よ。美容師ってのは、言ってみればアマチュアの心理学者なのね。人間の心理がどんなものなのか、たいていのことは知ってるつもりだった。でも見本市会場では、たとえ一〇〇万歳まで生きたとしてもきっと理解できないって出来事を見たわ。

裏切り者の何人かは、怖いからそうしてるんでしょう。なかには、食糧とかタバコ、お酒なんかが欲しくてそうしてる人たちもいるのかも。一部の人たちは権力目当てよ。私はそう判断してるの。一方で、羊みたいに好んで他人《ひと》の言いなりになる連中もいるわ。命令されるのを望んでる、誰に命令されるかなんてどうでもいいのよ。イカレてるとしか思えないし、状況はますます悪化してるわ」

またしても沈黙が続いた。その間、わたしたちは混乱した頭を整理していた。ただ、わたしの中では羊というたとえが妙に引っかかった。それで、わたしは彼女に反論した。

「ネルさん、羊っていうのは違うと思うんです。羊たちは好んで命令に従ってるんじゃありません。それに、あなたが言うみたいに愚かでもないんです。羊にだって最良の生存本能があるんだから」

「エリー、余計なことを言うんじゃないよ」リーの疲れた声が届いた。

ネルの口から、二つ目のショッキングな事実が知らされた。

彼女によれば、敵国の「植民地化」を待ち望んでいる人たちが少なくなかったらしい。つまり、この国が完全に支配され、敵が何百万人もの自国民を連れてくることを容認してるということだ。わたしの頭の中に、よそ者たちがドッと押し寄せて土地を奪い取っていくイメージが浮かんだ。わたしたちはそこで奴隷として農地を耕したり、羊のお尻の毛を刈ったり、ジャガイモを掘ったり、家の掃除をしたり……、イヤな仕事ばかり押しつけられるんだ。

「どうしてみんな、そんなことを望んでるんですか?」わたしは小声で聞いた。心が深く沈んでいくのを感じた。何一つ希望が残されていないような、そんな気持ち。

「そうね……」ネルは言葉を選んでいるようだった。けれど、彼女の口調は少し投げやりになっていた。疲れたのかもしれない。

「あの人たちはただ……、あなたも監禁されると少し分かると思うんだけど、あそこは本当に悲惨で窒息しそうになるくらいなの。それで、みんなただ解放されたいだけ、と思うの。あちこち歩きまわって、新鮮な空気が吸いたい。だから自らすすんで労働部隊に出ていくのよ。ほんの少しの変化が最良のものに思えるから」

そこへ、兵士たちが見まわりに来た。彼らはやかましい足音をたててドアを開けて部屋に入り、明かりをつけた。それからスイッチを消して、次の部屋へと向かっていった。

わたしは突然の明かりに少しめまいがして、頭に痛みを感じた。這いつくばった姿勢のまま、埃の中で息を潜め、リーとわたしは古い木の匂いを嗅いでいた。

「普段なら電気なんか点けもしないのに」兵士が去った後、ネルが言った。「あなたたちが火災報知器を作動させたことで、用心してるのかもね」

兵士たちはまだ煙の発生源を突き止めることができず、必死になって捜査をしているんだろう。見つかるわけないじゃない。だって、ホーマーは頭上を行き交う兵士たちの足音を聞きながら、床下に発煙爆弾を仕かけていたんだから。部屋に飛び込んでも、そこはすでに煙だらけ。原因なんか分かるはずもなかった。

ホーマーの一番のターゲットは、複雑な医療機械のたくさんあるレントゲン科の病棟だった。そこで煙が立ちこめたら、兵士たちはますます混乱するだろう。彼の狙いはそれだった。兵士が持ち場に引き返そうと、廊下の奥へと進んでいく足音が聞こえた。ああ、ついに祈って待ち望んでいた瞬間がやってきたのだ。それなのに、どうしてこんなにビクついているんだろう?

「今なら安全なはずよ」ネルが静かに言った。「ただ、気をつけてね」

言われなくても分かっている。わたしだって、叫び声を上げながら廊下を走っていこうなんて気はさらさらない。わたしたち二人は、ブラックベリーの茂みから這い出すヘビみたいに、ベッドの下から抜け出した。

「幸運を祈るわ」ネルが言った。

「ここを離れる前に、また来ます」

「きっとね。待ってるわ」

わたしはおそるおそるドアを開け、辺りの様子を探った。廊下は暗く、人の気配もない。病室にいたせいか、廊下はいっそう冷たく感じられた。

わたしは、できるだけすばやく廊下を進んでいった。リーがついてきているのは分かっていた。コリーがいる部屋の前に着いた時、わたしにはドアを開ける勇気がなかった。いつもなら心の奥底を掘り起こしてかき集めさえすれば、ほんのわずかでも勇気は見つかったものだ。だけど、今度ばかりは辛さのほうが勝った。わたしは弱々しくドアにもたれかかり、ただ頭を押しつけていた。情けなくて、愚かな姿だったろう。もちろん、大声を張り上げながら車椅子に乗ってドアに突進するよりはマシだったろう。でもこのままでは、永遠に目の前のドアを開けることはできなかった。

リーが背中にそっと腕をまわしてきた。わたしは振り返って彼の胸に顔を埋めた。泣きはしなかった。彼が強く抱きしめてくれて、何も言わずにわたしの気持ちを理解してくれたことがうれしかった。リーの心の奥深くに、わたしにはないと思っていた居場所があるのかもしれなかった。たぶん、そこは音楽が流れ出す場所だったのだろう。ほんの短い時間だけれど、わたしはその場所とつながることで、ささやかな力を得たのだった。血液を入れ替えるみたいだった。

「先に入ってくれないかな」わたしは彼の温かな胸から顔を離すと、そう頼んだ。

リーはわたしの願いを受け止め、ノブをまわしてドアを開けた。彼は先に部屋に入り、わたしのためにドアを開けたままにしてくれた。

わたしは暗闇の中へとそっと入り込んだ。

驚きの入り交じった声が「そこにいるのは誰?」と言った。瞬間、わたしはその声がコリーのものだと思い、ハッと息をのんだ。コリーが突然意識を取り戻し、わたしたちに話しかけてくるなんて、奇跡が起こったの?

でもほんの数秒後に、冷静になったわたしはスレーター夫人のことを思い出した。

「スレーターさん、わたしです。エリーです。リーも一緒なんです」

「エリーですって。まあ、リーも」彼女は飛び上がって、何かをひっくり返しそうになった。

わたしたちはスレーター夫人のことをよく知っていた。彼女は働き者で有名だった。数年前に夫をトラクターの事故で亡くし、それ以後は自身で農場を切り盛りしながら子どもたちを育てていた。忙しい中、彼女は時間を見つけては学校の食堂の手伝いもしていた。彼女からは昔、こんな話を聞いたことがある。

「エリー、世の中には二種類の人間がいるのよ。テレビばかり見ている人間と、目的を成し遂げる人間がね」

スレーター夫人はわたしに歩み寄ると、これまで味わったことのないほど強く抱きしめてくれた。わたしは思わず泣いてしまった。もうずいぶん長い間、わたしは涙を流していなかった。だけど、幸せだったあの懐かしい日々を思い出させてくれる人にやっと出会ったんだ。彼女はママの大親友だったから、彼女を通してわたしはママの温もりを感じとろうとしていた。涙は止まらなかった。

「まあ、エリー」彼女は言った。「大変だったでしょう。それにしても、あなた、ひどい臭いよ」

「スレーターさんったら！」彼女はわたしを笑わせ、わたしはすねた振りをして彼女の胸を叩いた。それから、彼女はリーを抱きしめた。

これまで、わたしたちだけで過ごしてきたから、自分がどれだけ悪臭を放っているのか気づきもしなかった。ヘルでは小川できちんと水浴びだけはしていたけれど、水が冷たくなってからというもの、その機会も減っていた。

「気にしない、気にしない」彼女は言った。「見本市会場では、みんなもっと臭いんだから。でも、私たち患者は、二日ごとにシャワーを浴びるの。だから、ほら、臭くないでしょう」

彼女の話を聞くのは、それでいったん終わりにしなければならなかった。わたしは、コリーが静かに横になっているベッドのほうへと向かった。

部屋の窓から駐車場の明かりが差し込んでいた。明かりといえばそれだけ。部屋全体がほの暗くて、まるで夕暮れ時の教会の中にいるみたいだった。

わずかな光を集めて輝いていたのは、コリーを覆っているリネンだった。その白さとは対照的に、枕に沈む彼女の頭は黒くて丸い石のように微動だにしない。眼を凝らして、彼女の眼を、鼻を、そして唇を確かめようとした。けれど、それらは黒いシミのようにしか見えなかった。とても人間とは思えないその姿が現れた瞬間、わたしはハッと息をのんだ。喉元に突き上げてくる恐れを必死に抑え込みながら、わたしはじっと眼を凝らした。あれは彼女の口なの？　それとも、ただの影？　あれは彼女の眼なの？　それとも、光のトリックが作り出した黒い模様？　リーやスレーター夫人のことなどすっかり忘れていた。彼らが部屋にいないみたいだというだけじゃない。存在すること自体を止めてしまっていたのだ。そこにいたのは、わたしとベッドに眠る影だけになってしまっていた。

わたしはコリーのそばに、ゆっくりと三歩ぐらい近づいた。すると突然、ベッドの反対側から落ちる光によって、コリーの新たな姿が眼に飛び込んできた。

コリーは眼の前にいた。彼女の柔らかい肌、ふっくらとした顔、閉じられた眼が手の届くところにある。でも彼女は幼なじみのコリーとはまるで別人だったし、おそるおそるイメージしていたコリーとも違っていた。彼女はやつれてもいないし、傷だらけでもない。でも生気はなく、しゃべり出しそうにもなかった。彼女は完璧にコリーの特徴を再現した蠟人形みたいだった。呼吸をするたびに、コリーの唇がかすかに動いた。けれど、他には身動き一つしなかった。彼女は確かに生きている。でも、生きる喜びを分かち合うことはできそうになかった。

それから、わたしは身を乗り出して、震える指の先端でコリーの右の頬に触れてみた。それはわたしが以前抱きしめたことのあるコリーではなかった。混雑したスクールバスでしょっちゅうわたしの膝に座っていたコリー。目の前のコリーは青ざめた顔をした別人だった。

さらに身をかがめて額にキスをすると、彼女と並ぶ格好で枕に自分の頭を置いた。すぐ真横でに彼女の息づかいを感じることができる。そんな風に、わたしはしばらくの間、コリーと一緒の時間を過ごした。

起き上がると、わたしは彼女の耳元でささやいた。

「コリー、そこで元気にしててね。頑張るのよ」

わたしは一人でそっと廊下へと出ていき、リーが来るのを待った。スレーターさんに別れの挨拶もしなかった。動揺していたとしても、少し失礼な態度だったと思う。

リーを待つ間、わたしはランドリーを回収するワゴンの背後に隠れていた。しばらくしてリーが姿を現すと、わたしはワゴンの背後から飛び出し、ネルに別れを告げるため、B8号室へと戻った。

「大丈夫？」ネルが尋ねた。「驚いたでしょ」

わたしは何も答えなかった。代わりに気になっていたことについて彼女に質問した。

「さっき、ケビンのこと、『今は』大丈夫だって言ってましたよね?」わたしは尋ねた。

「えっ、そんなこと言ったかしら?」

「はい、言ってました。『今は』って、どういう意味なんですか?」

その時、彼女はその場しのぎの嘘でもひねり出そうとしていたのかもしれない。けれど、どうも無理だったようだ。しばらく黙ってから、彼女は降参したというように口を開いた。

「エリー、ケビンは兵士たちにかなりひどく殴られたのよ」

わたしたちは廊下を忍び足で歩きながら、出口へと向かった。見張りの兵士二人が、おそらく出口近くのナースステーションにいるだろうとネルは話していた。それでひとまず、わたしたちはそこから二〇メートルぐらい離れた小さなキッチンに身を隠した。その場でわたしはリーの頭をかかえると、耳元でささやいた。

「わたし、ナイフを手に入れたいんだけど」

「どうしてだい?」

「それで兵士たちをやっつけられるじゃない」

彼の身体がバッテリーの電極に触れた時みたいに、ビクッと反応するのを感じた。彼は何も言わず、さっと身を起こした。わたしはその間、彼のそばで動物にでもなったかのようにしゃがんでいた。やがて、彼は再び身をかがめて、わたしの耳に口を押し当てた。

「エリー、君にはそんなことできないさ」

「どうしてできないの？」

「患者に対する報復が待ってる、そのことは君が一番分かってることだろう」

それから、わたしたちは口を閉ざしたまま、ひたすら待った。兵士たちは任務を一段落させた後、きっと休息を取るに違いない。警備の網をすり抜けるチャンスがあるとすれば、その時だ。たまに、しわがれた声で会話をするのが聞こえてきた。彼らの声にはどことなく物哀しい響きがあって、それは妙に人を惹きつけるものだった。

時折、会話の中に低くてハスキーな少女の声が混じることもあった。笑い声が絶えない。たまに英語らしいコメントも聞こえる。けれど小さくてくぐもっているせいで、何を話しているのかは分からなかった。ネルの話を聞いた後だったせいか、わたしはその少女が何をしているのか強い不信感を抱いていた。同時に、闇に潜みながら、彼女に激しい怒りを感じていた。

一人の兵士がわたしたちのそばを通りすぎて、トイレに向かった。けれども、もう一人がどこにいるのか分からず、思い切って動くことができなかった。時刻は午前三時四五分。数分後、さっきの兵士が戻ってきた。

それから、別の兵士がトイレに行く四時二〇分まで、特に何も起こらなかった。

その数秒後だった。背の高い少女が、キッチンの入り口に姿を見せると、闇に向かって小声で話しかけてきたのだ。

「さあ、早く。もう一人は眠ってるわ。音を立てないように」

わたしたちはギクリとしたまま、彼女が本当にこちらに話しかけているのか、しばらく様子を見ていた。それから、きっとそうに違いないと理解し、信じたわたしたちは、起き上がると配膳用ワゴンの間をすり抜け、ドアのほうへと向かった。少女の姿はすでに消えていた。

彼女は何者なんだろう?

どうしてわたしたちがあそこにいるって分かったの?

この答えはまだ見つからない。彼女が誰であろうと、そして、彼女があそこで何をしていようと、彼女に借りができたことだけはわたしには分かった。

CHAPTER 04

わたしたちが良くも悪くも有名になっていると聞き、ホーマーはかなり満足げだった。

「やつらに見せつけてやろうじゃないか。俺たちの作戦がまだ進行中だってことをな」彼はそう言うと、ニンマリと不敵な笑みを浮かべた。

わたしは少しだけ震えていた。たしかに病院ではやつらに殺意を感じた。にもかかわらず、危険に身をさらし、死に立ち向かうことについてはホーマーのように楽しむ余裕はなかった。

いや、ホーマーは、本当に楽しんでいたのだろうか？

彼は「勇敢であることは、気持ちの問題だ」と言っていた。「お前たちは勇敢に考えなくちゃいけない。俺だってそうしようとしてるんだ」と。

この言葉を頭の中で繰り返すと、少しだけ勇気が湧いてきた。そうしてわたしは、ネットボール・ゲームや化学の試験について話すみたいな感じで、いつの間にかみんなとの作戦会議に加わっていたのだった。次のターゲットは何？　作戦はどうする？　その場合のリスクは？何か具体的なアイデアは？

わたしたちはいろんなことを一日半もかけて語り合った。でも、何か奇妙な雰囲気だった。話し合いの間、わたしたちは一度として口論しなかったのだ。誰も叫んだりしないし、声を荒らげることすらない。それに、冗談が飛び交うなんてこともなかった。

リーとわたしが、コリーやケビンの状況を報告したせいなのかもしれない。見本市会場に拘束されている人たちの様子を伝えたせいなのかもしれない。でも、それよりも、わたしたちの中に新しい感情と関係が芽生えていたのだ。人々を解放するために、これまで以上のことをしなくてはならない。そんな決意めいた感情と責任感が。

攻撃のターゲットを絞り込むのに、ウィラウィーにこだわるのはよそうという話にもなった。愛するウィラウィーを救いたいのはもちろんだ。けれど、わが国の運命がこんな小さな町にかかっているわけないのだから、他にやるべきことがあるはずだと。

敵に大打撃を与えたければ、彼らの作戦上の重要拠点を叩くべきだった。それはつまり、わたしたちがもう一度、コブラー湾から続くハイウェイに立ち返ることを意味していた。最後にあの場所を訪れた時、いくつものトラック輸送団が行き交うシーンを眼にしていた。コブラー湾は明らかに敵の主要な上陸拠点であり、そこからたくさんのトラックがそれぞれの戦地へと物資を運んでいたのだった。橋を吹き飛ばしたことは、彼らの生命線を少しは混乱させたかもしれない。トラックはかなりの遠まわりをする羽目になっていた。それでも、彼らから戦意を奪うほどのダメージを与えたわけじゃなかったけれど。

そこで新たな作戦に向けて、わたしたちはハイウェイ付近の偵察に出かけることになった。

午前二時半、外気の冷え込みはきつくなっていた。ウィラウィーを出発してから、わたしたちは疲れた身体を引きずり、重い足取りで歩き続けた。ペアを組み、交差点にぶつかるたびに安全を確認するという、いつものやり方は守り通した。それが自分たちの身を守ることにつながると分かっていたから。

やがて、橋に近づいた。ガソリンを華々しく撒き散らしたあの輝かしい夜から、誰もその後の様子を見ていなかった。

わたしはリーと少し距離を置きたかったので、フィと一緒に歩いていた。コリーが最悪の状態にあるのを眼にしてから、わたしはずっと落ち込んでいた。だけど、橋のところに着いて、わたしたちが残したダメージの跡を見ると、少し活力が湧いてきた。

橋の大部分は、地面に――いや正確には「川に」と言うべきなんだろうけど――焼け落ちていた。崩れ落ちた橋はただの古い木造の物体に過ぎず、爆破の後、激しく燃え上がったに違いない。ぬかるんだ地面からまっ黒な柱が何本か突き出しているだけで、そこに橋がかかっていたことを示すものは他に見当たらなかった。

ふと、町側の土手を見ると、飛び込み台のようにコンクリートの長い板が突き出していた。ウィラウィーは、ずっと待ち望んでいた新しい橋を手に入れようとしていたようだ。それも、今までよりずっと頑丈そうなやつを。

フィとわたしは、しばらくそこに立っていた。信じられないという思いと、怯えとほんの少しの誇り。二人で互いに見つめ合い、笑みを交わした。

何度も車で渡ったことがあるその橋を、自分の手で爆破することになるとは思ってもみなかった。橋を吹き飛ばした人物として町の歴史に名を残すことになるなんて、ヘンな感じだ。わたしは、何かを破壊した人物としてではなく、何かを築き上げた人物として人々の記憶に残りたかったのに……。

それから、わたしたちは一キロほど下ったところで川を渡った。小さな木造の小屋から巨大なパイプが延びていて、川に渡してあったからだ。たぶん、下水処理用のものか何かだと思う。わたしはわけもなくナーバスになって、川を渡るのに無防備すぎると感じていた。みんな一度に渡り切ったけれど、もし兵士が現れて銃撃でも始めたら完全にお手上げだっただろう。ハイウェイに出ると、いくつかの変化に気づいた。朝早い時間だというのに、車が走っていたのだ。九〇分の間に二組のトラック輸送団がコブラー湾のほうから走ってきて、別の一団が湾へと走り去っていた。町へ向かうトラックの輸送団はジガモリーのところでハイウェイを降り、ヤコブさんの土地を経由して、さらにバターカップ・レーンを下っていった。

それは確かに一つの変化ではあったが、わたしたちには想定内のことだった。そのルートは舗装もされていない田舎道を通るものだったけれど、迂回路としては最適だと分かっていたから。道をそのまま八キロほど進めば、トラックが何台走ってもビクともしない橋があった。

「きっとトラックは厳重に警備されてるはずよ、賭けてもいいわ」ロビンが、笑みを浮かべて言った。

他の重要な変化といえば、パトロールがかなり手薄になっていることだった。二度、パトロール隊に出くわしたけれど、いずれも兵士は徒歩で見まわっていて、一回目は三人組、二回目は四人組だった。わたしたちがヘロン橋を吹き飛ばしてからそんなに時間はたってなかったけれど、彼らはすでにこの地域一帯を征服したと自信を持っていたのかもしれない。もしかしたら、他の地域で大量の人員が必要になって、ウィラウィー周辺の人員を削らなければいけなかったのかもしれない。

パトロールが小規模になっても、実際の状況はずっと厳しいものになっていた。大集団であれば大きな音を立てるから、こちらにしたって見つけやすかったのだ。ところが今回出くわしたパトロール隊はどれも密やかに行動していたために、わたしたちは危うくニアミスを冒すところだった。人員を削った狙いは、じつはそこにあったのかもしれない。

いつの間にか、空の端が白々としはじめた。このままでは白昼堂々と、人目にさらされながらウィラウィーの隠れ家に帰るはめになってしまう。交通がピークを迎えるまでに帰らなくては……、わたしたちは必死になって足を早めた。

朝日が差し始める中、通りに沿って歩いた最後の三〇分はヒヤヒヤものだった。モールドン通りでトラックが走る音が聞こえてきたかと思うと、交差点を猛スピードで突っ切る二台の車を見た。それでも、なんとか隠れ家にたどり着くことができた。

作戦に必要な情報の収集はうまくいった。

ひと眠りした後、わたしたちは作戦を練り続けた。今度は時間や場所、装備に至るまで、細かい部分に気を配るのを忘れなかった。

今回の作戦では、決行前に充分な睡眠をとっておくことがポイントだった。わたしたちは準備が完全に整ったことに満足していた。幸運や偶然にまで備えることなんてできなかったし。

午後の見張り役がまわってくると、わたしは二階の寝室に移動し、通りを眺めた。見本市会場から出てきた労働部隊が古いトラックやバスに乗って走り去っていくのを見ながら、あの中にパパやママが混じっていないかと思ったりもした。不思議なほど穏やかな気持ちで、そこには自信のようなものが満ち溢れていた。わたしは今、ヘルで不機嫌に時間をつぶしているわけじゃなく、もう一度何かをやり遂げようとしているのだ。そう、わたしは正しいことをやろうとしてる。行動することは、それ自体が一つの思考に他ならない。わたしたちは、戦わなくてはならないのだ。

だけど、次の日はゆっくりと過ぎていった。まるで、ゆで卵用の砂時計を見つめているようだった。その朝遅くに、わたしは少なくとも三〇分は時計を見ないように自分に言い聞かせたのだけれど、一〇分もたたないうちに眼が時計の針を追いかけていた。

見張り番が終わると、誰かと話をしたくなって、仲間を捜しにいった。二階の居間にクリスがいたけれど、彼はまた灰色のブラウン管を見つめていた。

「面白い？」わたしは尋ねながら、ソファに身を投げ出し、彼の隣に座った。

「うーん、悪かないね。でも、大した番組はやってないけど」

「そう、で、何を観てるの？」

「ああ、ＭＴＶさ」

「新しいバンド、出てる？」

「ほら、観てみなよ。イカレた連中がニューウェイブ気取りで演ってる。沈黙のロックってとこかな。理解しがたいね」

「ホントそう。でも、変だと思わない？　わたし、これまでテレビなんてどうでもよかったの。だいたい、そんなに観てもなかったし、だからなのかなって思う。なのに、今はテレビが恋しくて仕方ないのよね」

「僕はよく観てたよ。ほとんど中毒さ。でも、テレビがなくたってそんなに寂しいわけじゃないけど」

突然、クリスは何かを言おうと、笑いながらわたしのほうを振り向いた。次の瞬間、彼の口から漏れてくる息に、アルコールの甘く、すえた臭いが混じっていることに気づいた。わたしはショックを受けて、無線機のセッティングがどうだこうだという彼の話をまともに聞くことができなくなった。

朝の十一時半だというのに、クリスはもう酔っている！

わたしは動揺を表情に出さないよう、なんとか平静を保っていた。酒臭いだけじゃない。長い台詞がしゃべりにくそうだし、眼がうつろで、微笑みは歪んでいる。それに、口はだらしなく半開きになっていた。

「トイレに行ってこよう」

独り言をつぶやいて、わたしは部屋の外に逃げ出した。顔が火照るのが分かる。頭の中が混乱していた。一四時間もすれば、わたしたちはトラック輸送団を襲撃する予定になっていた。なのに、こんな酔っぱらいの力を借りようとしているなんて……。

助けを求めるみたいにわたしはトイレへ駆け込み、便座に座り込んだ。前かがみになり、両腕で身体を抱きしめた。言い知れない不安が襲いかかってくる。コリーは病院で昏睡状態になり、ケビンは捕虜になった。そして今、クリスは密かに酔いに身を任せている。

わたしたちは大きな困難に直面し、バラバラになりかけていた。仲間の一人、二人、もしかしたら全員が、今夜撃たれるかもしれないのだ。明日までにいったい何人が生き残れるのだろう？　わたしたち五人は、二日酔いのクリスは、生き残っているのだろうか？　神様は、赤ん坊と酔っぱらいの世話を焼くという話を聞いたことがある。わたしはもう一度、赤ちゃんに戻りたくて仕方なかった。

わたしは胃の辺りを抱え込んでいた。度重なるストレスで、胃はボロボロに痛めつけられていた。こんな時に盲腸にでもなったらどうなるんだろうと想像してみる。スイス軍仕様のナイフで、ホーマーがわたしのお腹を切り開くんだろうか？　わたしは右手で胃を押さえながら、左の親指のつけ根を噛んでいた。

長い時間、そこに座ったままだった。それ以前に、わたしは時間の感覚を失ってしまっていた。どんどん身体が冷たくなって、最後にはそこで凍りついてしまう気さえしてきた。もう二度と動けなくなって、身体を伸ばして立ち上がりでもしたら、骨がボロボロに砕け散ってしまうんじゃないかと思った。

どれくらい経っただろう。誰かがドアをノックし、続いてロビンの声が聞こえた。

「エリー、そこにいるの？　大丈夫？」

答える気力もなく、わたしが身動きもできずにいると、ロビンがドアをこじ開けて中に入ってきた。

「エリー、具合でも悪いの？」

「盲腸になっちゃったかも」わたしはつぶやいた。

ロビンは一瞬だけ笑った。わたしは救われた気がした。

「まあ、エリー、パニックになったのね。かわいそうに、その気持ち分かるわ。ありとあらゆる災難が現実になるような気がしたのね。気づかないうちに、それは避けられないことなんだって、そう思い込んでしまったのね」

ロビンはバスタブの端に座った。わたしは彼女にクリスのことを話したかったけれど、どんな風に話したらいいのか分からなかった。代わりに、彼女にこう尋ねた。

「ロビン、わたしたち、バラバラになると思う？」

彼女は、他のみんなみたいに気休めの言葉なんか口にしない。それは彼女のスタイルじゃないから。ロビンはしばらく考えてから、ゆっくりと答えた。

「いいえ、そうは思わない。わたしたち、大丈夫だと思う。普通の状況じゃないから、何かと比較して言うことなんかできないけど。でも、きっとうまくやれるって思うわ」

「何もかも、難しいことだらけ。わたし、どうやって生き残っていけばいいのか分からないの。たぶんみんな狂ってしまうわ。もう狂ってるのかもしれない。そのことに気づいてないだけ」

「わたしが何のこと考えてるか、分かる?」

「何?」

「シャデラク、メシャク、アベデネゴのこと」

「えっ?　それってなんのこと」

「わたしが大好きな物語の登場人物よ。わたしのヒーローだと言ってもいいわ」

「ロシアのロックバンドの名前みたいね」

ロビンは笑った。「ハハハ、違う違う」

「どんなお話なの?　教えて」

たぶん聖書に出てくる話だろうとわたしは思った。ロビンは信仰心のかたまりのような人だから。わたしもそんな彼女が嫌いじゃない。それはともかく、わたしはお話ってものが大好きだったのだ。三人の名前になぜか親しみを感じたけれど、理由は分からなかった。

「むかーし、昔のことです。バビロンにシャデラク、メシャク、そして、アベデネゴという三人の若者が住んでいました。彼らは黄金の像を拝もうとしなかったので、怒った王様は、三人をメラメラと燃え上がる炉に投げ込むように命じました。炉は灼熱の業火を放っていて、彼らを投げ込んだ使者でさえも焼け死んでしまったほどです。誰もそこには近づけません。ところがその様子を見ていた王様は、炎と煙の渦の中に三人の姿を見つけたのです。不思議なことに、三人ではなく、四人の姿が見えました。もっと不思議なことに、どれだけ激しく炎が燃え上がろうと、男たちはまるで炎から守られているかのように平気で歩きまわっていたのです。それからしばらくして、王様は炉の扉を開けるように命じました。すると、シャデラク、メシャク、アベデネゴの三人が無傷のまま出てきました。それで、王様は悟ったのです。炉の中のもう一人は天使だったに違いないと。そして、あの炎から彼らを守っていた神様は、どんな黄金の像よりも拝むに値する存在なのだと。それで、王様は改心したのです。おしまい」

「ふーん、いい話ね」わたしは言った。

ロビンが説教がましく話さなかったのを、そして、これまで一度もそんな風に話したことがなかったことを私はぼんやり考えた。しばらくして、わたしは聞いた。

「その話、わたしたちとどんな関係があるの？」

「そうね、わたしたちはまさに炉の中にいるんじゃないかな」

「天使と一緒に？」

「たまに、わたしは感じるんだ。わたしたちを見守ってくれてる人がいるって」

「でも、いつもじゃないでしょ？」

「わたしはいつだってそう思ってる。もちろん、コリーが撃たれたみたいに説明のできないことも起こるわ。死神が鎌を振りまわしながら近づいてきて、あなたを捕まえるかもしれないし、捕まえないかもしれない。逆に言えば、神様はあなたを助けてくれるかもしれないし、助けてくれないかもしれない。正直、神様がどうしてそんな選択をするのか分からない。けどね、それでもわたしは神様を信じるしかないの。きっと神様なりの考えがあってそうしてるんだって、信じるしかないのよ」

「うーん」

するときに、不意にドアをノックする音が聞こえた。ホーマーだった。

「どうぞ、入って」わたしたち二人が答えると、彼が入ってきた。

「まったくなあ」ホーマーが不満気に言った。「女二人して長風呂かよ。ドラマでもやってたよな、女二人で風呂に入ってるやつ」

ホーマーは、その夜の作戦のために必要なものをチェックしておきたいと言った。農家から調達してこなければいけないものが、まだいくつか残っていたのだ。

わたしたちはダイニングルームに下りていき、テーブルの上に紙を広げて作業に取りかかった。ホーマーは次々に奇妙なものの名前を挙げていった。改めて彼の特殊な領域における博識ぶりに驚かされた。たぶん、同じようにマニアックなことをよく知っているクリスの助けを借りていたんだろうけど。

結局、調達リストはそれほど長いものにはならなかった。つまり、必要なものはそれほど多くなかったってわけ。それでも、時間に余裕があったわけじゃない。わたしたちは暗くなったらすぐに町を出なくてはならなかった。もちろん、日没直後に町をうろついたりしたら敵に見つかる危険性は高い。けれど、望みのものをすべて調達して、予定通りに作戦を実行するためには仕方ないことだった。

午後九時ぐらいだっただろうか。わたしたちは細心の注意を払いながら外に出た。これから先、長い道のりを歩いていくことになっていた。朝までにはきっと体力が底をついて、ヘトヘトになっているはず。それでなくてもわたしはもう歩くことにうんざりしていた。爆破した橋から逃げる時に使ったバイクが、今でも隠したままになっていた。そのバイクが恋しくてたまらない。だけど、今は安全第一。わたしたちは一歩一歩周囲を探りながら、ひたすら歩き続けた。

　わたしたちは橋を爆破した時に隠れ家として利用したフリートの山小屋に寄り、必要なもののほとんどを手に入れた。最後まで苦労したのが、太くて長くて丈夫なクギだった。ようやくそれを見つけると、すばやく準備を済ませ、わたしたちはその家を立ち去った。時刻は、真夜中の一時半。遅めの出発にはなったけれど、タイムオーバーというほどじゃなかった。

　それから一時間半後、わたしたちは予定の場所、バターカップ・レーンにある傾斜のきつい切り通し（山や丘をV字型に切り開いて通した道）に迫っていた。辺り一面には、低木が生い茂っている。一度、トラックが近づいてきたことがあったけれど、わたしたちはその茂みにすばやく飛び込んで姿を隠した。

　もうすぐ目的の切り通しにたどり着くという寸前、先導役のフィがまた隠れるようにと合図を送ってきた。パトロール隊が近づいてきたのだ。わたしは身をかがめ、急いで低木の茂みに逃げ込んだ。背後では、リーとおぼしき暗い影が土手から茂みに飛び込み、わたしから二メートルぐらい離れたところに着地するのが見えた。他のみんなの姿は確認できなかった。クリスとホーマーはわたしの後ろに、ロビンはフィと一緒にどこか前のほうにいるはずだった。

　わたしが隠れるのとほぼ同時に、ザクザクと地面を踏みしめるブーツの音が聞こえてきた。三人の兵士が縦一列になって、頭上の道路を暢気に歩いてきた。わたしはさらに低く身をかがめながら、仲間が見つからないことを祈った。

兵士たちの足音がゆっくりになり、やがて彼らは完全に立ち止まった。おそるおそる頭を上げると、わたしが隠れている場所から今度はゆっくりと離れていく兵士の背中が見えた。女の人だ。その後すぐに、彼女の姿は視界から消えた。

わたしは何をすべきなんだろう? なぜ彼らは立ち止まったんだろう? でも、誰かが見つかったと思わせるような緊迫した物音は、どこからも聞こえてこなかった。不意にどうしようもなく絶望的な考えがわたしの頭をよぎった。わたしは身体を起こして、這いつくばったまま一メートルほど前進した。すぐ眼の前に敵の罠が待ち構えているかもしれない。そう思うと冷や汗が噴き出してくる。

その瞬間だ。とっさにわたしは地面にへばりついた。ショットガンが発砲されたのだ。耳鳴りがするほど近いところで。わたしは息もできずにその場に固まった。叫び声が上がり、続けざまに恐ろしい悲鳴が響き渡った。

すると、またしてもショットガンが発砲された。今度は、さっきより少しくぐもった音だ。周囲には、火薬のきな臭い匂いが漂っている。わたしは、その銃が二連式ショットガンであってくれ、そして、他の誰も武器を携帯していないようにと願っていた。発砲はもう終わりであってほしい。わたしはそれだけを考えて、土手を登ると道路に頭を出した。

最初に気づいたのは、足音だった。誰かがパニックになったように道路を走り去る音だ。暗い影しか確認できなかったけれど、それはどうやら兵士の一人のようだ。

その後、茂みのほうから何かが砕ける音がした。音のするほうをすばやく振り返って、これで自分は死ぬんじゃないか、もう動くことも見ることもできなくなるんじゃないかと思った。

はたして、その音の主はホーマーだった。彼は足をよろめかせながらこちらへ向かってきた。ホーマーの後ろ、少し左のほうから、クリスがオエッ、オエッと吐く音を上げながら現れた。ホーマーのシャツが血で真っ赤に染まっているのが分かった。他のみんなが隠れていた場所から次々に飛び出し、こちらへと駆け寄ってくる。わたしはホーマーのシャツを裂いて開くと、胸や肩のあたりを見まわした。けれど、どこにも傷らしきものはなかった。

「勘違いすんな」ホーマーがわたしを押しのけながら言った。「俺は撃たれちゃいないって」

「何があったのよ!」わたしは彼に叫んだ。完全に動揺していた。「あなた、銃を奪ったの？」

ホーマーは頭を振り、腕をぐるぐると回した。彼に代わって、クリスが答えた。動揺していたはずだけど、驚くほど冷静な話しぶりだった。

「ホーマーはリュックの中にガンを忍ばせてたのさ。チビっこいやつをね」

フィが息を飲んだ。わたしたちはみんな呆然としてホーマーを見つめた。

ちょっと前のこと。わずかに残された武器を確認しながら、わたしたちは一つの取り決めをしていた。武器がこれっぽっちしかないのなら、いっそ持たないほうがマシだって。

感情の砂嵐がわたしの中で渦巻く。不安、混乱、そして不信。でも、そんな混乱を引きずっている場合ではなかったし、半分はヤケになっていた。握っていたホーマーのシャツから手を放すと、わたしはクリスに向かって叫んだ。

「何があったっていうの、教えて」

「まったく、史上最悪の不運だろうね。兵士が三人いた。二人が男で、一人は女だったよ。男たちが小便を始めたんだ。ちょうど僕らが隠れているところでさ。やつらはライフルを肩から下ろして、茂みの中に降りてきた。それで僕たちの三歩前まで迫ってきて、ズボンのボタンを外し始めたんだ。そしたら、ホーマーがリュックを引き寄せて、中に手を突っ込んでるじゃないか。すぐにピンときたよ。いきなりガンを引っ張り出すと、こいつは頭上に銃口を向けて、いきなりズドンってわけ」

クリスは、見たままの出来事すべてを順番にたどろうとしていた。まるで頭の中の映像を早送りするかのように、早口でその時の様子を描写した。

「次の瞬間、兵士が一人、後ろにひっくり返った。そしたら、もう一人の兵士が叫びながら、ホーマーに飛びかかってきた。ホーマーは倒れたまま、銃を振りかざしてた。兵士がホーマーの上に覆いかぶさろうとした瞬間、もう一発、ガンが火を噴いたんだ。こいつのシャツを染めた血は、この時、兵士の身体から噴き出したものさ。それから、ホーマーが兵士の下から脱け出してここまでやってきたってわけ。女の兵士は逃げていったけど、こっちはそれ以上どうしようもなかった。二連式のショットガンだったけど、予備の弾を持ってるのか知らなかったし、そもそも弾をつめ替えるだけの時間もなかったわけだし。彼女は全速力で走り去っていったよ」

「とにかく道路から離れましょう」ロビンが言った。「それじゃダメね、早くここから撤退しましょう」

わたしたちが話している間にも、遠くに光がまたたいていた。トラックの淡いヘッドライトが切り通しへの長い坂道を上り始めていたのだ。頭の中で、いろんな考えが数珠つなぎに浮かんできて、互いにぶつかり合っている。トラックは、女性兵士が逃げ去った方向とは反対側から近づいてきていた。彼女がそのトラックに助けを求めるまで、どのくらいの時間があるだろう?

「道路を調べるのよ。やつらはどこに銃を置いたの?」クリスにつかみかかって、わたしは聞いた。

「すぐ後ろだよ」

「銃を拾って。落ちてるものはなんでも拾うの。他のみんなは切り通しに向かって。フィ、あなたはホーマーを連れていくのよ。クギを出して、準備するのよ」

わたしはクリスと一緒に道路に上り、二丁の銃を拾った。一つは旧式の三〇口径の銃で、もう一つはよく分からなかったけど最新式の自動銃のようだった。銃と一緒に、小さなバッグも落ちていた。わたしはバッグを引き裂くように開けて、中のものを引っ張り出した。探していたものがそこにはあった。小型の双方向無線機だ。きっと、どのパトロールも一つずつしか携帯していないはずだ。

「あなたのリュックは？　ホーマーのは？」

「まだあの辺りさ」クリスが今度は背後の茂みを指差した。わたしは懐中電灯を握りしめ、クリスを見た。

「もし、やつらがまだ生きてたらどうする？」クリスが尋ねた。

わたしは一瞬動きを止め、両肩をすくめて茂みの中に入っていった。わずか数メートル進んだ時だ。懐中電灯の明かりが草の上の血痕を照らした。地面に、爪で引っかいたような跡がついていた。

跡をたどっていくと、人の身体があった。仰向けに横たわった兵士。その眼は見開かれていたけれど、すでに息絶えているようだ。兵士の胸は、巨大な二つの手で引き裂かれたかのようにぱっくり開いていた。

懐中電灯の明かりで周囲を探りながら、二つのリュックとその近くに血に染まった小型のショットガンを見つけた。血がべっとりとついた台尻に触れようとし、恐ろしさで手が震えた。なんとかショットガンを拾い上げようとしている間に、クリスはリュックを手にしていた。

そして、わたしが腰を伸ばそうとした瞬間、とうとうこの世で最悪の音が聞こえてきた。泣き叫ぶ悲鳴のような声。音がするほうへと懐中電灯を向けてみる。一〇メートルぐらい離れたところ、アカシアの木の下から男のブーツが突き出しているのが見えた。

クリスが後ずさりするのを横目に、わたしは男のほうへと歩いていった。なにビビってんのよ。一瞬、後ずさりしたクリスを軽蔑したけど、でも、わたしだって彼と同じように引き下がっていればよかったと後悔していた。

低木の茂みを分け入りながら、兵士を懐中電灯で照らした。こんな状態で男が何メートルも這っていけたのは驚きだ。男は身体をねじらせたまま横たわっていて、伸ばした右手はアカシアの幹を軽く握っていた。左手はおなかの辺りを押さえている。

彼はたまにむせび泣くような声を出していたけれど、意識があったかどうかは分からない。周囲は血だらけで、そこらじゅうにペンキを撒きちらしたみたいだ。それに、新鮮な赤い血がおなかの辺りから溢れ出ていた。濃厚で、蜜のようにドロッとしている。飛び出した内臓を中に押し込もうとしていたんだろう。でも、すでに手がつけられないくらいの状態で、気色の悪い肉片が丸見えになっていた。

わたしはクリスのところに引き返した。その時、わたしの顔が彼にどんな風に映っていたのか分かっている。冷酷で厳しい、そして、無表情な顔をしていたに違いない。

「どれがホーマーのリュック?」わたしは彼に聞いた。

クリスに手渡されると、わたしは中をまさぐった。少なくとも一二発の銃弾がバラバラに転がっていた。その一発だけを取り出してショットガンに装塡すると、男の元へと真っすぐに戻った。銃口を彼のこめかみにあてがう。それから神のご加護を願い、思考を停止させた。無理矢理に何も考えないようにして、わたしは引き金に力を込めた。

その後、何もかもが嵐みたいに過ぎ去っていった。実際には、二分ぐらいの出来事でしかなかったのに……。

耳の奥にショットガンの銃声が残っていた。わたしは銃の反響音も、自分がしでかしたことも無視した。そして道路へ駆け上がり、切り通しへと走った。

他のみんなはクギを路面に並べていた。わたしはあやうく、その一つを踏みつけそうになった。クギは一五センチの長さがあり、一本一本が木材に打ちつけられていた。木材が土台となって、クギはしっかりと直立している。

フィがわたしたちを待っていた。あまりに青い顔をしていたので、顔中から色素が抜け出してしまったんじゃないかと思ったほどだ。

「あの銃声はなんだったの？」フィが、身体を震わせながら聞いた。

「フィ、別になんでもないわ。勇気を出すのよ」

わたしは彼女の腕に触れ、他の三人の元へと駆け寄った。

「準備はできたの？」

「ええ。でも、逃げた兵士はどうする？　彼女は仲間に連絡したんじゃ……」

「それはないと思うわ。双方向無線機を見つけたから。やつらが二つ以上も無線機を携帯してるとは思えないし」

「あなたの考えが正しければいいんだけど」ロビンが言った。

「エリーの言う通りに決まってるだろう」リーが厳しい口調で言った。

リーの激しい口調に触れて、彼がどれだけこの襲撃の瞬間を待ち望んでいたのか、わたしは直感的に理解できた。もし、戦車が真っすぐに襲いかかってきても、彼は決して逃げ出さないだろう。誇り高い彼は、きっとここで恨みを晴らしたかったのだ。

ホーマーもずっと落ち着いているように見えたけれど、何も話そうとはしなかった。彼は両手にビンを持っていた。

その時だ。トラックの近づく音が聞こえてきた。先頭の車両がギアを落とした。もうまもなく、切り通しに差しかかろうとしていたのだ。

わたしは自分のビンを握りしめ、タバコ用のライターを取り出した。先頭を走るトラックの淡いヘッドライトが、木々を通して見え隠れしていた。トラックはいつもヘッドライトにカバーを取りつけ、明かりを和らげていた。空中からの襲撃を警戒していたためだ。けれど、ここ数週間はわが国の飛行機を眼にする機会は減っていたから、あの運転手たちは油断しているはずだった。

わたしたちは、そんな状況を劇的に変えたいと思っていたのだ。

うなりを上げるエンジンが、力を緩めた。何度かすばやいギアチェンジがされると、トラックは再びスピードを上げて切り通しを通過しようとしていた。わたしたちは、その先のカーブ脇にある土手の上で待機していた。そうすることで、カーブに差しかかろうとするトラックを上から見下ろせるはずだった。計算通りに作戦がうまくいけば、やがてトラックはコントロール不能になって、そのままカーブを突っ切り、わたしたちがいる土手に突っ込むことになるだろう。

そして、その計算の正確さはすぐに実証された。

トラックは予想通りに速度を上げて、あっという間に姿を現した。もう木々とか土手に邪魔されることはなかったから、エンジンのうなりがダイレクトに襲いかかってきた。わたしたちのいる土手からは、先頭の三台の姿がはっきりと見えた。濃い緑色の車体で、荷台は防護シートで覆われていた。

それから、なにもかもが激変した。

先頭のトラックのフロントタイヤが二つ揃って破裂したのだ。爆弾が破裂するような、すさまじい爆発が起こった。こんなにも爆音が轟き渡り、煙が立ち昇ることになるなんて、予想もしてなかった。ゴムのかたまりや切れ端が道路中に散乱している。トラックの後輪が悲鳴をあげている。トラックは猛スピードのままカーブを突っ切り、一直線に滑っていったかと思うと木に激突した。

二台目のトラックは、クギを踏まなかったんだろう。タイヤがすべて無傷だったから。それでも、先頭の車を避けようとして急ハンドルを切ったせいだろう、運転手の立て直しもむなしく、車体が道路の上を左右に大きく蛇行した。五〇メートルぐらいそうしていただろうか。ようやく体勢を立て直して、トラックはそのままスピードを上げて走り去った。

わたしは少し嫌な気分になった。仲間をあっさり見捨てたその運転手のことが信じられなかったから。でも、そんなことより、後続のトラックがどうなるかというほうが重要だった。三台目、フロントタイヤがまたしても爆音を上げて破裂し、白い煙があたりに立ち込めた。煙のせいで視界は最悪だ。このトラックも一台目とまったく同じコースをたどったので、わたしは安心して状況を見守っていた。そのトラックは道路を激しく蛇行したあげく、最後には一台目のトラックの後部に激突した。

四台目、今度は後輪が破裂した。トラックは一回転したと思ったら、五〇メートルほど滑って、やがて道路の真ん中で止まってしまった。

五台目のトラックは、急ブレーキのためにその場でしばらく車体をガタガタと震わせていた。そこへ後続のトラックが衝突してきた。

切り通しのほうからは、他にも二、三度、トラックが衝突する音が聞こえてきた。けれど、もう何が起きているのかを説明するのは不可能だった。煙が一面に立ち込めていたし、世界の終わりを告げるような騒音が鳴り響いていたから。

その瞬間、わたしはハッとした。たいまつのような炎のかたまりが、五台目のトラックを目指して空を走っていたから。リーがいよいよ動き出したのだ。わたしは瞬時にそのことを理解した。と同時に、わたしの中の血が騒ぎ出すのを感じた。

わたしはビンに火をつけて、深呼吸をしてからリーのビンを追いかけるように放り投げた。そして、続けざまに二つ目の火炎ビンを放った。やがて、みんなの炎がそこに加わり、空中は熱く輝く流れ星でいっぱいになった。煙を通して、あちこちで炎が燃え上がる。けれど、爆発は起こらなかった。

突然、銃撃が始まった。自動小銃だと思う。それがまず荒々しく火を噴いた。わたしたちの頭上高く、木々の間を銃弾が飛んでいく。けれど、次第に照準が下がっていき、ついには頭のすぐ上を弾がかすめるようになっていた。

わたしたちは急いで飛び出すと、身をかがめて茂みの中を這うように進んだ。すぐ前を走るホーマーの手には、まだ火炎ビンが握られていた。彼は投げなかったのだ。

「ホーマー、ビンを捨てて」わたしは叫んだ。

彼がビンを放り投げた瞬間、わたしは自分の判断の甘さを呪った。ビンが地面にぶつかると同時に大爆発が起こり、地面が激しくうねったからだ。

でも……、違う。わたしはすぐに思い直した。そう、背後で起こった爆発は、火炎ビンにしては大きすぎた。トラックが爆発したに違いない。衝撃の波が襲いかかる。熱く、乾いた突風が吹きつけてくる。わたしはもう倒れる寸前だった。まるで、誰かが溶鉱炉の扉を開けたみたいな熱さだった。

わたしは気を取り直し、体勢を立て直して再び走り始めた。他のみんなも同じようにしていた。背後で木々が砕け、倒れる音がする。わたしたちが自然保護で表彰されるなんてこと、絶対ないなと確信した。

走り続けた。だけど、それほど恐怖心はなかった。敵の兵士が茂みの中を追いかけてくるわけなかったから。

ここは、わたしたちの縄張りだった。わたしはポッサムやウォンバットやインコと同じように、自分の棲み処に戻ったみたいでホッとした気分になっていた。

見知らぬ者の立ち入り、侵略者の不法侵入を許さない。ここは、わたしたちの家であり、わたしたちが守るべき場所なのだ。

CHAPTER 05

放牧地を横切って引き返す間、わたしはぼんやりと自分がいつものわたしでないことを感じていた。

わたしから伸びた巨大な影が空中をさまよい、地上の小さな身体と歩調を合わせている。怖くて怖くてたまらない。だけど、どうしても逃れることができない。

わたしの足元から生まれ、成長した暗黒の生き物が、押し黙ったままわたしにのしかかってくる。手を伸ばして触れようとしても、何もつかめはしない。影に実体はないのだから。

それでもその影に抱きしめられると、わたしを包み込む空気はずっと冷たく、ずっと暗くなった。これからのわたしの人生がどうなるのか、そのことを暗示してるのかもしれない。わたしが人を殺すたびに、その影はどんどん大きく、どんどん暗くなり、しまいにはモンスターみたいになってしまうのかもしれない。

　この数日、わたしたちはみんな地味な服を着込み、いつも以上に目立たないようにしていた。たまには明るい色の服を着たいという気持ちはあったけれど、まだタイミングが早すぎた。この日わたしはカーキとグレイの服を選んでいた。選ぶといっても、サイズが合って、しかも喪服として着るのにふさわしい服はそれしかなかったのだ。

　開放的な田園地帯の中、わたしたちは二つの放牧地に散らばって歩いた。危険だったかもしれないけれど、そんなに悪い判断でもなかったと思う。現実的なリスクがあるとすれば、空中からのものだけだった。それに飛行機やヘリコプターの音を聞いてからでも隠れるだけの時間は充分にあると考えていた。周囲にはたくさんの木々があったし。

　長い間、歩き続けた。わたしはくたびれ果てていた。みんなもそうだった。

　クリスはうなだれて、足を少し引きずっていた。今まで気にもしていなかったけれど、彼はとてもすばしっこくて、小まわりがききそうな体型をしてるなと思った。他のみんなより、少し幼く見える金髪のシリアスな少年てとこかな。

　彼の前方五〇メートルぐらいのところにフィがいた。疲れ切っているはずなのに、相変わらず優雅な歩き方。お嬢さまのお通りよって感じだ。歩きながら周囲を見まわす様子は、まるで水場を探す白鳥のようだった。フィを見ていると、彼女がみんなと同じくらい汚れていて、悪臭を放っていることを忘れそうになる。彼女自身は自覚してなかったけど、彼女はいつも気品を漂わせていた。それこそが彼女という存在の秘密だった。わたしはフィには絶対なれないな。わたしは気品とか上品さとは無縁の存在だもの。

わたしの左側、一〇〇メートル離れたところにはホーマーがいた。彼は、防風用に植えられたポプラ並木の間を歩いていたのでほとんど姿が見えなかった。大きくて、がっしりした彼が背中を丸め、顔を冷たい向かい風から隠して歩く姿はクマそのものと言ってよかった。

彼の身に何が起こったのか、それを説明するのは難しい。これまでだって何度もトラブルに巻き込まれてきた。だから、そんなことには慣れっこになっていたはずなのだ。

わたしはまだ、彼に怒りをぶつけるべきかどうか迷っていた。彼は確かにわたしたちの取り決めの一つを破った。けれど、それに対する怒りは、彼がしでかしたことへの哀れみや恐れ、そして、わたし自身の混乱によってかき消されてしまっていた。そもそも正しかったのは彼の判断のほうで、間違っていたのはわたしたちだったかもしれない。そんなことまで分からなくなっていた。

私の右側には、ロビンが歩いていた。彼女を見ると、わたしはイギリスの歴史上の英雄を思い出す。たとえば、その名前に称号を冠したかつての国王たち、エドワード告解王、エセルレッド無策王、ウィリアム征服王たちのことだ。それを真似するなら、「ロビン勇敢王」といった感じかな。

普段から落ち着いて、目立つようなことはしない女性。だけど、困難な状況に直面すると、斧を握りしめて頭上に振りかざし、勇敢に立ち向かっていく。困難であればあるほど、怖ければ怖いほど、彼女は力を発揮するんだ。誰も彼女を止めることはできない。いや、きっと触れることすらできない。

わたしには理解できない。こんな状況でも、彼女は顔を上げて普段通りに歩き続けていた。彼女が左手で太股を叩いているのを見ると、鼻歌でも歌っているように思えてくるのだった。

リーは、丘の上を歩いていた。わたしたちが橋を吹き飛ばした夜、彼はもちろん幸せな気分だったと思う。ただ足を負傷していたために、大したことができなくて複雑な心境だったのかもしれない。でも今回、わたしたちが敵に与えたダメージにリーは大きく貢献していた。リーの誇りに満ちた足取りは、サラブレッドを思わせた。

今、彼はしっかりと前方を見つめて、長い脚で何キロもの道のりを黙々と歩いていた。たまに振り返り、わたしに微笑みながらウィンクをした。彼が誇り高く感じていることを喜ぶべきなのか、それとも、人を殺したり物を破壊したりするのを楽しんでいる彼のことを心配すべきなのか、わたしには分からない。少なくとも今、リーは人生を単純に考えているようにわたしには思えた。

ところで、わたしはどうなんだろう。考えることがたくさんありすぎて、処理が追いつかない。収まりきらない思考が耳や鼻の穴からはみ出してきても、わたしは驚かなかっただろう。考えることが嫌になったわたしは、フランス語の動詞の不規則変化を思い出すことに専念した。Je vis（私は生きる）、tu vis（あなたは生きる）、il vit（彼は生きる）、nous vivons（私たちは生きる）、vous vivez（君たちは生きる）、ils vivent（彼らは生きる）、Je meurs（私は死ぬ）、tu meurs（あなたは死ぬ）、il meurt（彼は死ぬ）、nous mourons（私たちは死ぬ）、vous mourez（君たちは死ぬ）、ils meurent（彼らは死ぬ）……。こんな単純作業でも、敵の待ち伏せ攻撃に怯えているよりずっと心が安定していた。それに、ほんのわずかでも、あの暗く巨大な影のことを忘れられたから。

こうして、わたしたち六人がわたしの家にたどり着いたのは、日が暮れる直前のことだった。今回、わたしは家の中にまで入らなかった。家は見知らぬ姿へと変わり始めていて、まるでずっと遠い昔に住んでいた古めかしい廃屋のようだった。

わが家に新しい住人が移り住んできた気配はなかった。芝生は伸び放題、ものがあちこちに散乱してぐちゃぐちゃの状態だった。ブドウの蔓の半分が格子垣から落ちて、アプローチや庭じゅうを這いまわっている。わたしのミスだ。蔓をしっかりと結びつけておくんだって、パパに何度も注意されてたのに……。

わが忠実なランドローバーは、敵の捜索を逃れてじっと茂みの中で待っていた。わたしはランディを小屋まで運転し、ガソリンを満タンにした。幸運にも、高架の燃料タンクにガソリンが残っていて、重力を利用して車にガソリンを入れることができた。でも、ガソリンがなくなるのも時間の問題。そしたら、どうしたらいいんだろう。

わたしはため息をつき、ホースをねじってガソリンを止めると、タンクに登ってバルブを閉めた。ガソリンのことは、これから直面するであろう多くの問題の一つに過ぎないのだ。

やがて、周囲に闇が広がり始め、それをきっかけにわたしたちは夜の活動に取りかかった。わたしがハンドルを握り、丘のてっぺんにある小さな牧場へと向かった。本当に小さくて、これまでその存在を忘れていたほどの牧場。持ち主はキング一家で、わたしは一度だけ郵便局で会ったことがある。

キングさんは病院でソーシャルワーカーのアルバイトをし、奥さんは週に二回、小学校で音楽を教えていた。けれど、彼らが一番熱心に取り組んでいたのは、自給自足の生活を送ることだった。キング一家は、大金をはたいて買ったこの狭くて痩せた土地に、小さなレンガ造りの家を建てていた。わたしのパパは、彼らがまんまと騙されたと言ってたっけ。

舗装のされていない道の外れ、電気も電話もない辺鄙《へんぴ》な場所で、彼らは牛やブタ、ニワトリ、ガチョウ、それに黒ヒツジといったさまざまな家畜を放牧していた。二人の薄汚くて、恥ずかしがりやの子どもたちも一緒だった。

眼の前の光景に、わたしの気持ちはさらに落ち込んだ。家や塀は壊れかけ、おびただしい家畜の死骸が転がっている。放牧地にはエサを食べ尽くし、痩せこけてヨロヨロした羊たちが群れていた。せめてと思い、わたしは門を開放して逃がしてやった。

ひょっとしたらまだキング一家がそこに身を潜めているかも……、わたしはかすかに期待していた。けれど、その気配はどこにもない。冷静に考えれば、キング夫人は見本市会場で自分の生徒たちにバイオリンを演奏させることになっていた。だとすれば、あの日は町へ出かけていたはずだ。

家の中や、その背後に建つトタン板の小屋の中で、わたしたちは望みの品を見つけることができた。ジャガイモや小麦のつまった袋、魔法瓶、安物の桃の缶詰一ケース、ニワトリのエサ、紅茶とコーヒー、それにクリスが執着した自家製ビール一ダース、米、砂糖、ロールドオート（カラス麦）、料理用の油、自家製ジャム、チャツネ（インド料理の薬味）……。残念なことに、チョコレートは見当たらなかった。

作業を終えると、ありったけの袋を握りしめて果物のなっている木へと向かった。木々はまだ若かったけれど、ポッサムやオウムがうろついていたにしては充分に実を残している。わたしはもぎたての、表面に張りのあるジョナサン・リンゴ（紅玉リンゴ）にかぶりついた。あの時の、果汁が溢れんばかりのみずみずしさ、パリパリという歯ごたえを忘れることはできない。あんなに果肉が白くて、ジューシーなリンゴを味わったことはなかったから。

　そういえば、何日か前、コリーの家でもリンゴを食べたっけ。でも、こんなに美味しくはなかったな。リンゴそのものが違うってわけじゃない。違っていたのは、むしろわたしのほうだったんだ。今のわたしは罪の赦しを探し求めていた。なぜだかこのリンゴが赦しを与えてくれる気がしたのだ。

　ひとたび失ったら、もう無邪気な自分は取り戻せない……、そんなこと分かってる。だけど、リンゴの汚れなき白さに触れて、世の中のすべてが腐って壊れているわけじゃないと思うことができた。世界には、いまだに無垢であり続けるものがあるんだ。甘い味わいが口を満たし、果汁が数滴、アゴからこぼれ落ちた。

　わたしたちは次から次へと木を丸裸にした。ジョニー、グラニースミス、フジといった品種のリンゴ、西洋梨、そしてマルメロ……、大収穫だ。その間、わたしは五個のリンゴを食べてお腹がはちきれそうになっていた。冴えた夜、美しい果物を摘み取ったおかげで気分はよくなり、ちょっぴり生き返った気がした。

その後のこと。わたしたちは一つの「衝動」をきっかけに、あるものを最後に積み込むことになった。

わたしたちは車に戻ると、でこぼこ道を弾みながらゆっくりと降りていった。みんな黙りこくっている。木々の枝葉に覆われて安全と思ったので、わたしは駐車灯をつけた。夜、ライトをつけずに運転するのは、悪夢のように恐ろしいことだったから。無の空間を運転しているみたいな感じ。とても異様で、何度やっても慣れることができなかった。

その時、駐車灯のかすかな明かりの中で、二つ並んだ眼が二組、こちらを興味深そうに窺っているのが見えた。この数日、わたしたちが逃がした家畜は、すっかり野生に走り去っていた。でも、眼の前にいる家畜はそうじゃなかった。

野生に戻らなかったのは、彼らにとって不運と言えた。生後六ヵ月ぐらいの黒毛のヒツジ。たぶん双子だったのだろう。母親はすでに死んでいたのかもしれない。それでも、それも乳離れした後のことじゃないだろうか。だって、丸々と太っていたから。

「羊のロースト、食べたい！」わたしはいきなり叫び声を上げ、ブレーキを踏んだ。

衝動的な叫びだった。でも、同時に、「衝動で何が悪いの」と開き直ってもいた。わたしは車を完全に止めると、みんなのほうを振り返った。

「ねえ、羊のロースト、食べたくない？」わたしは問いかけた。

みんなクタクタで、答えることはもちろん、考えることすらできないようだった。でも唯一、反応したホーマーだけは今日一番の熱狂ぶりを見せた。彼が一方のドアから外に出ると、わたしがその反対側のドアから飛び出した。羊たちはその場にじっとしたまま。そう、大人しく、「羊らしく」従順に立っている。お願いだから、そのままでいてね。

最高の食事にありつけるとやっと分かったロビンとリーが、興奮しはじめた。わたしたちは誰一人ベジタリアンでなかったし、そもそも菜食主義者であることは、牧畜をなりわいとするこの町では「犯罪」だった。

わたしたちは羊を捕まえると逆さづりにし、ヒモでその脚を縛った。それから、なんとか車の後部に彼らを積み込むスペースを作った。

「羊って、ポテトは食べないわよね？」フィが心配そうにそう言うと、一頭の羊の頭近くにあったジャガイモの重い袋を動かそうとした。

「フィ、食べやしないから安心して。砂糖だって食べない」

わが家に戻るとすぐ、わたしはローストの添え物にするミントを摘みに行った。

でも、ミント畑へと向かう短い道のりはひどく恐ろしいものだった。しゃがんでミントを摘んでいると、巨大な黒い影が獲物を狙うワシのように頭上を旋回している気がした。わたしは怖くて、顔を上げることもできなかった。上空には、きっと真っ暗な闇が広がっているに違いない。だけど、どんなに空が暗かろうと、わたしにつきまとう影のほうがずっと暗く、深いに決まってる。わたしの過ちは、一人で畑に来たことだった。バターカップ・レーンで兵士を撃ってからずっと、一人っきりで行動することなどなかった。まるで、わたしが仲間から離れるのを見計らったかのように、空は恐ろしい暗黒の影で満たされた。

わたしは数分間、その場にしゃがみ込んでいた。うなじに触れる髪がチクチクと神経をさかなでした。顔をミントの束に埋めても、香りを楽しむ余裕はない。

しばらくすると、ホーマーがわたしを呼ぶ声が聞こえてきた。それに続いて、彼の重々しい足音が響き、彼の身体が伸び切ったアラセイトウの花をかき分ける音が聞こえてきた。わたしがなぜだか答えられずにいた間、彼は懸命にあちこちを探しまわっていた。ホーマーの声に徐々に不安の色がよぎる。わたしをやっと見つけた彼は驚くほど紳士的に、わたしのうなじをやさしくさすってくれた。

わたしはホーマーと一緒に車に戻った。仲間に声もかけず、顔も見ないまま、キーを回してエンジンをかける。いよいよわたしたちの棲み家、あのヘルに帰る時がきたのだ。車はゆっくりと坂を登り始めた。

いつものようにテイラーズ・ステッチ手前の茂みに車を隠すと、羊たちをヒモでつないでバケツ一杯の水を与えた。それから食糧を抱えて歩き始めた。歩くというより、よろめくといったほうが正解だったけど。

わたしたちは肉体的にも、精神的にも、さらには、感情的にもとっくに限界に達していた。だから、無理にエネルギーを絞り出そうともしなかった。ただ機械のように規則正しく、一歩一歩前に進んでいた。もちろん急な下り坂では脚の筋肉が苦しげな悲鳴を上げていたけど、あまりにもスムーズに足が動くので、いっそこのまま永遠に歩き続けてもいいかもと、わたしはぼんやり考えていた。

テントを張っていた空き地に到着すると、ホーマーは暴走するロボットのスイッチを止めようとするみたいに、わたしの背中を突いた。そうしてそのままテントによろよろと倒れ込み、互いにお休みとつぶやいた。そして、あっという間に深い眠りへと落ちていった。

意外なことにわたしはすとんと眠りに落ち、その夜はずっと夢を見続けた。何か巨大なものが怒り狂っていて、わたしのすぐ近くを旋回していた。あまりに大きな声で話しかけてくるものだから、その声が身体じゅうに響きわたるような感じ。

朝早く目が覚めると、わたしはフィの近くに身を寄せた。頭の中に何かがうごめいていたけど、その正体が分からない。人には打ち明けられないけれど、自分一人ではどうしようもない考えに取り憑かれたかのようだった。ドーム状のものがわたしに覆いかぶさってきて、わたしはフクロウを恐れるネズミみたいに何かの下に隠れたがっていた。ただ、誰かに守ってもらいたかったのかもしれない。

あの夜からすべてがおかしくなった。うまく眠れず、食欲もなく、人と話す気にもなれない。だんだん人間らしさを失っていくような感じ。実際、わたしは死にかけた兵士を殺し、人間らしさを放棄して生きているのだから。

わたしはいやいや起き上がり、顔を洗った。一日がなんということもなく退屈に過ぎていく。誰も何もしようとしなかった。重要なことについて、誰も話さなかった。

わたしたちは、食糧のほとんどをランドローバーに残してきた。帰ってきた時は、なぜだか永遠にそのままにしておきたい気分だったから。けれど、昼寝（昼間に眠るのって、かえって身体がだるくなって不愉快になるもの）が終わった午後遅く、わたしは勇気を出してみんなに声をかけた。

わたしが考えていたのは、主に羊のことだった。おかしな理屈だけど、自分がまだ役に立つ存在だってことを、人を殺していても悪い人間じゃないんだってことを、みんなに証明したかったのだ。

だけど、みんなを説得してランディまで連れていくのは、ホント大変なことだった。

クリスは「明日でも間に合うじゃん」と愚痴るばかりだった。わたしの眼をろくに見もせずに、彼は自分のテントへとこそこそと帰っていった。

ホーマーは熟睡していたので、起こそうという気にもなれなかった。リーはそんなに神経を尖らせてはいないようだった。ただ、プライドが高すぎて、ノーと言えなかっただけの話。彼は本を閉じると、言葉もなくついてきた。

ロビンは、明日になるまで行く必要がない理由を二〇も挙げた。だけど、わたしたちがその場を去ろうとした瞬間、心変わりでもしたのか、結局一緒に行くことになった。

フィの反応は最高だった。彼女は寝袋から這い出しながらこう言った。

「運動しなくっちゃ！　わたし、ずっとそうしたかったの。さあ、運動、運動」

ちょっと嫌味な感じ。それでも、わたしは彼女の言い方を許すことにした。だって、わたし自身そんなに行きたくなかったのに、彼女がとても乗り気になってくれたから。

こうして午後四時頃、わたしたちは出発した。身体を動かすことは、今のわたしには何よりの薬だ。そうすることで、心に健康とエネルギーがいくらか取り戻せそうな気がした。おまけにわたしたちは道にすっかり慣れていたので、足元に神経をつかう必要もなく、歩きながらおしゃべりをする余裕もあった。

崖をめぐり、茂みを突っ切った。それから、ヘルの住人であった孤独な男が残した美しい手作りの橋を渡って、わたしたちは曲がりくねった道を登った。もし、橋を渡る時、あの〈世捨て人〉が、洞窟に住む小人やしわがれ声のヤギみたいにひょっこり顔を出したら、わたしたちの姿を見てびっくりしたに違いない。いや、国が侵略され、ヘルがわたしたちの隠れ家になるなんて、いったい誰が予想できただろう。

予想不可能なことといえば、これから先、わたしたちは同じように未来の出来事に驚き続けることになるんじゃないだろうか（明日どうなるか、誰にも分からないのだ）。もしかしたら、予想もできない出来事で戦争が終わりになるかもしれない。それは素晴らしく理性的な考えに思える。そんな風にポジティブに考えながらウーベゴヌーの頂きを目指すことで、わたしは自分を慰めようとしていた。

しばらくして、みんながわたしを元気づけようと、無理に明るく元気そうに振る舞っていたことに気づいた。フィが言い出しっぺになって、わたしたちは途中から「私は憶えてる」というゲームを楽しみ始めた。

それは、お気に入りのゲームの一つだった。時間をつぶすにはもってこいだし、何よりもシンプルだった。〈私は憶えてる〉で始まる文章を作って、それが本当かどうか確かめるだけ。そのゲームをしていると、以前の生活に戻ったみたいな気分になれた。最初、わたしはそんなに乗り気じゃなかったけれど、なんとなく参加することにした。

フィから始まった。

「〈私、憶えてるわ〉。サリー・ゲッデスのご両親が、わたしをリーのレストランに連れていってくださったの。わたしは羊肉のカツレツを注文したのよ。だって、メニューに書いてあった中国語名がとっても変だったから」

「中国語じゃなくて、タイ語やベトナム語だよ」リーはぼそりとつぶやき、自分の番になって語気を強めた。「〈僕は憶えてる〉。何時間もバイオリンの練習をしたおかげで指を痛めたのを。それでも、先生はもっと練習するように命令したんだ」

「〈私、憶えてるな〉。『爆弾が破裂した（ファイア・クラッカー）、教会の後ろだ』ってオーツさんの声を聞いて、わたし、すごく興奮して外に飛び出したんだ。でも、それはわたしの勘違い。本当は『コーラスの練習をしてる（クワイアー・プラクティス）』って言ってたことが分かったの」

「〈私は、憶えてるわ〉。初めて信号機を見た時のこと」

「まあ、エリーったら。あなたったら田舎者ね」

「〈私、ゼリーを作ったの憶えてる〉。レシピに書いてある通りに作ったのよ。三番目に、『冷蔵庫の中に立て（スタンド・イン・フリッジ）』って書いてあったものだから、『どうしてわたしが冷蔵庫の中に入って、待ってなくちゃいけないの』って思ったんだもの」

「フィ、それは作り話でしょう」

「本当のことよ、誓うわ」

「〈僕は憶えてる〉。先生たちはみんな、僕のことを気に入ってくれてると思い込んでた。でも、二年生のある日、先生が話してるのを聞いたんだ。僕は、なるべくならかかわりたくない子どもなんだってさ」リーが再び、過去を打ち明けた。

「〈私、憶えてる〉。七年生の時だった。エリーはいつもわたしのために席を取ってくれてたんだけど、ある日、そうしてくれなかった。世界が終わってしまったみたいに感じて、わたし、家に帰って泣いたんだから」

わたしもまだそのことを憶えてて、罪悪感を感じていた。あの頃、わたしはロビンのことがちょっとウザったくなってた。新しい友人を作りたかったんだ。

「〈私は憶えてるわ〉。小さい頃、群れをなした若い雌牛のそばを通りすぎようとした時、そのうちの一頭がしっぽを上げて、わたしの頭の上にウンチした！」

「〈私、憶えてるの〉。一年生の時よ、先生に『猫のおなかが削られちゃった』って話したの。わたしが何を言いたいのか、先生はなかなか理解できなかったみたい」

「それってどういうこと？」

「もちろん、去勢されたってことよ」フィが、風鈴みたいにかすかに微笑んだ。

「〈僕は憶えてる〉。プールの時、間違って女子更衣室に入り込んだこと」

「間違いなのかな。ホントに？」

「〈私、憶えてるんだ〉。ジェイソンとつき合ってた頃、時間があれば彼と長電話してた。でもある日、わたしが何を聞いてもぜんぜん返事が返ってこないことがあって。ずいぶん待ったけど、ずっと『シーン』なんだもん。結局、わたしは電話を切ったわ。次の日、学校でそのことを彼に問いつめたら、話してる間に寝ちゃったって白状したの」

「〈私は憶えてる〉。初めて学校に行く前の晩、興奮しすぎてパジャマの下に制服を着込んだままベッドに入ったの」

あの当時からすると、学校に対するわたしの思いはずいぶん変わってしまっていた。

「〈私、憶えてるの〉。パパとママがわたしを全寮制の学校に行かせたがった時のこと。わたしは部屋に駆け込んで、何時間も閉じこもったわ。パパやママの気が変わるまでね」

「〈僕は憶えてる〉。二年生の時、自分のバイオリンとチョコレートバーを取り替えっこしたんだ。両親にバレた時、これ以上ないってくらい怒られた。親は電話へと走って、『交換はナシにしてくれ』って、相手の親に頼んでた。そいつが誰だったかも憶えてないんだけど」

「わたし、憶えてるわよ」フィが言った。「スティーブでしょう」

「そう、そう」わたしは言った。スティーブはわたしの元カレ。彼はいつも饒舌だった。

「ロビンの順番よ」フィが言った。

「ええ、今考えてるとこ。そうね、〈私、憶えてる〉。おじいちゃんがわたしを抱き上げようとしてくれた時のこと。タバコを咥《くわ》えてるのを忘れてて、わたしの頬を火傷させそうになったのよ」

「〈私は憶えてる〉。小さい頃、わたしはホーマーがオシッコするのを見たの。わたしも立ったままでしてみたいって思って、パンツを下ろしたんだけど……」わたしは言う必要もなかったけど、つけ足した。「うまくいかなかったわ」

「〈私、憶えてるのよ〉。最後に両親に会った時のこと」フィが言った。「ママはわたしに注意したわ。キャンプに行くからっていうだけで、食後の歯磨きを怠ける言い訳にはならないのよって」

「〈私は憶えてる〉。キャンプに行くって言い出した時、パパはわたしたちのことを、どうしようもない悪ガキだって言ったの。もし、わたしたちがカウボーイなら、みんなクビになってたわ」わたしは順番を抜かして言った。再び憂鬱な気分になり始めていた。

「そのままパパは、サヨナラも言わずに、バイクで走っていっちゃった……」

「〈僕は憶えてる〉。僕が出かける時、父さんがとても心配してたのを」リーが言った。「そして、『くれぐれも慎重に。危険なことに手を出すな』って言ったことを」

「あなたは、とても素直だったものね」ロビンが言った。

「ねえ、キャンプに出かけるって時、わたしの両親が何をしてたか教えてあげようか。わたし、サヨナラを言おうと思って、両親の寝室のドアを開けたの。そしたら、二人はベッドの上で愛を確かめてる最中だったわ。幸い、わたしに気づかなかったみたいだから、そっとドアを閉めたんだ。そして、しばらく待ってからドアをノックして、なるべく大きな声でサヨナラを言ったってわけ。それから大急ぎで車に向かったの」

ロビンはそれ以上、話せなくなった。わたしに微笑むばかりだった。

「わたし、あなたが車に乗り込んできた時、どうしてあんなにニコニコしてたのかとっても不思議だったのよ」わたしたちの微笑みが消えた後、フィが言った。「わたしに会えて、うれしくて仕方ないんだって思ってたわ」

「そうね、もちろんそれもあるわ」ロビンは答えた。その時、彼女の足はウーベゴヌーの頂上を踏みしめていた。

ヘルとは違って、吹きさらしの頂上は寒かった。空は澄みきっていて、風が鋭く激しく吹いていた。綿アメみたいな雲の断片が、手の届きそうなくらい近いところを漂っていた。ずっと晴天続きだったけれど、このひどく冷たい風が嵐の到来を予告していた。遠くの山並みの向こうに、白くて分厚い雲の先端が見える。そこでじっと何かを待っているみたい。わたしは立ち上がり、はるかコブラー湾の辺りを確かめようとした。何隻ぐらいの船がいるのか数えたかったんだけれど、暗くて何も見えなかった。

わたしたちは五分間、そこに座って呼吸を整えた。そうして、日が沈む直前のわが家の美しさに見とれていた。それは美しくもあり、残酷でもあったけれど。

何年もの間、ヘルを恐れていた理由が分かった気がした。飼いならされた動物園の動物たちにも粗野な表情が潜んでいるように、このヘルも何か恐ろしいものを隠し持っているのではないか。暗い緑や赤みがかった茶色、それに、灰色や黒色をした木々や岩の塊、それがヘルの姿だった。ヘルは生きている。神々から見捨てられ、自らの本能のままに生きるものたちの巣窟。今のわたしたちにはふさわしい場所だった。

手元には、バッテリーの節約のために、しばらく使うのを我慢していたコリーのラジオがあった。わたしたちはすでに、いつ、どこの局でニュースが放送されるのか確認済みだったから、この時間も迷うことなくアメリカの放送に周波数を合わせていた。

わたしたちの国で起きている出来事は、もはや二週間前からトップニュースではなくなっていた。だから数分間はそのまま待たなくてはならなかった。この夜、わたしたちの国のニュースは、四番手に格下げ。世界はあっという間に侵略戦争のことなど忘れ去ろうとしていた。それでも、少しは新たな情報を仕入れることができた。

敵国への経済制裁が行われ、いくらかの効果が期待されていた。

わが国は政治的・軍事的な機能をほとんど失っていたけれど、それでもいくつかの山岳地帯や大都市は死守しているらしい。

アメリカ空軍機が親切にも、わが国の政治的リーダーを保護してくれていた。そのリーダーたちが、はるかアメリカの地から呼びかけている。偉そうに国民の勇気を鼓舞する演説をしたかと思ったら、自らの失策に対する言い訳がましい弁明が始まった。その時点で、リーの怒りは頂点に達していた。

ゲリラ活動はいくつかの地域で継続していたけれど、国の大部分を敵ががっちりと押えていて、最初の植民地ではすでに敵国民の移住が始まっていた。

ニュージーランドだけがわが国に兵士や物資を送り、直接的な軍事的援助を行っていた。他の国、特にパプア・ニューギニアからも、非公式な民間の援助があった。けれど、ニューギニア政府は、攻撃を誘発するのではないかという恐れと、自分たちが次の標的になるのではないかという恐れの間で、かなり苦悩しているようだ。

アジアや太平洋の軍事的バランスはかなり変化してしまって、世界中が対処しかねていた。インドから来た女性の政治家は、国連を代表して和平に向けての話し合いを仲介しようとしたけれど、彼女の提案のすべてはきっぱりと拒否された。

……次のニュースは、シカゴで足を故障した有名なバスケットボール選手の話題だった。

もういいよ。わたしたちはうんざりしていた。黙ったままランドローバーまで歩いていくと、ロビンとわたしは羊を担ぎ、他の二人は運べる限りの荷物を背負った。まだかなりの食糧が残っていて、最低でもあと一回はここに来なくてはならなかった。

キングさんの小さいオモチャみたいな農場のことを思いついて、本当にラッキーだった。おかげで、なんとか冬を越せそうだ。もちろん遠くない将来、敵によって占領された農地から食糧を盗まなければならない時がくるかもしれない。

CHAPTER 06

リーとわたしは、〈世捨て人〉が建てた小屋のドアの外に腰を下ろしていた。暗くて悩ましい世界から逃げ出した男は、こんなちっぽけな隠れ家に彼なりの安らぎを見つけたんだろう。たぶん、そう。本当のところは知らないけれど。

わたしたちも同じように、醜い世界から逃げ出してきた。けれど、その世界とのつながりを断ち切ることはできそうにない。その世界の一部をこのヘルに持ち込んでいたし、今後も逃げてきた世界とかかわり続けなければならなかったから。

それでも、この古びた小屋にいると、わたしの心は安らいだ。人間の世界から逃れようとするなら、これ以上隔離された場所は他にはない。

何度となくここに来たのはなぜだろう。

たまに、小川の底を這いまわりたくなったから。まるで、傷ついた犬が暗い草むらに身を隠して、そのまま死を迎えるか、傷が癒えるのをじっと待つみたいに。

たまに、ここで誰かが生きていたんだってことを自分の眼で確かめたくなったから。

そして、もしかしてここなら何か答えが見つかるかもって、ぼんやりと考えていたからだ。〈世捨て人〉はこの場所で長い時間を一人きりで過ごしたのだ。煩わしくて騒々しい世界から解放され、考える時間もたっぷりあったに違いない。わたしたちには想像もできないようなことを考えていたかも。違うかな？　そんな風に考えるのは単純すぎる？

しばらく前から、わたしは小屋の片づけをするようになっていた。のんびりと、そして時にはリーにも手伝ってもらいながら。その小屋は、テレビのコマーシャルに出てくるような素敵なモデルハウスとは比べようもなかったけれど、ただのみすぼらしい廃屋ってわけでもなかった。茂みにほとんど飲み込まれながら、それでもそれを撥ねつけるような凛とした佇まいを保っていた。平和に暮らしてる時は家事なんかに興味なかったけれど、綺麗になった部屋を見て、わたしは少し誇らしい気分だった。

だけど、この日はトラック輸送団を襲撃した後だったせいか、片づけを続ける気力がなかった。わたしは座り込むと、リーの温かな胸に背をもたせかけていた。

　彼の長い腕がわたしに絡みつき、その音楽家らしいしなやかな指が、望むがままに動いていた。わたしは期待していた。彼が激しくわたしを抱きしめ、情熱的に身体をまさぐってくれたら、わたしたちがまだ生きていることを実感できるんじゃないかって。もしかしたら、わたしにつきまとう暗い影までも追い払ってくれるかもしれないって。その日は冷たくて、灰色にくすんだ一日だった。まるで、わたし自身を映し出しているような気がした。

　みんなはトラック輸送団の襲撃について、一言も口にしようとしなかった。リーやわたしだけでなく、誰一人、何も。いつもなら、自分たちがやり遂げたことを熱っぽく語り合っていたもの。とはいえ、今回の襲撃はあまりに事が大きすぎた。ただトラックを吹き飛ばしたで済む問題じゃない。とんでもないことをやってしまったんだ。もちろん、ウィラウィーの橋を爆破した時のように、壮絶なシーンに興奮しなかったと言えば嘘になる。だけど、一つ一つの出来事を思い返すと、怖くてたまらなかった。

　ホーマーが銃を隠し持っていたこと、彼が兵士を撃ったこと、わたしが負傷兵を殺したこと……。それらは軽々しく触れることのできないタブーにさえ思われた。何か言ってしまえば、自分の血塗られた暗い部分について語らないわけにはいかなかったから。

　それでもやはり、その日、リーとわたしは現実の出来事について話をしたのだった。

「あんな派手な襲撃をやって、君は平気かい？」リーが尋ねた。

「どうなんだろう。自分が感じてることさえもう分からない」

「でもさ、まだ感情は残ってるんだろう？」彼は手をわたしのTシャツの下に忍び込ませ、お腹の辺りを撫でた。わたしは笑った。

「もちろん、あと一つか二つくらいはね。今のところ、最悪な感情ばかりだけど」

しばらく沈黙が続いてから、彼が聞き返してきた。

「それって、どんなの？」

「恐怖、不安、憂鬱……ってとこかな。それぐらいしか思いつかない」

「いい感情ってないのかな？」

「ないわね」

「一つも？」

「わたしに何を言わせたいか分かってるわ。あなたを愛してるとか、言ってほしいんでしょ」

「違うよ。そんなこと思ってもみなかったよ」彼は傷ついたような感じだった。「僕はただ、君のことを心配してるだけなのに」

「ごめんね。なんだか素直に考えられなくなってるんだ。何もかも歪んで見えるの。……ねえ、他の国がわたしたちのために何もしてくれてないって信じられる？」

「うーん、これまで侵略された国はいくつかあっただろうけど、僕たちだって彼らのために何もしなかったからね」

「わたしたちもこのまま放っておかれるわけ？　みんな、わたしたちを愛してくれてると思ってたのに」

「僕たちに好意を持ってただけじゃないのかな。『好き』と『愛する』との間には大きなズレがあるからね」

「それってどういうこと。じゃあ、あなたにとって好きって何？　愛ってなんなの？　あなたはわたしのこと好きなの？　愛してるの？」

わたしは口を滑らせて、つい聞いてしまった。彼の答えを待つ間、気が気ではなかった。

「難しい問題だね」

おへその周りに円を描いていた彼の指が、さらに上へと滑っていく。彼の指先に触れられたとたん、これまで死んで冷たくなっていたわたしの肌が生き返るような気がした。しばらくして、彼はゆっくりと答えた。

「エリー、僕は君のこと、どんなに欠点があっても愛してるよ。それが愛ってものだろう」

リーにだって欠点があるじゃない。わたしはそう思って、最初は少しムッとした。根暗で無口だし、すぐにキレるし、執念深いし……。でも、わたしも似たようなもの、欠点だらけだ。

仕切りたがり屋で無神経。それに他人に対して批判的なところも欠点かもしれない。そう考えているうちに、わたしはようやく理解した。彼が最大の愛の言葉をわたしに贈ってくれたってことを、どれだけわたしのことを想ってくれているのかってことを。

彼の言う通りだ。誰かと知り合う以前に抱く感情と、知り合った後の感情との間には、確かに違いがある。とても美しい人に出会うと、残りの人生をその人と一緒に過ごしたいと思う。そんな眼で、その人を追いかけ続けるのかもしれない。その時、自分の中に何か熱いものが溢れてきて、それを愛だと思ってしまう。

でも、そんな愛なんてじつは大したことなかった。それは、学校で映画俳優や歌手のことを「愛してる」って言うのと大差ない。そんなの愛じゃない。リーが言っていた愛とは、わたしたちを包み込む山々と同じくらい、深くて大きいものなんだ。

その瞬間、妄想の世界がわたしの心の中に広がった。その世界で、大人のわたしは必死に働き、家族を支え、みんなを引っぱっている。リーと一緒の未来を思い描いた自分に気づいて、わたしは焦った。何かの間違いよ！　そんなの、わたしの予定に入ってないもの！

わたしは上体を起こすと、胸に絡みついていたリーの手を振り払った。

「どうかしたの？」リーが言った。

「わたし、この問題をあまり真剣に考えたくないの」

「逆だよ。君は考えすぎなんだ」

「リー！　見透かしたみたいなこと言わないでよ」

「いいかい」彼は笑った。「君自身、自分の気持ちを分かってない。だから、教えてあげたほうがいいと思ってさ」

「それは悪かったわね」

「じゃあ、君は自分の気持ちが分かってるの？」

「ええ、もちろんよ」

「そうか、じゃあ始めようか」

「何を？」

「君は、自分がどう感じてるか、分かってるんだろう。だったら、さあ、話してくれよ。僕はもう待てないんだ。そろそろはっきりさせよう」

「いいわ、分かったわよ。はっきりしましょ。わたしがどう感じてるか？　そうね、ええっと……。そうよ、わたし、混乱してるの」

「ほら、僕の言った通りだろう。君は自分がどう感じてるか、分かっちゃいないんだ」

「分かってるわよ！　わたし、混乱してるの。そう言ったじゃない」

「でも、混乱してるってのは、感情じゃないさ」

「立派な感情よ！」

リーは再び、わたしを押し倒した。

「エリー、君の悪いくせだ。考えすぎて、感情を押し殺してる」

彼はそのままの姿勢で、熱烈なキスをしてきた。長いキス。わたしもいつしか彼に応えていた。唇の動きがだんだんゆっくりとソフトになっていく。みだらな感じはしたけれど、嫌いじゃなかった。でも、わたしの頭にはまだ引っかかるものがあった。唇を離して息を継ぎ、わたしの肩を愛撫するリーを見つめて、わたしは再び話を切り出した。

「リー、わたしを黙らせたくて、こんなことしたんでしょう。でも、わたしはあなたとのことを真剣に考えてるのよ。これからどうなるのか、わたしたちがどんな風になってしまうのか、正直分からないわ。だからって、『誰も未来のことなんか予言できない』なんて台詞、もう聞きたくない。もっと違う言葉が聞きたいの」

「他にどう言えばいいんだい？　未来は……分かんないよ。そもそも、未来ってなんなんだ。それは一枚の白い紙切れみたいなもので、僕たちは今、その上に線を引っぱってる。でも、僕たちの手が止まる時だってあるし、引いた線が望んだものとは違ってることだってあるだろ」

リーは夢を見ているような表情で、頭上に覆いかぶさる木の枝を見つめた。それでも、リーの言葉はわたしの心の奥深くを揺さぶった。

「ふうん、そんなこと考えもしなかった。思いつきなの?」

「まあ、そうかな。前から考えてたけど、今回いろんなことがあって、そうなんだってはっきりしたのさ。とにかく、それが真実なんだ。僕に言えることはそれだけ」

「ヘルで過ごすようになってから、わたしたちは望み通りの線を引けるようになってるよね。前よりも、ずっと望んだ通りに。ここには、わたしたちを束縛する大人はいないんだから」

「確かにそうさ。でもある意味では、僕たち自身が大人みたいになって、自分たちの行動を監視してるとは言えないかな。バカげたことを考えないようにって、僕たちの中に暗黙の了解みたいなものができてるよね。ヘルに行くって言い出した時、僕たちがセックスやドラッグやチョコレートに手を染めるんじゃないかって、大人たちは疑っていたはずだよ。賭けてもいい。でも、僕たちは一線を越えなかったよね。少なくとも、今までのところは」

「だから何? 何が言いたいのよ?」

「君は分かってるさ」

「あなたは、セックスのこと言いたいの? それともドラッグ? チョコレート?」

「そうだね。どれがもっとも重要なのか、僕自身は分かってるつもりだよ。チョコレートでないことは確かだ」

「あなたは、わたしたちがそれをするべきだって思ってるのね?」

「それ？」彼はしつこく聞いてきた。「『それ』ってなんだい？」

「分かってるでしょ」

「ああ、僕はそれをすべきだと思ってる。君はどう？」

「そう思う時もあるわ」わたしは認め、顔を赤らめた。リーが真剣なのか、ふざけているだけなのか、分からずに困惑しながら。

「君は、ホーマーとフィがそういう関係だって思う？」

「いいえ。だったら、フィはわたしに話してると思うから」

「女の子って、ヘンだよね。そんなことをお互いに教え合うなんてさ。とにかく、二人のことを君が書いてから、フィは君にあまり話をしなくなったんじゃないかな」

「あれから、二人は近づこうともしないわ」

「うん、見るからにギクシャクして、なんか笑っちゃうね。あ、ちょっと待って。この会話も君は書き残そうとしてる？」

「もし書いても、誰にも見せないわ」

「そのほうがいい」彼はわたしに向き直って、手の甲を撫で始めた。「それで、エリーの物語はこれからどうなるのかな？　何が書かれるんだろう？　それにしても、どうして僕たちはこんな話をしてるんだろうね」

「分からないわ。あれこれ考えすぎて、頭がヘンになってるみたい。わたしたちがこうして一緒にいるのも、他に誰もいないからなんじゃないかって、そう考えることもあるくらいよ。もしあのまま普通に過ごしてたら、もし侵略なんかされなかったら、わたしたちは友達にさえならなかったんじゃない？　ある意味、アメリカ映画によくあるひと夏のロマンスみたいなものなのかも。理由はないけど、どうしても実感が持てないのよ」

リーが何かを言おうとしたけれど、わたしが遮った。

「いいの。何が言いたいのか分かってるから。わたし、考えすぎなのよね。でも、重大な問題をごまかしてるような気がする。そうよ、あなたが言ってたようなこと。わたしたち、ここのところずっと一緒にいるし、いい感じだと思う。でも、わたしの中にもう一歩前に進みたいっていう思いがあるの。肉体的なことだけじゃない。でも、何かがあるの」

話しながら、わたしの中にぼんやりと確信めいたものが芽生えてきた。

「それは、わたしたちに起こったすべてのことと関係があると思うんだ。侵略されたこと、へルにいること、町に出ていろんなものを破壊したこと、人を殺したこと……。時々、自分にこう問いかけるの。すべてが、わたしたちの人生になるんだろうかって。ここにじっとしてこの状態を維持するのが、わたしたちの人生なの？　二、三週おきに町に出て、兵士たちを殺すことが人生なの？　これからずっとこんなことが続くのだとしたら、そんなの放り出しちゃえって気になるよ。何が起こったって、とにかくわたしは前に進みたい。わたしたちはここに来てから、一歩も前に進んでない。おんぼろの養鶏場を作った以外に、何も建ててないのよ。何も学んでないし、建設的なこと何もしてないじゃない」

「僕たちはたくさん学んできた。そう思うけど」

「ただ生きるためっていうだけなら、そうかもしれない。でも、学ぶってそんなことじゃないわ。わたしが言いたいのは、それ自体はなんの役にも立たないもののことよ。たとえば、星座の名前なんかそう。それに、顔にペンキを垂らしながらシスティナ礼拝堂の天井を埋め尽くしたミケランジェロの描法とか、フィボナッチの数列、日本のお茶会とか、みんなそう。何が言いたいのか、分かるかな」

「分かってるつもりだよ。そういうものを失ってしまえば、他に何が起ころうと、どれほど軍事的勝利を勝ち取ろうと、僕たちは負けたことになる。つまり、そういうことだよね」

「その通りよ。もっと前向きなものに眼を向けるべきなの。野菜の種をまくってのも悪くないけど、でも、わたしたちは花を植えるべきだったのよ。〈世捨て人〉はそのことを理解してた。だから彼はこんなにバラを植えたんだし、小川に丸太を渡すだけじゃなくてあんな立派な橋を作り上げたの。何百年も残るような橋をね。わたしたちも何かを創造しなくちゃいけないわ。そして、長期的に物事を考えるの。他のみんなのために、何かを残さなければいけない。

そう、生きた証を残すのよ！」

わたしは〈世捨て人〉の暗く狭い小屋の中を跳ねまわると、バラの花びらを両手いっぱいに持ってリーの顔に撒き散らした。でも、それだけでは物足りない。

わたしの中に突然、膨大なエネルギーが湧き上がった。その気になれば一〇〇〇本の木を植え、一〇〇〇人の男の子にキスをし、一〇〇〇戸の家を建てられそうなくらい。それができない代わりに木の枝をかき分けながら猛スピードで小川を下り、空き地を走り抜けた。そして、サタンズ・ステップから夕暮れを眺めようと、道をゆっくり上っていった。

暗くなり、ハエが寝静まるのを待って、ホーマーとわたしは一頭の羊を殺した。わたしが押さえつけている間に、彼が喉をかき切ったのだ。それから、わたしが首をねじってへし折った。血がボタボタと滴り落ちていく。一つの命が消える瞬間だ。

わたしたち二人は羊の体の両側に立つと、皮はぎに取りかかった。眼の前で、ホーマーが大きな手を使って胸やお腹の皮をはいでいる。こうした作業を楽しんでいたわけじゃない。できないかもしれないとさえ思っていた。だって、トラック輸送団を襲撃した時の嫌な記憶が蘇ってくるかもしれなかったから。

けれど羊をつかむとすぐに、わたしはいつものように慣れた手つきで作業に取りかかっていた。羊を殺すうちに、自分を殺しているような気になる。家畜の解体処理に飽き飽きすることなんてない。たとえば、生温かい心臓を取り出す時、そこにはまだ生命が宿っているように感じる。何度経験したって強烈な印象を与えるものなんだ。だからロボットみたいに、ジャガイモの皮をむくみたいに、羊の皮をはぐことはあり得ない。

なんとかうまく作業が進んで、わたしはホッとした。心の底からホッとした。切り落とした頭を、残飯処理用に掘った穴に放り投げた。そもそもわたしには羊の頭まで処理する気はなかったし、特にその夜は、顔の皮をはぎ、舌を切り取る気にもなれなかった。

死体を木の枝につるし上げ、内臓を取り去った。バーベキューを早く食べたいというみんなの思いが伝わってくる。だからわたしたち二人が率先して解体作業に取りかかったわけだけれど、静観していたほうがよかったかなとも思う。

こうして、わたしたちは切り落とした肉片を木の枝に刺すと、火で炙《あぶ》った。バーベキューの始まりだ。真夜中になってようやく、飢えた口が熱いピンク色の肉にありつけたってわけ。でも、待っただけの価値はあった。黒い脂まみれの指で肉を引き裂きながら、わたしたちはお互いに笑顔で肉にかぶりついていた。

あるものの死は、新たな生を生み出す。わたしの中に新たな決意が、そして新たな確信と自信がみなぎってきていた。

CHAPTER 07

　これから起きる出来事は、すべてわたしの考えをきっかけに始まった。だから、全責任はこのエリーにある。わたしたちはやるべきことをやってない、何も変わってないという苛立ちが募った結果、そうなってしまった。

　わたしはずっと考えていた。小川を道と思えば、ヘルの反対側に抜けるルートがあるんじゃないかって。眼の前を流れている小川は必ずどこかに抜け出るはずだし、山のほうへと登るなんてあり得ない。実際、ヘルの隣の谷にはホロウェイ川が流れていたし、リスドンだってあったのだから。

常識からすれば、馬鹿げた考えなのかもしれない。もちろん道があったとしても、人が通っていけるという保証はどこにもない。だけど、やってみる価値はあるという思いに変わりはなかった。わたしは、この川の向こうに別世界が広がっていると感じていた。山から抜け出せば、そこには新緑に溢れた土地が、平和に満ちた土地があるはず。わたしたちはそこで、ウィラウィーでの不安や絶望を忘れられると思っていた。

こんな夢物語を、わたしはみんなに話せなかった。「避難ルートを確保しておく必要がある」、「ホロウェイがどうなってるのか知っておくことは大切なこと」と言っただけだった。知ることは、結局は力になる。そう自分に言い聞かせる。

みんなは相変わらず神経質になっていた。それでも、彼らを説得するのは簡単だった。ホーマーも「俺たちは仲間を探し出し、そのグループと合流する必要がある。そのチャンスがリスドンにはあるんだ」って何度も言っていたし、それに、わたしたちみんなが、何か新しいことに取り組む段階にいると感じていたから。

クリスだけがヘルに残りたがっていた。ニワトリやもう一頭の羊の世話をするためにも、誰かが居残ってくれるのは助かる。けれど、クリス一人を残すことがよいことなのか、わたしには確信が持てなかった。

彼はノートに向かってひたすら何かを書き続けていたかと思うと、気の向くままにあちこち歩きまわるという感じで、最近ではみんなの中で完全に浮いていた。おまけに、キングさんの家から持ち込んだビールを一本残らず飲み干してしまったようだ。だって、どこを捜しても見つからなかったから。彼の機嫌の悪さは、もしかしたらお酒が切れたせいだったのかもしれない。クリスはたまに狂ったように活動的になって、たとえば薪を乾燥させておくために必要な大きい小屋を、誰の手助けも借りずに三日で完成させ、それが終わるとそれっきり何もしなくなった。

さて、リスドンまで行くつもりなら二、三日はここを離れることになる。わたしたちは適当な大きさのリュックに寝袋やジャンパー、ポンチョをつめ込んだ。テントの代わりにタープやシートを持っていくことにした。そのほうが軽かったし、いろいろと使い道があったから。どのように小川を歩いていくかを相談するところで、議論はヒートアップした。ホーマーは次第に彼本来の強引さを取り戻したのか、岩場で滑ることはなさそうだからブーツを履いていくべきだと譲らなかった。わたしは濡れたブーツを履いたままでいたくなかったから、川の中を素足で行くべきだと言い張った。秋が早足で近づいていたけれど、水の中を長時間歩いても問題ないはずだと思っていた。

けれど、熱くなりすぎたんだろうか。その議論は、ずっと前にけりをつけておくべきだった話題へと飛び火してしまった。そう、ホーマーがバターカップ・レーンの襲撃に銃を持っていったことについて言い合いになったのだ。ホーマーは、まるで人を見下すような態度でこう切り出した。

「じゃあ、俺はブーツを履いてくよ。お前たちは好きにすればいい」

「結構だわ。そのせいで足が水ぶくれにでもなったりしたら、わたしたち、あなたを運ぶはめになるってわけね。ホーマー、足を大事にしないと、いざって時に何もできなくなるかもしれないわよ」すぐさま、わたしはこう返した。

「はいはい、ママ、分かりました」彼も茶色の瞳を鋭く光らせながら言い返してきた。

わたしはいつもホーマーに対して、後に引くと自分の負けになるという感情を持っていた。彼はとても強引で、誰に対しても威圧的に振る舞っていた。みんなはみんなで気弱になって立て突こうとしないから、彼は他人を見下すような態度をとるんじゃないかな。だからこそ、わたしはいつも彼にささやかに反抗してきたし、今もまたそうしてるつもりだった。

「大事な話をしてるだけでしょ。なのに、どうしてそんなバカにした言い方するの？　ホーマー、あなたはみんなのことを自分の思い通りに動く家来だとでも思ってるんじゃない？　特に女性のことなんか、完全に見下してるよね？」

それは、魚に向かって「水に濡れてませんか」って聞くようなものだった。

「エリー、俺は分かってるぜ。お前はなんでもかんでも、自分の思い通りにならないと気がすまないんだよな」

「そうかな。じゃあ、いつ思い通りにいかないことがあったっていうの？」

「へえ、そんなこと聞くかね。今朝、朝飯食ってる時、そうだったろ。お前はクリスが火をつけるのを止めさせたよな。二時間前だってそうさ。お前はリーに桃の缶詰を開けさせなかったじゃないか」

「へえ、あなたはそんな風に受け取ってたってわけ。わたしはただ、みんなにとって正しいと思うことをしただけ。つまり、生き延びるためのことをね。もし、ここから煙が出てるのが見つかってたら、わたしたちは死んでたでしょ。好き勝手に食べてたら、それこそ死活問題になるでしょ。いい、わたしは自分勝手に文句を言ってるわけじゃないのよ」

「エリー、お前はもっと、みんなの声に耳を傾けるべきじゃないのか。結局、お前はずっとワンマンバンドでいたいと思ってるだけなんだよ」

その言葉に、わたしはほとんど爆発寸前になった。

「それはどうも、アリガト。ワン〈マン〉バンドなんて、わたし、やりたくもない。それに、正確に言うなら、ワン〈ウーマン〉バンドでしょ。そんな言葉づかいをすること自体、わたしがさっき言ったことを証明してるようなものよ。でも、ちょうどよかった。わたしたち、銃とか持っていかないって決めてたよね。なのにショットガンを隠し持っていたあなたたって、ホント愚か者よ。ホーマー、あなたのワンマンな行動で、みんなの命が危険にさらされたんだから。あなたこそ身勝手だわ。みんなのこと、何も考えてないでしょ」

「俺が間違ってたって？　もしあの時、銃を持ってなかったら、今ごろクリスと俺は死んでたぜ。もしかしたら全滅してたかもしれない。エリー、俺はお前の命の恩人なんだからな。そうさ、俺はヒーローなんだ」

「なんとか切り抜けられたのは、単に運がよかっただけじゃない。信じられないくらいラッキーだったわ。そのことにまだ気づかないの。もし、茂みに入っていった兵士たちがライフルを持ってたら、あなたは愛しのショットガンを取り出す時間もなかったはずよ」

「エリー、俺はそいつを手に持ってたんだ。いつでも来いって感じでな」

「じゃあ、兵士たちがわたしたちに飛びかかってきてたとしたら、どうなの？　もし、わたしたちが小型のショットガンを持ったまま捕まってたら？　わたしたちは木に縛りつけられて、撃たれてたでしょうね。あなたは、自分の手で五人の血を流すことになってたかもしれないのよ」

「でも、現実はそうならなかった。てことは、俺の正しさが証明されたってわけだろ」

「そんなの結果論に過ぎないわ。全部が全部、偶然じゃない」

「違うな。そうならなかった事実がある以上、俺たちが自分自身をしっかり守ったことに違いはないんだ。偶然なんかじゃない。どっかのゴルファーが言ってたっけ。最高のプレイヤーってのは、いつも幸運なんだって。そう、慎重でヘマさえしなければ、俺たちはずっと幸運でいられるのさ。俺は偶然ってやつを信じてない。そんなことは銃を持っていく前から分かってたからな」

「あなた、イカレてるわ。あそこで何も起こらなかったなんてよく言うわよ！　偶然を信じないって？　あなたは人生がどういうものか分かってないみたいね。すべては偶然なのよ。あなたは、自分がすべてを支配できるみたいな気になってない？　自分が神様だと思ってるんじゃないの？　ゴルフにしたって、木に跳ね返ったボールがたまたまカップに入ることだってあるでしょ。そのことをどう説明するの？　ともかく、問題は……」ホーマーに口をはさませないように、わたしは話を続けた。「問題は、みんなで決めたことに、あなたは従うべきだってこと。あなたはわたしたちを無視できないし、やりたいようにもやれないの。わたしのこと、ワンマンだなんて呼ばないで。あなたはステージに立つバンドであると同時に、裏方でもあるんだからね」

「お二人さん、いい加減にしなよ」クリスがわたしたちの話を遮った。

他のみんなの反応はそれぞれだ。ロビンはツルハシに寄りかかりながら、興味深げな表情で話を聞いていた。争いごとが苦手なフィは、五〇メートル離れた茂みの中、今はトイレに使っている場所に逃げ込んでいた。リーは『レッドシフト』というタイトルの本を読んでいて、顔を上げさえしない。クリスは龍の像を彫っていた。最近、彼はそんなものばかり作っている。それも、すごく上手に。

クリスはわたしたち二人の言い争いに苛立っていたようだ。数分後には、小川のほうへと立ち去ってしまった。

残されたわたしたちは、旅の準備に取りかかることにした。

わたしも荷物をまとめ始めたけれど、なかなか怒りは収まらない。それで、物をあたりにまき散らし、みんなにぶつぶつ文句を言い続けた。それでもフィがトイレから戻ってくる頃には、少しだけ気持ちが静まっていた。正確には、彼女がわたしを落ち着かせてくれたみたいなものだけど。

わたしが当たり散らしたものの一つに、洗濯物を干す竿があった。竿の片方は木の叉に残ったまま、もう片方が地面に落ちていた。フィは竿の端を拾い上げると、元の場所にかけ直そうと背伸びをした。でも、届かない。それで、わたしは彼女を助けようと近づいていった。フィの身体を持ち上げようとした瞬間、彼女の身体がビクッと反応した。とてもかすかな動きだったけれど、まるでわたしにぶたれるんじゃないかと身構えているような感じだった。

「フィ、何もしないわ」そう言いながらも、わたしはすっかり動揺していた。

「あ、ごめんなさい」彼女が言った。「あなたが急に現れて、びっくりしただけなの、それだけよ」

それから、わたしはテントの近くの地面に座ると、足を組んだ。

「フィ、わたしはモンスターにでも変身したかな？」

「エリー、そんなわけないでしょう。もちろんよ。ただ、ここでは本当にいろんなことが起こるし、わたし、そういうの相変わらず苦手だから」

「わたし、ずいぶん変わった？」

「いいえ、ぜんぜん。エリー、あなたは強い女性よ。どんな強敵が現れたって、いつもひるまずにぶつかっていくんだもん。ホーマーも強いし、ロビンも強い。それに、リーだってそうよ。だから、お互いに衝突したって仕方がないと思うの」

「誰だって、強い面を持ってるのよ。わたし、ケビンがコリーを車で病院に運ぶまで、彼のこと強い人間だなんて思わなかった。あなただって、あの橋を吹き飛ばした時は、すごくタフだったよ」

「でも、人に対してはそうでもないわ。面と向かうと何も言えない」

「あのね」わたしは問いかけた。「わたし、あなたとホーマーのことを書いたじゃない。まだ怒ってる？」

「いいえ、もう気にしてないわ。ただ、ショックだっただけ。あなたの問題は、正直すぎることよ。それがショックだったんだ。あなたって、考えてはいても絶対言わないようなことまで書いてしまうんですもの。日記には書いても、絶対人には見せないようなことを、あんなにあっさりと……」

「あなたとホーマーの関係は、まだこじれたままよね」

「そうね。でも、あなたの書いたことが原因なのか、わたしには分からない。彼って難しいの。とても優しくしてくれる日もあるかと思えば、どうでもいいみたいにわたしを扱う日だってあるんだもの。正直、訳が分からないの」

その日、わたしは重要な会話をたくさん交わしたような気がする。たぶん、出発することが目の前に迫って、みんな不安な気持ちを抑えきれなくなったんだろう。話さずにいられなかったんだ。

わたしは最後にもう一度クリスと話しておこうと思った。彼と話すのは、ある意味、ホーマーと話すよりもずっとしんどい感じがした。なんだか気が重かった。

わたしはクリスを探そうと、小川まで降りていった。最近、彼を無視していたことを済まないと思っていたからだ。彼が不機嫌さを増すにつれ、わたしは彼を避けるようになった。みんなもそう。だから彼の機嫌はますます悪くなった。聖母エリーは、彼のために一度くらいはいいことをしようと決めたのだ。

クリスは岩に座って、左足を見つめていた。裸足だった。最初は彼が何を見ているのか分からなかったけれど、彼はどうやら足の黒い突起物を見つめていた。それは、血の腫れ物みたいに見えた。身震いしながら近づいていくと、その正体がヒルだと分かった。クリスは静かに座ったまま、ヒルが血を吸って太っていくのを観察していたのだ。

「あ、ああ」わたしは言った。「あなた、どうしてそんなことしてるの？」

彼は肩をすくめた。「暇をつぶしてるのさ」彼は顔を上げさえしない。

「冗談はやめて。どうして、そんなことを？」

今度は何も答えなかった。わたしたちのやりとりなどお構いなしに、足に張りついたヒルはだんだん大きく黒くなっていく。まともな会話ができそうにない。わたしの眼はヒルに釘付けだった。それでも、なんとか言葉を続けた。

「留守してる間、あの平らな岩の後ろに卵があるかどうか、必ずチェックしておいてね。いい？　ブラッサムがたまに産んでることがあるの」

ブラッサムは、どちらかと言えば見栄えのよくない赤い雌鶏で、他のニワトリたちに仲間はずれにされていた。

「わかったよ」

「ところでわたしたちが出かけている間、どうやって時間をつぶすつもり？」

「さあね。何か見つけるさ」

「クリス、大丈夫？　あなた最近、みんなを遠ざけようとしてない？　みんなのことが嫌いなの？　どうしてそんなに落ち込んでるの？」

「別になんでもないよ。僕は元気さ」

「でも、昔はよくしゃべったじゃない。真剣に話し合ったりもしたよね。なのに、どうしてあんまり話さなくなっちゃったの？」

「さあ。話すことがないんじゃないかな」

「こんなにいろんなことが起こってるのに、そんなわけないじゃない。これまで経験したこともないようなことばかり、次から次に、大変なことが起こってるのよ」

クリスはまた肩をすくめた。そうしながらも、足を這っている薄汚いヒルから眼を離そうとはしなかった。

「わたし、あなたの詩をもっと読んでみたいんだけどな」

彼はじっとヒルを見つめているだけで、答えは返ってこなかった。それでも、ようやく口を開いた。

「そうだ、どれだっけ、僕の詩を読んでくれたことあったよね。あの時の君の言葉、うれしかったよ」それから、彼は独り言でもつぶやくみたいにつけ加えた。「僕はたぶん、君に読んでほしいんだろうね。いや、どっちだろう、分からないな」

クリスは振り向いて、わたしの前を素通りするように手を伸ばすと、岩の上に置いたジャケットから何かを取り出そうとした。わたしは反射的にジャケットをつかんで、彼に手渡したけれど……、まただ。彼の息に、むっとする甘いアルコールの匂いが混じっていた。どこかにお酒を隠し持っていたんだ。

彼はジャケットからマッチの箱を取り出した。まるで、わたしなど存在しないかのように。気力が失せていく。せっかくフィと話していい気分になれたのに、それが台なしになってしまった。

向こうから、ロビンの声が聞こえた。わたしに戻れと叫んでいる。いよいよ出発の準備が整ったのだ。

「じゃあね、サヨナラ」わたしはクリスに言った。「何日か、留守をよろしく。もしかしたら、数時間の別れになるかもしれないけど」

見送りの言葉はなしだ。わたしは前かがみになって丘を登った。そしてリュックを背負うと、濃く成長した茂みの下に小川が流れ込んでいる地点へと向かった。そこからスタートして〈世捨て人〉の小屋を通過し、さらにその先に行ってみるというのがわたしたちのルートだった。

フィ、ホーマー、そしてリーの三人はすでに出発していて、ロビンだけが待っていてくれた。わたしは急いでブーツと靴下を脱いだ。ブーツは履くけれど、靴下は濡れないように脱いでおくという妥協案に従ったのだ。素足にブーツを履いたわたしは、みんなを追いかけて冷たい水の中に入った。

本当はまだ、旅に出ることにためらいがあった。でも、心配しすぎなのかもしれない。やるべきことだったし、用心さえしてれば、そんなにひどい目に遭うこともないだろう。

やがて、わたしたちは小さな古い小屋を通りすぎた。これから先は、未踏の地を進むことになる。苦痛がすぐさま襲ってきた。ずっと腰をかがめて、滑りやすい岩に気をつけながら進むのは辛かったし、冷え切った足先から足全体に痛みが走り出していた。わたしは、たえず不平不満をつぶやき続けた。背中のリュックの位置をずらしながら歩く自分の姿が、カメのように思えてきた。

「ずっとこんな大変な思いをしなくちゃいけないの？　これじゃ、生き残れるかどうかアヤシイものだわ」わたしはロビンのお尻に話しかけた。彼女の前にはリーがいて、その前にはフィが、そして先頭はホーマーが務めていた。

ロビンは笑った。とにかく、それが彼女らしい反応だったと思う。頭だけちょっとこちらに向けて彼女は話しかけてきた。

「ねえ、エリー、ザリガニって噛むのかな?」

「当然でしょ。立ち止まったら、そのたびに足の先を確かめてね。お腹を空かせたやつらが、ちっこい身体をぶらさげてるかもよ」

「トンボも噛むのかな?」

「そうね」

「バニャップは?」

「やつらは最悪よ」

木々の下枝が髪に引っかかるので、これまで以上に低くかがまなくてはならなかった。しばらく会話はおあずけだ。

わたしたちはそのまま長い時間歩き続けた。さすがに慣れてきたのか、さっきまで感じていた苦痛もかなり和らいでいた。汗をかいたり、痛みが走ったりするのも最初の何分かだけ。そのうちに何かリズムみたいなものができてきて、後は流れに身を任せて進んでいけるような気がした。わたしと周囲の世界が一つになって、何もかもスムーズに流れるって感じだ。

小川はいろんな表情で出迎えてくれた。ある場所では左右に広がって、砂利の上に小刻みな波を立てていた。歩きやすくて最高! と油断していると、なだらかな岩の上で足が滑ったり、尖った岩が足の裏に刺さったりする。時には、深みにはまらないように、岩場をよじ登らなければならない場所もあった。

また、別の場所では、流れが真っすぐになって、八〇メートル近く暗闇を進むことになった。川底の砂を踏みしめながら、久しぶりに頭を上げて進んでいけた。これまでのことを思えば、高速道路を歩いているような気分ね。

実際に確かめたわけじゃないけれど、わたしはいつもヘルの地形をタライやボウルに重ね合わせていた。テイラーズ・ステッチに立つと、ヘルの向こう端は岩や木々からできた尾根に見える。テイラーズ・ステッチに比べればずっと低いその尾根は、タライの側面に見えなくもない。ターナー山だけが空に高く突き出している。今、歩いている小川は、その尾根の向こうのホロウェイ谷に注ぎ込んでいるはず。

二時間近くせっせと歩いたけれど、たいていはかがんだ姿勢のままだった。二度と真っすぐ立てなくなるんじゃないか、ひょっとしたらこのまま身体が固まって、茂みを抜け出す頃には猫背モンスターにでもなっちゃうんじゃないかな。

するといきなり、ロビンのお尻が左右に揺れ、眼の前から消え去った。見ると、彼女は岩を登って、どんどん小川から離れていく。わたしは視線だけを上に向けて、彼女のお尻を追いかけた。ロビンは土手をよじ登り、他のみんなと合流したところだった。土手に散らばったみんなはブーツを脱ぎ、冷え切った足をこすりながらうめいていた。

茂みが頭上高いところにあり、キャンプ地を出発して初めて、わたしたちは背を伸ばすことができた。平らな場所はほんの数メートル四方だったけれど、それでも充分だ。温かい日差しさえ零《こぼ》れていた。木々の濃い天蓋の破れ目から、晴れ渡った真っ青な空がのぞいている。

「うーん、最高ね」ロビンが言った。

「神様、ありがとう。こんなとこがあったなんて、幸せ」わたしも続いた。「じゃなかったら、もう先には進めなかった。水をかき分けてきて正解だったわね。こんなこと、誰が思いついたんだっけ?」

「エリーじゃない」四つの声が、絶好のタイミングで重なった。

わたしはびしょ濡れのブーツを脱いで、足をさすりながら辺りを見まわした。わたしたちにおかまいなく流れ続ける小川は、下流でせせらぎの音を変えていた。より荒っぽく、大きく、寂しげな調べ。陽の光が次々に零れてきて、周囲の色調は濃い緑と茶色から、明るい青色へと変わっていく。

ベッドから起きて初めて歩く病人みたいに、わたしは足を引きずりながら平らな場所の端まで歩いた。ホーマーが後に続いてきた。わたしたちは数メートル進んで木立ちに入ると、立ち止まって辺りを見た。眼の前には、ホロウェイ谷があった。

見る人によっては、それは美しくもなんともない光景に映ったかもしれない。日照りの続く夏だったし、川の表面がやわらかな緑色を残しているだけで、リスドンを越えたところにある放牧地は、一面焼け果てた黄土色をしていた。それでも、その光景はわたしの人生、わたし自身の一部に思えたのだ。

春や初夏のみずみずしい緑は、決して長くは続かない。わたしにとっては、その乾いた単調な黄色のほうがよっぽど馴染み深かった。あまりに慣れすぎてしまって、ある意味、わたしの中に染みついてしまったくらい。次第に、わたしとその風景との間の境目も見えなくなっていた。

わたしは、カサール先生が言っていたことを思い出した。一年間のイギリス留学から戻ってきた先生は、ウィラウィーの日に焼けた草原を見た時、愛しい感情が溢れてきて「ハートがしめつけられる感じがした」んだって。わたしはこの時、先生の言葉の意味が分かるような気がした。

もちろん、すべてが黄色一色だったわけじゃない。暗い緑の木々が点々とあったし、防風林が一列に並んでいる場所もあった。鉄のトタン板の屋根が、水を張った小さなプールみたいに日差しを反射していた。タンクに、小屋、家畜の飼育場、ダムもあって、それに、嫌になるくらい長々と続くフェンスも見えた。

茂みに覆われた未開の奥地ってわけでもなければ、胸を張って都市や大きな町だと言い切れる場所でもない。どっちつかずだけど、それがわたしの暮らしていた場所だった。熱く乾いた音を立てている放牧地を見ながら、わたしはわが家に戻ったような気がしていた。

けれど、谷を眼の前にして、深い絶壁と濃い茂みがわたしたちの行く手を阻んでいた。ここまでそれに気づかぬまま、ターナー山を迂回して進んでいたのだ。ターナー山は今では、左手遥か彼方に見える。

ホーマーとわたしは、一番低い崖の縁に立っていた。小川は細長い流れになって、崖の端からそのまま五〇メートル下の岩場にちょろちょろと流れ落ちている。そしてまた、音を立てながら下生えの中に流れ込んでいた。下に広がる茂みは、わたしたちがくぐり抜けてきたのと同じくらい濃い茂みに思えた。

「ケビンのやつ、ここにいなくてラッキーだったな」ホーマーは、下をのぞき込みながら言った。

「えっ、どうして?」

「知らなかったか? あいつは高所恐怖症なんだぜ」

「へえ、ケビンに怖いものなんてないと思ってた。彼って、何をするにもタフだったし」

「でもまあ、最終的にはなんでも克服するやつだけどな」

「そうよね」

わたしたちは仲間たちのところに戻って、見たままを話した。それから、みんなを引き連れて崖に沿って歩きながら下へと降りる道を探した。

「ちょっとしたバンジージャンプだね」数分後、リーが言った。

「またここに登ってこられるかな」現実家らしくロビンが言った。

このまま進んでも、崖はきっと行き止まりになるに違いない。木々に覆われているばかりか、あちこちで道が途切れているし、つるつるした板状の岩が重なって足場も危険そうだった。それで、わたしたちはあきらめて他の道を探すことにした。

再び小川を通りすぎ、ところどころむき出しになった泥板岩を横切って突き進んでいった。その時だった。わたしたちは、「これしかない」と思える一つの可能性を見出したのだ。

そこには大きな一本の木があった。木は崖の下へとまっさかさまに落ちていて、そこで枯果てている。骸骨のような、むき出しの白い幹が岩壁に引っかかっていて、枝が骨みたいにあらゆる方向に突き出ていた。言ってみれば、天然のハシゴだ。

「スゴイわ」崖の縁に立って、大木を見下ろしながらフィが乾いた声で叫んだ。

「これはダメだね」リーが続けざまに言った。

「どうしてダメなの?」ロビンが聞いた。

「僕たち、医療保険に入ってないだろう」リーが答えた。

「ロープを持ってくるべきだったな」ホーマーが言った。「いや、エスカレーターのほうがいいか」

「大丈夫、行けるよ」わたしは言った。「誰か、先にリュックを背負わずに降りてみるの。もし、うまく降りられたら、次にリュックを下ろすことを考えればいいじゃない」

わたしの提案に、みんながいっせいにこちらを見た。話し終わっても、視線はそのままだ。わたしはだんだん不愉快な気分になっていった。

「この旅に出ようって言い出したの、誰だっけ?」ホーマーが嫌味たらしく聞いた。

相変わらずみんなはわたしをじっと見つめたままだ。わたしはため息をつくと、リュックを下ろし始めた。わたしが先走ってるだけ? それとも、わたしを崖の縁に押しやり、「お前が行くんだ」と言わんばかりに、みんなが取り囲んでプレッシャーをかけたんだろうか? どっちにしたって、自分が降りていくしかないじゃない。わたしは腹這いの姿勢で、足のほうから崖を降りていった。

「俺の手にしっかりつかまるんだ」ホーマーが言った。

「そんなの意味ないわよ。誰かにつかまらないと降りられないくらいなら、最後の人はどうしたらいいの?」

大木のところまで、三メートルは滑り降りなければならなかった。傾斜がなだらかで、垂直に切り立っているわけではなかったので、そこはそれほど難しくなさそうだった。ただ問題は、小石だらけの斜面がひどく滑りやすかったことだ。足をなんとか木の先に絡みつけ、崖下まで一直線に滑り落ちないようにしなければ。

ロビンからいくつかの細かい指示を受けながら、わたしは身体の位置を調整した。それから、縁のところで数秒間、手足をめいっぱいに伸ばしてぶら下がった。ここまできたら、もう信じて滑るしかない。わたしは大きく深呼吸をした。

さあ、出発。実際に滑ったのは、ほんの数秒のことだった。でも、わたしにはとんでもなく長い時間に感じられた。このまま永遠に滑り続けるんじゃないかと思ったくらい。

身体を小石に強く押しつけて、指を立てて岩肌を引っかく。それから、足が倒れた木の幹にぶつかったと思った瞬間、両足を幹に巻きつけた。すぐには止まらず、さらに少しだけズルズルと滑り落ちたので、わたしは両腕もその古くて白い木に巻きつけた。最後には、眼を閉じて、木に顔をすりつける格好になっていた。

「大丈夫?」ロビンが叫んだ。

「大丈夫よ」わたしは眼を開けた。「引き返そうなんて考えてないから」

わたしは視線を下に向けて、足の置き場を探した。たくさんの枝が意図的に配置されたかのように突き出していて、崖下までずっと続いている。わたしは左足を最初の枝に置き、体重をかけてみた。ホッとして少し背中を伸ばすと、すぐさま枝がボキッと折れてしまった。慌てて木にしがみついたとたん、頭上からアドバイスが降ってきた。

「足を幹の近くに置いとくの」「枝に全体重をかけるなよ」「最初に、枝が折れないかどうかしっかり確かめてね」

ごもっともなアドバイス。だけど、余計なお世話。わたしだって分かってる。汗に濡れたシャツが肌にまとわりつき、額が熱くなっていく。わたしは歯を食いしばり、次の枝を探った。ブーツの底をねじらせて、できるだけ幹に近い枝の付け根部分を選びながら下を目指す。五分かかって（わたしには一五分にも感じられたけど）、わたしは背中を茂みに向けたまま、ようやく崖底にたどり着いた。解放された気分。

「いいわよ、降りてきて」わたしは叫んだ。

「リュックはどうする？」

「壊れやすい物だけポケットに入れて、リュックは下に放り投げて」

次々とリュックが投げ落とされた。そもそも壊れやすいものなどほとんどない。強いて言えば懐中電灯に、ラジオ、双眼鏡ぐらいのものだ。

わたしはあわてて落下物から身をかわした。もちろん、みんなにそのつもりはなかっただろうけれど、わたしを狙って投げつけているような気がした。だから、みんなが一人一人慎重に降りてくる時には、幹に火でもつけてやろうかって誘惑を感じたんだ。なんとか抑えたけど。

「俺たち、どこかでロープを調達しなくちゃいけないな」全員揃ったところで、ホーマーが言った。その横で、わたしたちは息をひそめて立っていた。

「リスドンで調達できるだろう。ロープがあれば、簡単に崖の上に戻れるからな」

茂みを抜ける道はなく、木々が密集していた。歩兵隊になって行軍でもしているような感じだ。尾根を越えると岩が並んでいて、その間に裂け目があった。わたしたちは、その裂け目が途切れるまでずっと歩き続けた。

その後も、悪戦苦闘の連続だった。一キロ進むのに一時間もかかってしまった。

「小川を歩いてたほうが楽だったね」わたしはフィに言った。

その時、何者かの声が聞こえてきた。

CHAPTER 08

ハーベイズ・ヒーローとの初めて出会いは、彼らのキャンプ地を見下ろす岩の上からだった。注意しながら忍び寄ると、彼らの声をはっきり聞くことができた。耳慣れた英語が耳に飛び込んできてホッとする。わたしたちは身を伏せたまま、眼を皿のようにして彼らの様子を探っていた。

ひと月前のわたしたちだったら、武器を振りまわして大騒ぎをしていたかもしれない。けれど今では、プレゼントを受け取るにも、まずはその品定めをするまでに用心深くなっていた。

それでも彼らが敵ではなく、わたしたちと同じ正真正銘のオーストラリア人であることは間違いなかった。軍服姿の人たちもいて、広場の中心に立つゴムの木にはライフルが立てかけてあった。少なくとも二〇はあるテントは、折り取られたばかりの枝で隠されている。数分間偵察していただけでも、二〇人の姿が確認できた。大人ばかり、そのほとんどが男性だ。彼らはキャンプ地を音も立てずに動きまわっていた。

キャンプ地全体になんとなくリラックスした雰囲気が漂っていて、わたしには羨ましく思えた。ただ一つ気になったのは、彼らの警備態勢があまりに貧弱だったことだ。捕まることなく、簡単にスパイ活動ができそうな感じだったから。

「じゃあ、踏み込むか」ホーマーが言った。

リーが立ち上がろうとしたが、わたしは彼を引っぱり戻した。

「待って」わたしは言った。「彼らに、何を教えるつもりなの?」

「教えるって、何を?」

わたしは言葉を継ぐのをためらった。何を言いたかったのか、どんな衝動に突き動かされてそんな質問をしたのか、確信が持てなかったからだ。それでも、考えていたことを一つだけ、なんとか口にした。

「ヘルの存在を、あの人たちに教えるつもり?」

「さあな。でも、どうしていけないんだ?」

「どうしてかな。ただ、何となく教えたくないのよ。ヘルのことは、わたしたちだけの秘密にしておきたいの」

ホーマーはしばらく黙ってから、こう返してきた。

「ヘルのことは黙ってればいいじゃないか。とにかく連中の正体が分かるまではな」

それ以上、反対する理由が見当たらなかった。ホーマーが立ち上がり、みんなが後に続いた。わたしたちは一〇メートルほど前進した。

ダークグリーンの服を着た男が、ショベルを担いでテントから出てきた。突然のわたしたちとの対面に、彼は口をぽかんと開けて立ち尽くした。それからハッと我に返ると、彼は背筋を伸ばして鳥笛を吹いた。カワセミの鳴き声を真似たつもりなんだろうけど、お世辞にも上手とは言えない。それでも、充分に合図の役目は果たしたようだ。

あっという間にキャンプ地のあちこちから人が湧いてきて、わたしたちを取り囲んだ。三、四〇人はいたかもしれない。何人かの女性がかなり念入りな化粧をしていたのには驚いた。けれど、彼らがあまりに大人しいので、拍子抜けしてしまった。何人かがわたしたちの背中を叩いたけれど、怒鳴り声ひとつ上げないいんだもの。

やがて、彼らはぐっとつめ寄ってきた。あまりに近くて、彼らの汗や息の匂いを感じるほど。彼らは友好的というには程遠く、警戒しながらじっとわたしたちを観察している。何かを待っているようだ。わたしはたまらず声を上げた。

「こんにちは。お会いできて、本当にうれしいわ。長い間、わたしたちだけだったから」

その時だ。背の低い小太りの男が、群集を押し分けて現れた。年齢は三〇代半ばくらいだろうか。髪は黒く、顔がむくんでいる。頭を変な角度で片方に傾けて、少しふんぞり返ったような傲慢な様子だ。大きく尖った鼻をしているせいで、かなり強面《こわもて》に見えた。緑色の軍服は上下とも薄汚く黄ばんでいる。ネクタイはしていたけれど、帽子はかぶっていなかった。ネクタイはカーキ色で、シャツの色に合わせているようだ。

人々は後ろに下がって、小男に場所を譲った。男は瞬時にわたしたちを見定め、ホーマーをにらんだ。

「やあ、諸君」彼は言った。「ハーベイズ・ヒーローへようこそ。私はハーベイ少佐だ」

「あ、ありがとう、ございます」ホーマーはおどおどしながら答えた。「少佐に会えて、こ、光栄、です。こんなところに誰か人がいるなんて、思わなかったものですから」

「さあ、私と来るがいい。話をしようじゃないか」

わたしたちはリュックを背負ったまま、彼の後を追いかけてキャンプ地を突っ切っていった。綺麗に切り開かれてはいても、完全な平地というわけじゃない。たくさんのゴムの木が生えていて、その間を通り抜けることさえ困難な場所もあった。おまけに、あちこちの思いもかけない地点でテントが立ちはだかった。それでも、ヘルを取り囲む濃い茂みに比べれば、見通しはずっとよかった。

ハーベイ少佐のテントは、わたしたちのテントとは比較にならないくらい大きかった。ちょっとした応接室と言ってもいい。これだったら、ぐっすり眠れそうな感じ。けれど、その外観に似合わず、中に置かれていたのは蚊帳《かや》に覆われた簡易ベッド、テーブルと椅子三脚、それに、いくつかの箱とトランクだけだった。

わたしたちは入り口付近にリュックを下ろした。ハーベイ少佐はテーブルの背後にある椅子に座ると、好きに座るようわたしたちに目配せをした。結局、ホーマーとわたしが椅子に、他の三人は地べたに座ることになった。

わたしが蚊帳を見て苦笑いしていると、少佐は鋭い眼光でにらみつけてくる。

「ちょっとした贅沢品だよ」少佐は言った。「私は肌が弱いものでね」

わたしは口の端を歪めて微笑むだけで、何も答えなかった。

「さてと」少佐はホーマーに向き直って言った。「まずは、敵の手中に落ちないでいられたことを祝福すべきだろう。君たちだけで、本当によくやってきたな。今までどうしていたんだ。教えてくれるね」

わたしは、椅子の背に身体をあずけた。どうしようもなく疲れていたのだ。突然、睡魔が襲ってくる。ついに、わたしたちの前に大人が現れたのよ！　決定を下し、責任を引き受け、何をすべきか指示してくれる人たちが！　わたしはいつしか眼を閉じていた。

「あの……」ホーマーが口を開いた。嫌でも緊張が伝わってくる。

慎重に言葉を選ぼうと、彼は驚くほど神経質になっているようだった。少佐を前に、ホーマーの自信はすっかり影を潜めていた。完全に「支配」されているみたいに。

「ええ、あの……」彼は再び口を開いた。「俺、いや、僕たちは、侵略が始まった時、森でキャンプをしてたんです。だから、何が起こったのか、最初は知りもしませんでした。キャンプから戻って、初めてみんなが消えているのに気づいたんです。状況が分かるまで、しばらく時間がかかりました。それから、僕たちは急いで森へと引き返して、ずっとそこにいたんです。ただ、何回か襲撃を試みました。少しですけど敵にダメージを与えられたと思います。ウィラウィーの橋を吹き飛ばしたり、トラック輸送団を襲ったり、それに何度か敵の兵士と直接争ったりしました。もちろん、僕たちも無傷ってわけにはいきません。仲間の一人が背中を撃たれて、病院に運ばれたところです。ここにいるリーは、足を撃たれました。それ以外は、ご覧の通り、なんとか無事なんですけど」

わたしは眼を開けて、ハーベイ少佐を見た。少佐は考え深げにホーマーを見つめている。少佐の顔に表情はなかったけれど、その茶色の眼光は鋭かった。数秒後、少佐が何も言おうとしないのがはっきりして、ホーマーは口ごもった。

「ぼ、僕たち、少佐に会えて、ゆ、夢みたいな気分です。僕たちは、様子が知りたくて、ホロウェイ谷に来ただけで……、こんなところがあるなんて思いもしませんでした。みなさんは、あの、軍隊の小部隊みたいですね」

またしても沈黙が続いた。どうして少佐は何も話そうとしないのだろう？　頭が働かず、それらしい理由が一つも浮かばない。

ある日、わたしたちを守ってくれるはずの大人がいなくなった。これまで、それがどれほど心細いことだったか。やっと大人と一緒の世界に戻れたんだから、少しぐらい誉めてくれたっていいじゃない。それが大人ってものでしょ？　何もメダルがほしいわけじゃない。でも、わたしたちはたくさんの困難をくぐり抜けてきたんだし、ベストを尽くしてきたんだから……。

わたしたちの話を聞いて、少しは少佐が興奮してくれるものと期待していたのに。もしかして、少佐はつまらないことだとでも考えてたんだろうか？

待ちに待った少佐の言葉を聞いたとたん、わたしは頭をハンマーで殴られた気がした。

「一体誰が、橋を吹き飛ばし、トラックを襲撃する許可を与えたんだね」

ホーマーは眼を見開き、口を開けたまま呆然としていた。少佐を見つめるばかりで、身じろぎ一つしない。わたしは我慢できなくなって、ホーマーのスポークスマンを買って出た。

「許可って、どういう意味ですか?」わたしは尋ねた。「わたしたちには、何かを相談できる人は誰もいなかったんです。こんなことが起こってから、大人の人と会う機会もほとんどなかったし。自分たちの判断に従うしかなかったんです」

「橋の件だが、君たちはどうやって爆薬に関する情報を手に入れたんだ?」

「僕たちは何も知りません」ホーマーが答えた。「爆薬については素人ですから。ガソリンを使ったんです」

ハーベイ少佐は、少し顔をこわばらせながら微笑んだ。

「なるほどな」少佐は言った。「君たちは最善の策を取ったつもりなんだろう。きっとな。かなり難しい決断も迫られたはずだ。だが、今後は、我々の言うことに従うんだ。ここにいる者たちは正規軍の兵士ではないが、私には軍隊の経験がある。ここは軍隊の規律に従って統率されたキャンプなのだ。当然、君たちも私の指揮下に入ってもらう。単独行動は許されない。理解できるな」

わたしたちは無言のままうなずいた。わたしたちが抵抗しないと分かって、少佐は少しリラックスしたようだ。わたしだけではなく、誰もが精神的に疲れ果ててしまっていた。それから、少佐はハーベイズ・ヒーローの説明に取りかかった。

「現在、敵はこの谷を支配下に置いている」少佐が言った。「この地に集結している敵国軍隊は、ウィラウィーほどの数ではない。ウィラウィーは敵軍にとっての生命線なのだ。なぜなら、ここを押さえている限り、コブラー湾へのルートを手中に収めたも同じだからな。つまり、私は、コブラー湾が敵軍の主要な上陸拠点の一つだとにらんでいるわけだ。

我々の任務は、あらゆる地点で可能な限り敵の活動を妨害することにある。確かに我々は数の上で圧倒的に劣っている。武力という点でも、圧倒的に劣勢だ。しかしながら、我々は、我々なりに独自の活動を行ってきた。これまで、敵軍の多数の車両に工作活動をしかけ、二基の発電所を破壊し、重大な損傷を与えてきたのだ」

そこで、少佐がニヤリと微笑んだ。

「今や敵は、我々の動向を軽視できなくなっていると断言できよう」

わたしたちは微笑みと、礼儀正しい相づちを返した。それで、少佐は話を続けた。

「もう少ししたら、君たちに副司令官のキレン大尉を紹介するつもりだ」

わたしはその名前の響きに、なぜか吹き出しそうになった。でも、少佐は無表情に見つめるだけだ。

「ごめんなさい」わたしは言った。

少佐はわたしに眼もくれず、話を続けた。少佐はかなり気分を害していた。けれど、その時はまだ、わたしはそのことに気づきもしなかった。

「我々は、戦地勤務の戦闘部隊なのだ」少佐は言った。「我々の軍隊にどうして女どもが少ないか、その理由を君がたった今、証明したばかりだ。不適切な場面で軽率な行動をする傾向は、我々が奨励するところのものではない」

その瞬間、わたしの中で、失笑が冷たくも激しい怒りへと変わった。おまけに少佐への不信感も入り交じっていた。女どもですって？　不適切な場面で軽率だって？　それって、どういうこと？　チェッ、笑わせないでよ。もしこの時、ホーマーがわたしの膝にそっと手を置いてくれなかったら、わたしは文句をブチまけて少佐に噛みついていたかもしれない。

残りの話など、もう耳に入らない。腹わたを煮えたぎらせたまま座っていると、副司令官のキレン大尉がテントに入ってきた。彼の紹介がされようとした時、わたしは自分たちの名前すら聞かれていないことに気がついた。

少なくとも、大尉は無害な人物のようだ。背が高く痩せていて、声の調子はソフトだった。異様に突き出た喉ぼとけが話すたびに上下に波打っている。それに、しきりに眼をパチパチさせていた。

大尉はわたしたちをテントの外に出して、キャンプ地全体の説明を始めた。それが終わると、わたしたちが眠ることになるテントに案内するからと、さっさと歩き出した。やがて、キャンプ地の西側の端まで進むと、大きなテントの前で立ち止まった。

「男二人は中に入れ」大尉が入り口を指しながら言った。

ホーマーとリーは一瞬、ためらいを見せた。それでも、ホーマーは眉を上げ、眼を丸くしながらテントの中へと姿を消し、リーもいつも通り落ち着いた感じで後に続いた。キレン大尉は最後まで見届けようともせず、さっさとその場を離れて歩き出している。わたしたち三人は急いで大尉を追いかけた。

わたしたちは張りめぐらされたロープをまたぎながら、一列に並んだテントの横を通りすぎた。テントの列の向こうに、低木のフェンスが見える。一メートルぐらいの低木で雑に作られたものだ。フェンスのさらに向こうにもテントが張られていた。

大尉はまた立ち止まると、テントに向かって呼びかけた。

「ホフさん！」

その声は咳払いのようにも聞こえたけれど、それが大尉流の言い方だ。眼の前のテントから、ホフ夫人が姿を現した。

夫人は大柄な女性で、年齢は五〇歳ぐらい。どぎつい化粧をしている。黒いセーターを着て、ジーンズを履いていた。彼女がわたしたちに向けた視線は、まるで気に入らないシャツを次々に取り替える客の様子を探る店員のようだ。

「そう、あんたたちが、新しく部屋を用意してあげなくちゃいけない娘なのね」ホフ夫人は言った。「了解。こっちに来てちょうだい。ブライアン、お疲れさま」

彼女の言葉を受け、うなずいたキレン大尉は、すぐに立ち去っていった。

不安な気持ちで夫人の後についていくと、彼女はわたしたちにそれぞれ別々のテントを割り当てた。わたしのテントはフィの隣で、寝袋はすでにテントの中に備えてある。ロビンのテントは八〇メートルほど離れたところにあった。

「これまで、あんたたちぐらいの歳の娘が来たことはなかったからねえ」ホフ夫人はテントを指しながら、わたしたちに言った。「バカなことをするんじゃないよ。私はこれまで三人の娘を育ててきたから、だいたい勝手は分かってるけどねえ。他のみんなと同じように、自分の務めを果たすこと、いいね。余計なことを考えて、時間をムダにするんじゃないよ」

わたしたちを子ども扱いする大人たちにうんざりしてしまって、わたしは何も話す気になれなかった。テントに潜り込むと、リュックを下ろしてファスナーを開けた。もう眠ってしまいたい……。わたしは備え付けの寝袋を脇に押しやり、リュックから自分の寝袋を引っぱり出して広げた。それから、シャツに他の服をつめ込んで即席の枕を作ると、関節を悪くしたおばあちゃんみたいにゆっくりと横たわった。

疲れ切って、しばらくは何も考えられない。わたしは、テントの側面を通して緑色に光るライトの明かりを見つめていた。

一日が終わろうとしていた。横たわっていると、外の明かりが急に暗くぼんやりとしてきた。外を誰かが通りすぎるたびに、大きく歪んだ影がテントの生地に浮かんでは消えていく。それを見ていると、兵士を撃った後にまとわりついた影のことが蘇ってきて、身の縮むような思いがした。

ようやく気持ちが落ち着いた頃、わたしは自分が何を考え、何を感じているのか問いかけてみた。徐々に、それが安堵感であることに気づいた。

ここにいる人たちが、どれほど愚かで理不尽で、偏見に満ちていてもかまわなかった。あの人たちは大人なんだ。やっかいなことはすべて引き受けてくれるし、なんでも決めてくれる。彼らに任せておけばいい。わたしはこれ以上、恐ろしい決断に苦しみたくはない。大人が命ずることに従うだけ。いい子にして、おしゃべりを慎んで、のんびり暮らせばいいんだ。

やがて瞼が重くなっていき、わたしはゆっくりと眠りへと落ちていった。

どのくらい眠ったのだろう。隣でガサゴソ物音がし、目を覚ました。いやいやながらわたしは目を開けた。テントの中はとても暗く、ほとんど何も見えない。それでも、散乱した荷物、ブーツ、簡易トイレ、それに、リュックをどけようとしている人影らしいものが見えた。

「ごめんなさい」わたしは寝ぼけ眼で、脱ぎ捨てたジーンズに手を伸ばした。

「今後もこのテントにいたいのなら、整理整頓を心がけたほうがいいわ」女性の声がただ答えただけだった。

「すみません」もう一度、わたしは謝った。

女性の声はわたしより年上のように聞こえ、しかも苛立った調子だった。もっとも、こんな小さなテントを突然シェアしなければならなくなったとしたら、よそ者をうっとうしく思うのも無理はない。

わたしは横たわったまま、眼をライトの明かりに慣らしていった。眼を凝らすと、彼女はすべてをきちんと整頓していた。脱いだジーンズもちゃんとたたんで、寝袋の足側に置いていた。そうよね、とわたしは思った。気持ちを入れ替えなくちゃいけない。この数週間、ママがいない生活を送るうちに、わたしはかなりだらしなくなっていたから。

わたしは再び眠りに落ち、日の出とともに目覚めた。外は身震いするほど寒い。寝袋から出ると、なるべく体温を逃がさないようにすばやく服を着込んだ。服を着ながら、隣で寝ている女性を観察した。ほの暗い夜明けの明かりの下では、彼女の顔の細部までチェックすることはできない。

彼女は赤毛だったので、すぐにコリーのことを思い出した。だけど、それ以外に二人の外見に共通点はなかった。年齢は二五歳ぐらい、小さくて薄い唇で、眠っているのにきりりと口元が結ばれている。

彼女はマスカラをしていた。いや、その跡があった。眼の下のクマのようにも見えたけど、きっとマスカラに違いない。こんな状況で化粧をするなんて信じられない。最初にホフ夫人、その次はテントメイト。会う人会う人みんながきちんと化粧をしている。

眠ったままの彼女を残し、わたしはテントから這い出した。冷たく湿った丸太に腰かけ、ブーツを履き直す。履くのに苦労するけど、足が収まってしまえばいい感じだ。足元の準備を終えたわたしは、そのまま周囲を散策することにした。低木のフェンスを通り越して、テントに沿ってキャンプ地の外へと向かった。

ハーベイ少佐のテントが見える。木の間から観察していると、軍服をきちんと着込んだ少佐が机に向かっていた。紙の束に覆いかぶさるようにして、せっせと何かを書き込んでいる。

少佐のテントを過ぎ、わたしはより明るい場所を目指して木々の間を進んだ。この茂みの向こうには何があるんだろう。わたしは好奇心で満たされた。ホロウェイ谷の違った顔を見られるんじゃないかって。

そのまま一〇〇メートル進んだ。明るい日差しが見えていたから、そのうち開けた場所に出られるだろうと思っていたけれど、期待は裏切られた。進んでも進んでも、茂みはうっそうとしていくばかりだ。一〇分後、わたしは立ち止まって辺りを見まわした。まさしく樹海そのもの。どこを見ても茂みだらけだった。

たぶん、わたしの嗅覚がもっと鋭ければ、何かの変化に気づいていたことだろう。水気を含み、たくさんの草木を茂らせる肥沃な大地の匂い、朝靄のカビ臭い匂い、ゴムの木から漂ってくるユーカリのような独特の匂い……。こうした匂いが、木によって、場所によって変わるのをわたしは知っていた。けれどこの時は、そんなことを気にする余裕もなかった。

衝動に駆られたわたしは、その場に腹這いになり、地面に積もる湿った葉っぱに鼻をあてた。匂いを嗅いでいると、ウォンバットになったような気がした。もしかしたら本当に変身してしまったのかもしれない。奇妙な感覚。わたしは坂を駆け降りて、ウォンバットのリズミカルな走り方を真似ようとした。鼻面で、別のところに積もった茶色や黒色の葉っぱを掘り起こした。

すると、わたしの背後で咳払いの音が聞こえた。間違いない、人がいる！　そう、リーが立っていたのだ。

その通り、わたしは間抜けだ。でも他人の眼を気にしなくていいんだったら、時にはこんなバカなこと、しちゃうんじゃない？　ウォンバットみたいに、鼻を鳴らして葉っぱの匂いなんて嗅ぐまではしないにしても。

二人そろって丸太に座ると、リーはひどく痩せた腕をわたしの肩にまわしてきた。

「何かお探しだったの？」リーは吹き出しそうになるのをこらえながら尋ねた。

「え、ええ、あれよ、あれ。根っこに新芽に、葉っぱ。あなたは、わたしを捜しにきたの？」

「いいや、君を見つけたのは偶然さ。考えごとをしようとキャンプを抜け出してきたんだ。朝早くは、頭が冴えてるだろう」

「へえ、驚いた。あなたって、朝早く起きることにまで言い訳を用意するのね」

日差しがだんだん強く、激しくなっていく。それにつれて、空気が乾いていった。

「ここにいる人たちのこと、どう思う？」わたしは尋ねた。

「ふふふ、変わった感じの人も結構いるね。昨日の夜、二時間くらいかけて自分たちがどれだけすごい英雄かって自慢話を聞かせてくれたんだ。ある意味、楽しかったよ。彼らが一番のスリルを味わったのは、故障して立ち往生してるトラックに火をつけた時なんだってさ。敵の兵士たちがトラックを残したまま、別の小型のトラックで逃げ去るのを見てたらしい。あ、そうそう、ゼロから一〇〇まである段階の中で、この辺りの危険レベルは二なんだって」

「あなたは、わたしたちがやったことを話したの？」

「いいや、彼らは自分たちのことを話すのに夢中だったしね。僕はその場に座って、黙って聞いてただけ。ホーマーは利口な男だよ。さっさと眠ってしまった。僕もなぜそうしなかったのか、分からないけど。すぐ眠る気にはなれなかったんだ」

「女の人たちは化粧してるわね」

「ああ、僕も気づいた」

「こんな山の中で暮らすのって、ウィラウィーの町で暮らすのとは違うと思うんだ。町にいるなら、身だしなみに気をつけるのも分からないではないけど。ハーベイ少佐が言ってたみたいに、ここはそんなに重要な地域じゃないわけでしょ、軍事的には。だから、ハーベイズ・ヒーローの人たちも、あんなにカッコつけなくてもいいんじゃないの」

「『ハーベイズ・ヒーロー』だって。まったく、名前負けだね」

「おかしいよね」

「だったら、こんなのどうかな？　『ホーマーズ・ヒーロー』ってのは」

一時間後、わたしたちは道に迷いながらもキャンプ地へと戻った。そこで、ちょっとしたトラブルに巻き込まれた。わたしのテントメイトの出迎えを受けたのだ。

わたしたちが木の間から姿を現したとたん、彼女がわたしたちに向かってズカズカと歩み寄ってきた。彼女はリーに眼もくれず、わたしだけをにらみつけている。

「あなた、今までどこにいたの？」彼女はわたしに尋ねた。「彼と一体、何をしていたの？」

「彼？　リーのことですか？」

「いい、余計なことをしないほうがいいわ。ここでは許可なく、境界を越えて外に出てはいけない決まりなの。男性のキャンプに行ってもいけない。男性と交流できる唯一の場所は、キャンプファイヤーと炊事場、それに、食事をとる場所だけ。ここではみんな、それぞれやらなくてはいけない仕事がある。あなただって例外ではないわ」

「ごめんなさい」わたしは身体をこわばらせた。「誰もそんなこと教えてくれなかったから」

おびえる自分に気づいてはいたけれど、かといって、彼女に刃向かうだけの力は残っていなかった。大人たちに取り囲まれた瞬間から、わたしの中の戦う気持ちはすっかり姿を消していた。まるで、八歳の少女に後戻りしたかのよう。

侵略されてからずっと、わたしたちは自分たちの能力を超えて、エンジンをフル回転させてきた。今、やっとエンジンを切ることができるんだ。わたしは人目につかないところに潜り込んで、そこにじっとしていたかった。だから、この人たちと一緒にいられるんなら、いくつか妥協してもいいやって感じだ。彼らと言い争っても、なんのメリットもないもの。

わたしはリーに目配せをすると、彼女の後について炊事場へと向かった。そこでフキンを手渡された。どうやらわたしは、朝食を取り損なったようだ。灰色の洗浄用の水には、アブラに混じって食べ物が浮かんでいる。吐き気がした。けれど、文句一つ言わずにフキンで皿を拭くと、指示通りにテントの後ろに張られたヒモにフキンをかけた。

仕事を終えたわたしは、みんなを探しに行った。

CHAPTER 09

二日後、つまりここに来てから三日目のことだ。わたしたちはハーベイ少佐の命令により、全体集会に召集された。

わたしはフィと引き離されて、後ろのほうに座っていた。テントメイトのシャーリンと、フィのテントメイトのダビナがわたしたちに眼を光らせている。ロビンは二列前に、ホーマーとリーは最前列にいた。男性はみんな前列にかたまって、女性はその後方に。それがこのキャンプの決まりらしい。

ハーベイ少佐が切り株の上に立ち、その右手にキレン大尉が、左手にはホフ夫人が陣取った。

この二日間、他の四人の仲間とはわずかな会話しか交わせず、しかも、不自然極まりないものだった。お互いに話でもしようものなら、何か悪いことでも企んでるんじゃないかと眼をつけられそうで、プレッシャーを感じていたから。

実際、シャーリンはたえずわたしのことを監視していた。わたしがスカイダイバーなら、シャーリンはパラシュートって感じかな。わたしは彼女を嫌いながらも、一方では中毒になりかけていた。どんなつまらないことでも、いちいち彼女に確認したくらい。

「シャーリンさん、テントのこっち側に頭を向けて眠りたいんですけど、だめですか?」

「このジーンズ、洗ったほうがいいでしょうか?」

「シャーリンさん、ジャガイモは青い皿に置くんですか?」

シャーリンは大柄な女性で、いつもサイズの小さすぎる黒のジーンズを履いていた。他の女性たちと同じように、彼女も念入りに化粧をしている。わたしも化粧を勧められたけれど、どうしてもその気にはなれなかった。この環境には不釣り合いに思えたから。

あれは、昨日の夕方のことだ。わたしは仲間の三人と、ほんの短い会話だが交わすことができた。その場でわたしとホーマーが下した結論は、わたしたち二人が明日の朝、クリスを連れてくるためにヘルに戻ろうというものだった。その決定を下したわずか一時間後、わたしはハーベイ少佐が木々の間をすり抜けて、自分のテントに戻ろうとしているのを見つけた。少佐にわたしたちの計画を話してみよう。そう思いついて、わたしは少佐を呼び止めた。

「すみません、少佐。少しお時間よろしいでしょうか？」

「お前はすでに、私の貴重な時間を奪い取っていると思うんだが」

「えっ、何ですか？」

「眼の前をよく見たらどうだ。私はすでに接見を許していると思うんだが。それとも、ここは暗くて、私の姿が見えないのかな」

わたしは歯ぎしりをした。少佐は鋭い眼でわたしをにらみつけたかと思うと、再び向こうに視線をそらした。

「あの、少しだけお話ししたいことがあるんですけど、だめでしょうか？」

「構わん」

「あ、あの、話というのは、わたしたちにはもう一人、友人がいて……、クリスというんですけど、彼はわたしたちの隠れ家に居残ってるんです。それで、明日の朝、ホーマーとわたしでそこに戻って、彼を連れてきたいんです……。そんなに時間はかかりません。午後のお茶の時間までには帰ります」

長い沈黙が続いた。同時に、辺りがいっそう暗くなったような気がした。少佐がどんな表情をしてるのか、よく分からない。少佐の眼が、小さな黒いソケットのように見えるだけだ。

ようやく少佐が口を開いた。それも、たった一言、「ついてこい」とだけ。そして、少佐は振り返ると、さっさと歩き去ってしまった。わたしはすぐに少佐を追いかけた。

テントに着くと、わたしは彼の机の前に立ったまま、少佐が椅子に座ってろうそくに火をつけるのを待った。わたしに「座れ」とも言わない。ろうそくの揺らめく光が、少佐の顔に影を踊らせている。少佐がたまに頭を動かすたびに、その眼が光を放った。けれど、ほとんどの時間、少佐は身動き一つしなかった。

ろうそくが順調に燃え出すようになって、少佐がやっと話を切り出した。

「ちょうど二四時間前だ、私はお前と仲間になんと言ったかな？　まさにこの場所でだ」

「あ、あの、少佐はおっしゃいました。この辺りの状況は、ウィラウィーほど悪くないって。それから、あの、少佐がいくつか発電所を吹き飛ばされたとか、それがどんな風だったかとか、それから、軍隊がどうとか、あと……」

その瞬間、わたしは少佐がどうしてそんなに怒っているのか理解できた。

「軍隊の規律のことです」

「その通りだ。軍の規律だ。実際に行動するにあたって、規律は何を意味するんだ？」

「はい、わたしたちは命令に従わなくてはいけないということです」

「その通りだ」少佐は語気を強めた。

「この国の何が問題だったと思う？　どうして我々は侵略されたんだ？」

そこで、少佐は動いた。彼の頭がわたしに近づいてくる。まるで危険を察知したヘビのような動きだ。

「何が問題だったのか教えてやろう。わが国は、物分かりがよくなりすぎた結果、自分自身まで見失ってしまった。私に言わせれば、わが国のほうから、敵国に侵略してくれと頼んだようなものだ。わが国は、敵国から学ぶことがじつに多い。敵国は、訓練された兵士からなる統率のとれた軍隊組織を有している。敵国兵士の口から、『万人の合意』や、『個人の権利』だの『個人の自由』という言葉は聞かれないだろう。敵の兵士は、物の道理というものが分かっているからだ。もし、わが国の骨格を強化しようとするのなら、我々は不平ばかりを吐く甘ったれた集団を排除し、誇りある国家を目指さなくてはならない」

ろうそくが揺らめき、一瞬、少佐の顔に暗い怒りが浮かび上がった。

「我々がこの地で望んでいることを教えてやろう。人民が何を必要としてるのか、教えてやろうじゃないか」少佐は、とうとう叫び始めた。わたしは黙ってそこに立っていた。

「人民は強力な指導者を、尊敬できる指導者を求めているのだ。人民は崇拝できる指導者を必要としている。わが国はこの数年間、道を誤った。今こそ、道を正すべき時なのだ！」

気が狂ってる。わたしは、後ずさりをしていた。

少佐は椅子に座り直して、一冊のファイルノートを取り出した。

「さあ」少佐は言った。さっきとは別人みたいに落ち着いた、分別ある声だった。「そろそろお前の要求について検討しようじゃないか。お前の友人、そいつに充分な食糧と棲み処はあるのか？」

「はい、あります」

「では、差し迫った状況ではないんだな？」

「ええ、ただあんまり長い間、彼を一人っきりにしておきたくない、それだけです」

「何かに着手しようとするなら、お前たちのように成り行きまかせであってはならない。物事には順序があることを肝に銘じておくべきだな。お前たちの隠れ家に戻り、そいつを迎えに行く許可が欲しければ、まずは私に申請書を提出することだ。目的地の詳細な地図、所用時間の見積もり、必要とされる物資や人員についても添付するように。以上、下がってよし」

わたしは身震いするのを感じながら、その場を立ち去った。「申請書を作成する」気力などあるはずもない。でも、もっと戸惑ったのは、少佐がわたしたちの計画をすぐ認めなかったことに自分がなぜかホッとしたことだ。

わたしたちはヘルに戻って、クリスを連れてこなければならない。それは分かっている。だけど、そうしなければと思い込もうとしていただけで、このわたしがそうする理由はどこにも見つけられなかった。

わたしはその瞬間、厳しい旅に出る情熱を、クリスを連れてくる情熱を失っていた。そして、そんな自分に罪悪感を覚えた。だって、もしわたしが一人でヘルに居残っていたら、どんな気持ちになるかよく分かっていたから。それに、わたしたち六人が団結することが、どれだけ大切なことか分かっていたから。団結こそ、何よりもかけがえのないものなんだ。

それから今日の朝、つまり、集会に召集された朝のこと、またしても、わたしと少佐との間をこじれさせる不快な出来事があった。

シャーリンが掃除道具の入ったバケツを渡し、わたしに少佐のテントを掃除するように命令したのだ。今にして思えば、それが罠だったことが分かる。でも、その時は「どうしてわたしが」って感じで、ぶつぶつ文句をこぼしながら少佐のテントまで歩いていった。

歩きながら、わたしはハーベイズ・ヒーローのことを考えていた。ここにいる人たちに問題があるとすれば、それは彼らの間に戦時下の緊張感がまるでないことだ。どんなに軍隊風に偽装してみたって、その仮面の裏側にはごく普通の人間の顔が見え隠れしていたから。茂みに囲まれたキャンプ地で、彼らはリスドンにある素敵なレンガ造りの家での暮らしを再現しようとしていた。うわさ話をしたり、ガーデニングの情報交換をしたり、子どもたちの自慢話なんかに夢中になったり……、とにかく、つまらない仕事で時間をつぶしているように見える。

けれど、ハーベイ少佐だけは違った。少佐は、他の人たちにはない欲望に突き動かされていた。少佐は権力を振りかざす自分に酔っていたんじゃないだろうか。同時に、ここにいる人たちが壮絶な前線に送り出せるような戦闘集団でないことに、不満を感じていたのかもしれない。そんなことを考えながら、腹立たしい気分のままわたしは掃除の仕事に取りかかった。ホコリを払ったり掃いたりすることが、ひどく馬鹿らしく思える。橋を吹き飛ばしたこのエリーが、小太りのヒトラーもどきの言いなりになっていることに屈辱さえ感じていた。

外から吹き込んだ葉っぱを乱暴な手つきで掃き出し、テントの左手後方の隅にあったクモの巣を払いのけ、来客用の椅子二脚を磨いた。ベッドには眼もくれない。触れたくなかったからだ。

それから、わたしは少佐の机の掃除に取りかかった。ふと見ると書類の束があって、その一番上にマニラ紙のファイルが置かれている。「機密」の文字が眼に止まった。ためらいもしなければ、心を奪われて動けないって感じでもない。「これは面白そうね」と軽く考えながら、わたしはファイルを開けた。

A4サイズの最初のページには、「発電所攻撃の報告」というタイトルの下、細かい文字がびっしり書き込まれていた。わたしは身体をかがめて、じっくり読もうとした。けれど、最初の一行を読み始めた時だ。人の気配がして、わたしはすぐさま顔を上げた。すると、少佐がテントの入り口に立って頭を右に傾けたまま、厳しく暗い眼でにらみつけていた。

言い逃れのしようもない。どう考えても、悪いのはこのわたしだ。少なくともその時には、それくらいのことしか思いつかなかった。少佐にユーモアのセンスなんてあるわけないから、冗談で切り抜けようとしても無駄だと分かっていた。

「ごめんなさい」わたしは言い訳がましく謝った。「見てただけなんです」

少佐は腕を組んだまま、何も言おうとしない。そんな少佐の習性にうんざりした。わたしは顔が赤くなるのが分かったけれど、どうすることもできなかった。それで、肩をすくめると、テーブルに向き直って掃除を再開した。その時、少佐が口を開いた。

「お前は、昨晩、私と交わした会話を何も憶えていないようだな」

わたしは何も答えず、ひたすらテーブルの上を磨き続けた。

「規律というものについて、お前はもっと学ばなくてはいけないな。なあ、お嬢ちゃん」

わたしは手を休めない。

「掃除を止めて、ホフ夫人のところに戻れ。このテントには二度と来るな」

身体中が熱くなった。わたしはエンジンをかけて、少佐のほうへと歩き出した。けれど、そこで問題が発生した。少佐が入り口を塞いでいて、動こうともしないのだ。横をすり抜けようにも、その隙間すらない。わたしは立ち止まったたまま、待つしかなかった。

数分後、少佐は入り口の一方の側に身を寄せると、そこに立った。まだ、腕は組んだままだ。明らかにそれは、少佐にできた唯一の譲歩だった。裂け目に身体を割り込ませるように、わたしは新鮮な空気へと脱出した。もう二度と、少佐を振り返ることはなかった。

シャーリンのところへ戻って、わたしはほっとため息をついた。彼女だって威圧的で、不機嫌さを表していたけど、なぜかわたしは彼女に怯えることはなかったのだ。それは、彼女に悪意がなかったせいかもしれない。

その日の午後、ヘルに行くための申請書を書く時間はなかった。ホーマーに少佐との一件を話すと、彼は明日までそのまま何もするなと釘を刺した。明日になれば、少佐も冷静になるかもしれないからと。それで、わたしは仕方なく集会へと出かけたのだ。

ハーベイ少佐の集会は、ヘルでわたしたちがやっていた話し合いとは、似ても似つかないものだった。それはまさしく少佐の独演会であり、最初のテーマはわが国への脅威について、そして、勇気を奮い立たせることとの必要性についてだ。

「今、わが国はまさに最悪の状況にある」少佐は話を始めた。「多数の勇敢なる先人のごとく、我々は自らの手で国家を防衛し、我々の手にあるものを守り、我々の妻子を保護しなければならない」

少佐がそう言った時、わたしは顔全体がまた赤くなるのを感じた。本気で怒ると、わたしはいつもそうなってしまうのだ。もう我慢の限度を超えていた。少佐の心にあった勇敢な先人とは、すべて男性のことだった。わたしは息を飲み、その後、鼻から激しく噴き出した。少佐はたぶん、わたしに対して「規律」教育でもするつもりだったのだろう。

少佐は愛国心について一言つけ加え、それから、歴史についての話題に入った。

「ウィンストン・チャーチルのような男たちが、歴史の流れを変えてきた。無論、私は自らをチャーチルと同列に語るつもりはない。だが、私は諸兄を導くべく死力を尽くすつもりだ。この私が諸兄を落胆させることは断じてない、諸兄もそう確信できるであろう」

やがて、演説の第二部、軍事行動の話題へと進んでいった。これこそ、わたしが一番聞きたかったことだ。家事に埋没した生活なんてこりごりだったから。

「我々はまもなく、敵国へのさらなる襲撃を開始する予定だ」少佐が声高に叫んだ。「詳細については、後ほど、数名に直接説明するつもりだ。キレン大尉と私は、多数の戦略的ターゲットを定めている。周知の通り、我々は人員や武力において敵国に遥かに劣るばかりでなく、高度に訓練され、充分な装備を持つ敵国兵士と対決しなくてはならない。であるが故に、我々は細心の注意を払って作戦に着手しなくてはならない。多くの不利にもかかわらず、我々は敵国軍隊に甚大なるダメージを与え、ハーベイズ・ヒーローという気高き小部隊には不釣り合いなほどの成果を上げてきた。我々は自らを誇りにすべきだろう。言うまでもなく、二基の発電所と多数の敵国車両が我々の餌食となったのだからな」

二〇分も続く少佐の演説のほとんどが、聞き覚えのある話ばかりだった。わたしたちがここに来て最初に少佐から聞いた話が、そのまま繰り返されているだけ。飽き飽きしてきて、話に集中することも難しくなった。こんな場面、ずーっと昔に経験したことあるな。デ・ジャブの感覚に襲われて、顔が熱く紅潮していく。いつのことだっけ……。意識を集中して、記憶をたどっていった。五分ほど過ぎた頃、わたしはとうとう思い出した。

そうそう、学校の朝礼だわ。校長先生の、あの退屈な話にそっくりだ。

ハーベイ少佐は、三番目の話題に移った。演説は最終局面に突入したようだ。

「今一度、私はホフ夫人の支援部隊に感謝を表したいと思う。このキャンプ地はきわめて清潔な状態で維持されており、食事は規則正しく時間通りに支給され、しかも、その内容も申し分ない。ナポレオンが述べたように、『腹が減っては軍《いくさ》はできず』ということだ。なおかつ、ハーベイズ・ヒーローが現在、良好な道徳を保持していられるのも、ホフ夫人の子女の働きによるところが大きいのである」

ホフ夫人の表情に特に変化はなかった。それでも、「もちろん、その通り」と言わんばかりの自負心が、彼女の全身から伝わってくる。と同時に、奇妙な違和感がわたしの肌をチクチクと刺してきた。このキャンプでは、女性は家事を、男性は肉体労働を担当するのがお約束になっていた。命令だから、仕方がないのかもしれない。けれど、わたしたち五人をのぞく全員が、こうした仕事の割り振りに満足していることに、わたしはどうしても納得できなかった。

「最後になるが」ハーベイ少佐が声を上げた。「我々は五人の新たな人員を得た。彼らのような若者が加わるのは喜ばしい限りであり、彼らが直ちに軍隊組織の規律に慣れてくれるものと確信する。私はこれまでも機会を見つけては言ってきたはずだ。ハーベイズ・ヒーローの一員たる者、『跳べと命令されたら、次に、どれだけ高く跳ぶかということに考えが及ばなくてはならない』とな」

少佐はこう言うと、その視線で真っすぐにわたしを貫いた。まるでわたしに狙いを定めているかのように。少佐はご満悦、一方、わたしは弱々しく微笑み返すしかなかった。

その後、集会は解散となった。帰り道、わたしは三〇歳ぐらいの女性と一緒になった。見た感じは普通の女性、髪の毛は茶色、なんとなく疲れてイライラした雰囲気を漂わせている。オリーブと名乗った。

シャーリンはわたしたち二人を見守っていたものの、後に続こうとはしなかった。オリーブと一緒なら安心だとでも考えていたんだろう。だけど、わたしは危険を承知で、無礼なことを言おうと決心していた。

「わたし、あれこれ、ずっと考えてたんです。あの集会に出てると、何かを思い出すなって」

わたしは話しかけた。「それで、分かったんです。まるで学校の朝礼に出てるみたいだって」

彼女は笑ったけれど、すぐさま悪いことをしているみたいに辺りを見まわした。

「少佐が侵略前に何をしてたか、あなた知ってるの？」彼女が尋ねてきた。「知ってて、そんなこと言ったの？」

「いいえ、ぜんぜん。少佐は兵士じゃなかったんですか？」

オリーブは再び笑った。「冗談じゃないわ。あの人、リスドン高校の校長だったのよ」

「えっ、嘘、騙されたわ。ずっと、軍隊の英雄か何かだと信じ込んでたから。じゃあ、少佐はどこで軍事的な知識を仕入れたんですか？」わたしは尋ねた。

「軍事的な知識ですって？　この部隊は軍隊とはいっても、実態はボーリング・クラブに毛が生えたようなものだわ。ハーベイは一八ヵ月間、軍の予備役兵だったの。そこで勉強したのよ」

「でも発電所とか、敵の車両を吹き飛ばしたって、あれこれ話してたけど」

「でっちあげに決まってるでしょ。そんな作り話、あちこちに転がってる」

「でっちあげ？」

オリーブは肩をすくめた。

「確かに二つ、発電所を吹き飛ばしたわ。一つは南リスドンへの送電所を、もう一つはダックリングの電話交換局をね。その時、一〇キロ四方に敵の兵士はいなかった。どっちにしたって、原子炉なんてものありはしない。送電所は公衆トイレぐらいの小さいものだったし、電話局もさほど大きくなかったんだから」

「敵の車両は？　どうやってやっつけたの？」

「最初の車は軍隊輸送車だったんだけど、すでに壊れて、道に置き去りにされてたものよ。あの人たちはそれに火をつけただけ。金メダルものの姑息さでしょ。他の車両の襲撃も、これと似たようなもの。動けなくなったトラックとか捨てられた車を探し出して、それを爆発させただけよ」

「信じられない」わたしは心からショックを受け、怒りが湧きあがった。

これまでわたしたちは、ありとあらゆるリスクを冒してきた。敵にたくさんのダメージを与えてきた。それに、恐ろしい経験だってたくさんしてきた。それなのに、あの小太りの男や厚化粧の女たちは、椅子に腰かけてお互いをホメ合い、自己満足にどっぷり浸かっていたなんて、サイテー！

それに、ハーベイ少佐のわたしに対する話し方ときたら、まるでわたしのことを真新しいカーペットに転がっている犬のウンチとで思っているみたいだった。わたしは、あいつの何倍ものことをやり遂げたのよ！　クソッタレ！

わたしはロビンとフィを捜しに出かけ、彼女たちにも真相を教えた。だけど、彼女たちは監視されていた。その後、シャーリンがやってきて、わたしを引っぱって炊事場に連れていき、ジャガイモの皮を剝かせた。

ジャガイモを剝くなんて、怒っている時にやるものじゃないよ。三個目の皮剝きを始めた時、わたしは左手の親指の腹を深く切ってしまい、たくさんの血が溢れた。血を見るといっそう怒りが増してくる。オリーブが駆けつけて、包帯を巻いてくれた。彼女は看護師だったらしく、手際よく包帯を巻き終えた。そつのない仕事ぶりだ。

こうしてみんなとろくに話もできないまま、キャンプの雰囲気がガラリと変わった。わたしたち女性が水洗い場で仕事をしている横を、男たちが集団で通りすぎていった。どこか緊迫した空気が伝わってくる。誰もが前傾姿勢になって、そうすることで歩く速度を速めているようだった。何人かは自動式のライフル銃など、武器で身を固めていた。

それを見たシャーリンは無言のまま仕事を放り出して、男たちの後についていった。それで、わたしも手を止めると、彼らの後を追いかけた。

それからまもなく、わたしたちはまた先ほど集会が開かれた場所に集められた。今回は、キレン大尉が切り株の上に立って、わたしたちに向かって声明を発表している。大尉は侵略前、どんな仕事をしてたんだろう？　会計士かな？　周りを見まわしても、ハーベイ少佐の姿はどこにもなかった。

「『作戦ファントム』にまもなく着手する」

大尉は消え入りそうなしわがれ声で話していた。たった二五メートルしか離れていないというのに、大尉の声はほとんど聞き取れない。

「本作戦行動は少数精鋭の部隊によって決行する予定だが、この中に作戦決行の模様を見たい者がいれば、クーナムラ通りの上方、防火帯のある場所からの観戦を許可する」

観戦だって！

「観戦チケットの値段はいくらなんですか？」そう尋ねてみたかった。けれど、少し学習したわたしは黙っていた。その代わり、ホーマーに視線を送ってアイコンタクトを取ろうとしたけれど、彼は無気力な様子でキレン大尉をぼんやり眺めるばかり。辺りを見まわすのを拒んでいるようにも見えた。

「『作戦ファントム』においては、敵国の重要拠点を攻撃することになっている」キレン大尉が続けた。「我々は、敵を完膚なきまでに叩きのめすつもりだ。ハーベイズ・ヒーローはこれまでさまざまな作戦を決行してきたわけだが、本作戦は、最も重要な軍事的ターゲットを狙うという意味で、最大の作戦となるだろう。決行部隊のメンバーとして選抜されたのは、以下の兵士たちである。オルセン、アリソン、バベイジ……」

一気に一二名の名前が読み上げられた。キレン大尉自身の手による人選に違いない。ホーマーとリーの二人がメンバーに入っていないことで、わたしはうれしかった。もちろん、ロビンやフィ、それにわたしが選ばれるはずもない。ハーベイズ・ヒーローでは、女の子は料理や掃除さえしてればいいのだから。

それでも、シャーリンが作戦を観戦したいかと聞いてきた時、わたしはためらいなく「観戦したい」と答えた。「観戦」なんて笑っちゃうけれど、シャーリンたちは大真面目だ。彼らが準備をしている間、キャンプ全体に深刻で緊張した空気が漂っていた。

もちろん深刻には違いない、わたしの中に、また怒りが込み上げてくる。どんな形であれ、敵とぶつかるのは深刻な事態だ。けれど、アメリカの戦争映画に登場する兵士を気取るのだけは止めてほしいと思った。わたしたちがやってきたことに比べたら、何もかもが嘘っぽいんだ。自分たちの敵との壮絶な戦いが、愚かで、あり得ない夢のように思われてくる。その夢が現実に起こったことだとは、とてもじゃないけれど信じられない。

観戦者の存在理由は、キレン大尉や彼の部隊を鼓舞し、誇り高く感じさせることだけ。でも、そんなのどうでもいい。わたしは、彼らを伝説として受け入れるつもりはさらさらなかったし、普通に観戦さえできればそれでよかった。

わたしはハーベイ少佐に見つかって、観戦を禁止されることがないように願いながら、観戦ツアーの一行に加わった。一行は総勢一五名となり、その中にはフィ、ロビン、ホーマー、リーの四人も含まれていた。出発前にはもちろん、どうやらお約束らしい「キレン大尉の訓辞」を聞かなければならなかった。

「くれぐれも……」大尉は、わたしたちを厳しく見つめながら口を開いた。まるで学校の遠足で、高価な磁器がたくさん展示された美術館にでも出かける前のよう。「くれぐれも我々が作戦決行中であることを忘れないでくれ。同行を許可された者は、素直に命令に従うことだ。それを肝に銘じておくように。騒がず、行軍を邪魔せず、会話は最小限にとどめること。常に隠れて行動すること。特に、若い諸君はな」

わたしたちのことだ。わたしは小さな怒りで顔が赤らむのが分かった。

「特に、若い諸君は気をつけてくれたまえ。おしゃべりは厳に慎むように。いいな。余計なことはせずに、大人しくしてるんだ」

彼は何を予想していたのだろう。わたしたちがかくれんぼや追いかけっこをしたり、ハイキング気分で歌を歌ったりするとでも思ったんだろうか。今回は、あえてホーマーを見なかった。きっと彼は爆発寸前で、なんとか怒りを抑えていたに違いない。

やがてみんなが移動を始め、わたしもすぐさま後に従った。それにしても、ハーベイ少佐はいつ現れるんだろう？　結局、少佐は一度も顔を見せなかった。つまり、ほったらかし？　わたしは歯ぎしりをした。今、少佐が姿を現したら、間違いなくこう吐き捨てていただろう。

「大したリーダーだこと！」

わたしは少佐を軽蔑した。彼にできることは、でっちあげくらいなものだ。

キレン大尉は、一二人のゲリラ部隊を率いていた。彼らはまもなく二手に分かれ、干上がった小川の底へ降りると、そこから真っすぐ坂を下っていった。

わたしたちを率いていたのは、メガネをかけ、しかめっ面をした年配の男だった。名前はテリーという。彼は何も言わなかったけれど、道順は分かっているようだ。彼のリードに従って、わたしたちは尾根伝いに木々の間を行進した。歩きながら、心の中でわたしは祈っていた。お願いだから迷ったりしないでねと。そんなことになったら、帰る頃には真っ暗になっちゃうから。

わたしは、フィと彼女の監視係ダビナの三人連れで歩いた。オリーブはすぐ前に、ロビンはテントメイトと一緒に後方にいた。今回、シャーリンは参加していない。ホーマーとリーが、先頭を行くテリーの直後についていた。

一時間近く歩くうちに怒りが静まってきて、今度は楽しい気分になってきた。わたしは森が好きだし、活発に動きまわるのも嫌いじゃなかったから。それに、ずっと「大親友」のシャーリンにつきまとわれて、キャンプ地をうろつく生活にも飽きてきていたし。

危険な感じがぜんぜんしなくて、恐怖で気分が台無しになることもなかった。キレン大尉の話では、かなり離れた場所から作戦の状況を見守ることになるらしい。オリーブとそんな話をしたことで、敵と接触することはありそうにないなと、わたしは確信していた。

茂みが次第にまばらになって、木々の間に谷の姿がちらちらと見えてきた。はるか眼下に未舗装道路の黄色い断片がのぞいている。やがて完全に谷が開けて、広々とした平らな土地が眼の前に現れると、道がずっと遠くまで延びているのが分かった。ここからは開けた場所を避けて、木々に身を隠しながら進まなければならない。

わたしはほとんどの時間、空を見上げながら歩いた。澄み切った空を再び眼にして、気分は最高だった。それに濃い茂みを脱け出したとたん、みんな黙ってしまったから、人の声を聞く必要もない。わたしには、それも心地よかった。

しばらくすると、防火帯（火事の延焼を防ぐために設けられた帯状の地域）が現れた。茂みに長くて醜い縞模様を刻んでいる。地面が、雑草もろともブルドーザーに踏みならされていた。よく見ると、息を吹き返している雑草もあった。そのそばには、柱に横木をあてただけのおんぼろのフェンスが立っている。

テリーの指示で、わたしたちは二人一組になり、頭を下げながら防火帯を横切った。賢明なやり方だ。防火帯を渡り終えて、丘を登った。太陽が沈みかけ、空気がグッと冷え込んでくる。それでも、激しく身体を動かしたおかげで、身体は充分に温まっていた。丘は傾斜がきつく、てっぺんに着く頃にはみんな顔を真っ赤にして息を切らしていた。

だけど、苦労して登っただけの価値はあった。眼の前には素晴らしい光景が広がっていたからだ。ウィラウィー周辺にも素敵な土地はいくつかあったけれど、この川の流れる平野は、地上の楽園かと思えるほどに肥沃な顔を見せていた。周囲の山々から雨水をかき集めた川は、ウィラウィーでは考えられないほどの大きな流れを作っている。この豊富な水が、ここに暮らすたくさんの人たちの生活を潤してきたのだ。

さらに向こう側に眼をやると、果樹園があった。立ち並ぶ木々には白いネットがかぶせてあって、そのせいか遠目には野外の彫刻のように見える。冬が近づいているのに、この辺りの放牧地のほとんどが青々としていた。侵略されて以来、水も撒かれていないはずなんだけど。

はるか遠くの空が、荘厳な黄金色に染まり始めていた。沈みゆく太陽は、すべてを見通す眼を持った偉大な生き物にも思え、まるでこの国を護っているかのようだ。それくらいこの土地は穏やかで、平和そうに見えた。ここで、生きる権利を求めて人間たちが哀れな争いを繰り広げている。目の前の景色は、そんなことにはまるで無関心という感じだった。

絶景に引き込まれたわたしの脳裏に、なぜかクリスの詩の一節が浮かんだ。

「海を前に、船乗りはおらず、砂漠を前に、我、無きがごとし」

わたしはクリスのことが急に心配になり、申し訳ない気持ちでいっぱいになった。ヘルに戻る許可が簡単にもらえるとは思えないけれど、とにかく明朝、ハーベイ少佐に必死に訴えてみよう。わたしはそう決心した。もしクリスじゃなくて、フィがヘルに居残っていたとしたら、わたしはとっくにヘルに向かっていたはずだもの。

その時だ。ホーマーがぬっと現れ、わたしを丘の反対側に引っぱっていった。何も言わず、彼は下に見える道路を指差す。そこにはキレン大尉のターゲットが転がっていた。彼らには、まさに「打ってつけ」のターゲットだ。砲身を茂みに向けたまま、緑色の大型の装甲車が道路を塞ぐように横たわっていた。

「信じられない」わたしはつぶやいた。

この高さからでも、その装甲車がなんらかのトラブルに見舞われたことは想像できた。装甲車は一方に傾いていて、道路にえぐったような跡があったから。たぶん、あそこで操縦不能にでもなったんだろう。装甲車の上部は開いたままで、周りに人の気配はなかった。

「軍隊輸送用の装甲車みたい……」わたしは言った。

「え、なんだって?」ホーマーがろくに話も聞かずに、口をはさんできた。彼は嫉妬心のようなものを燃やして、装甲車を見下ろしていたんじゃないだろうか。

「ハーベイズ・ヒーローが破壊した最初の車両は、軍隊輸送車だったらしいわ。これみたいに捨てられたやつ。それ以来、同じことを繰り返してるのよ」

わたしの言葉は、ホーマーの関心を引きつけたみたいだ。

「それって、どういうことなんだ?」

そこで、ロビンの優しく諭すような声が、わたしたち二人のやりとりを遮った。

「兵士たちがいるわ、あそこよ」

わたしたちはそろって下をのぞき込んだ。ゲリラ部隊は道路に沿って装甲車から約一キロのところを進んでいた。木の影を選びながら、一列に並んで進む。けれど、とりたてて警戒した雰囲気は伝わってこない。キレン大尉が先頭に立っていた。

「自信満々って感じね」わたしが言った。

「作戦の成功は間違いないわね」ロビンが言った。

「ならいいけど」ホーマーが言った。「お前がさっき、輸送車があぁだこうだ言ってたのは、どういうことだ?」

「オリーブが教えてくれたんだ。あの兵士たちは卑怯者よ。あいつら、絶対に安全なターゲットしか襲撃しないんだから。この装甲車みたいに、壊れたり、道路に乗り捨ててある車両をいつも追いかけてるの。反撃の心配がないものを打ちのめしてるだけ」

そうする必要もないのに、わたしたちはなぜか小声で話していた。ホーマーの表情が疑い深げに、不安そうになっていく。

「連中は、いつもこんなイカサマめいたことをしてるってことか？」

「いつもかなんて、そんなの知らない。でも、オリーブの話から推測すると、あいつらの襲撃はどれも似たようなものだったんじゃないかな」

ホーマーはうろたえたようだった。

「でも、お前の口ぶりだと連中は……。あいつら、敵の罠かもしれないって考えないのか？」

ホーマーは怒りながらも、身体をねじってハーベイズ・ヒーローを心配そうに見下ろした。道路のカーブに差しかかって、彼らの姿が木々の葉の間から見える。

「敵が待ち伏せしてるかもってこと？」わたしは聞き返した。

「あいつら、狂ってるよ。もし、前にも同じことしてるんだったら……。あの装甲車は敵がまいたエサかもしれないのに」

ホーマーは、わたしたちを数メートル前に進むよううながした。わたしたちの姿が丘の上にくっきりと浮かび上がる。それでも、もっと間近に装甲車を見下ろすことができた。

「しっかり見張るんだ」彼がつぶやいた。「何一つ、見逃すんじゃない」

テリーはわたしの後方、左側の茂みで、オリーブと話をしていた。そこから彼は、せかすような声でわたしたちに呼びかけた。

「木の下に入るんだ、早く」

わたしは二、三歩、横にじりじりと動いたけれど、ホーマーとロビンはその場所にいて動こうとしない。

リーとフィは、防火帯の反対側にある岩の背後にいた。二人も装甲車の様子を探っていたけれど、わたしたちの様子がおかしいのを察知したのかもしれない。

「どうかしたの？」リーが声をかけてきた。

「あれ、見て。あそこよ！」まさにその瞬間、ロビンが叫んだ。

道路の近く、坂を下ったところにある木の中で、太陽の残光を受けて何かがキラリと光った。砲身だった。

突然、危機的な状況のすべてが明らかになった。眼が光に慣れるのに時間が必要だったとはいえ、これまで気づかなかったなんて。どこを見まわしても、敵兵の姿があった。彼らは木の後ろに、岩の間に身を潜めながら、道路の上に半円を描いて広がり、キレン大尉と部下が来るのを待ち構えている。

そう、待ち伏せだ。これは馬鹿者どもをとらえる罠だった。これでよく分かったでしょ。

「準備に費やす時間を惜しむな」ってことよ。

ロビンは、他のみんなよりも先に行動を起こした。

「ピ、ピィ――、ピィ――――」

彼女は立ち上がり、指を口に当てていた。彼女の呼び笛が、大きな鳥の鳴き声のように丘中に響き渡る。効果は劇的だった。

わたしは、驚いたハトが羽をばたつかせて木から飛び去っていく光景を予想していた。けれど、その代わりに、あちこちで慌ただしい動きが始まった。敵の兵士たちが立ち上がり、銃口をわたしたちに向けたのだ。彼らにしたって、何者かが自分たちの背後にいるなんて予想もしていなかっただろう。

テリーが狂った羊のように茂みから駆け出してきた。彼は、ロビンの頭がイカれたとでも思ったに違いない。じゃなければ、キレン大尉と同じように、わたしたちのことを愚かで無責任な若造だと考えたのかもしれない。

でも、テリーや敵の兵士たちのことなんて、この際どうでもいい。わたしの眼は、ずっとわがゲリラ部隊を追い続けていた。

ロビンの呼び笛が響いた時、ゲリラ部隊はもうカーブに差しかかっていたから、彼らにも敵兵の姿が見えていたはずだ。身体が張り裂けそうになるぐらいの大声で、わたしはゲリラ部隊に向かって叫んだ。

「逃げて、逃げるのよ、お願いだから、早く」

けれど、ゲリラ部隊は呆然と立ちすくんだまま、わたしたちを見上げていた。キレン大尉がどんな顔をして、どんな表情をしているのか、わたしには想像できるような気がした。大尉はたぶん、頭の中でキャンプに帰還した時の演説の内容でも練っていたのだろう。だけど、その演説を聞くことは永遠にできなくなりそうだった。

ハーベイズ・ヒーローのゲリラ部隊は、ライフルを肩から外そうともしない。彼らはまだ敵の待ち伏せに気づいていなかったのだ。わたしたちは甲高い声を張り上げて、敵兵を指差した。すると、何人かが辺りを見まわし始め、ようやくその一人がライフルを構えた。

銃撃が始まった。

ゲリラ部隊は狂ったパペットのように躍り跳ねると、あっという間に四方に散らばった。けれども、何歩も進まないうちに敵の銃弾を受けた。

わたしたちだって、兵士たちが倒れる一部始終をただ見ているわけにはいかなかった。すでに敵兵がわたしたちにも銃撃を始めていたから。それでもまだ、わたしたちには時間の猶予があった。敵兵は今、移動の最中だろう。やつらはまだ、わたしたちの正確な位置をつかんではいない。攻撃の範囲や目標すら定まっていないはずだ。

わたしたち三人は、右手にいるフィとリーのところへとダッシュした。リーたちがいる防火帯の反対側より、左手すぐ近くの茂みに向かうべきだったのかもしれない。でも、友情という名の本能が、わたしたちを仲間のもとへと導いたのだ。キャンプ地が右手にあって、防火帯のほうに行けば無防備になってしまう恐れもあった。

残り数メートルというところで、銃弾が荒々しく獰猛《どうもう》な音を立てながら、頭上の木々の枝を切り裂いた。その瞬間、わたしは頭からダイブしていた。弾丸の一つは、岩から跳ね返ってきたものに違いない。ジェット機のような甲高い金属音を上げて、わたしのそばを通りすぎたからだ。

小石が散らばり、濃い緑の雑草がまばらに生えた地面に着地すると、わたしは数メートル這って進み、それから、また起き上がって走った。走りながら周囲を見まわして、みんなの無事を確かめた。フィがわたしのすぐ後ろにいる。彼女はあえぎながら、「みんな無事よ」と言った。

茂みの中を数十分走り続けた。周囲からは人の気配が、背後からはフィのあえぎ声が聞こえる。左手から、必死にわめき立てる声が届いた。ロビンだ。

「ねえ、みんな、待ってよ。待ってってったら」

わたしももう限界だった。わたしは息を切らして足を止めると、フィにつかまって、よろめきそうになる身体を支えた。ロビンが辛そうに丘を登って、わたしたちのほうへと駆け寄ってきた。

「無事ね！」ロビンが尋ねた。

「ええ、大丈夫よ」わたしはそう答えながら、頭の中で「あなたみたいにひどい顔をしてなければいいんだけど」と思っていた。

ロビンは頭の片方から血を流していて、おまけに鼻からもひどく出血していた。フィが彼女の顔に触れようとしたけれど、彼女はその手を押しのけた。

「なんでもないわ」ロビンは吐き捨てるように言った。「枝に頭をぶつけただけよ」

すでに辺りは真っ暗だった。誰かが丘を登ってくる、細枝がパシッパシッと折れ、砂利が踏みしめられる音がする。わたしはおそるおそる振り返ると、暗闇をじっとのぞき込んだ。まもなくホーマーの姿が現れた。

「ああ、無事なのね！」いっせいに叫んだわたしたちに、彼はうなずくだけ。

「リーはどうしたの？」わたしは尋ねた。

「あなたと一緒じゃなかったの？」フィも続けざまに尋ねた。

「知らねえよ。お前と一緒じゃなかったのか」

「違うわ」フィが答えた。「リーは、あなたのほうへ真っすぐ飛び降りていったんだから。ちょうど、あなたが木の間に飛び込んでいった時よ」

「俺は、やつの姿なんか見てないぜ」ホーマーが返した。

突然の沈黙が訪れた。

「呼びかけるわけにもいかないな」ホーマーがつぶやいた。「危険すぎる」

わたしはフィのほうを向いた。誰か非難する相手を探していたのだ。

「ねえ、みんな無事だってわたしに言ったよね」わたしは怒りをぶつけた。

「ええ、言ったわ」フィもきつく言い返してくる。「だって、本当にそうだったんだもの。リーは木の間を走ってたのよ。撃たれてなんかない。無事だって言うしかないじゃない。他になんて言えばいいの？　もし撃たれてたら、彼の手当てをしてたに決まってるわ」

フィは身体を震わせていた。わたしは一瞬でも彼女を責めたことを悪く思った。でも、謝っている時間はない。

「これからどうするか考えよう」ホーマーが言った。「俺たちはキャンプに戻って、連中に警戒するよう言わなくちゃならない。それと、リーを捜し出さなきゃな。無事なら、やつは今頃、キャンプに向かってるはずだ。無事じゃなかったら、ウーン、厄介なことになる」

「敵のことをキャンプに知らせるだけなら、他にも人はいるよね」わたしは言った。「ほら、テリーとか、ここに一緒に来た人たちよ」

「でもな、あいつらは防火帯のほうに逃げていったみたいだし」ホーマーが言った。「もしかすると、もう捕まってるかもしれないだろ」

「殺されてるかもよ」ロビンが言った。

「どうやら二手に分かれるってことになりそうね」わたしは言った。

「そうだな」

「わたし、リーを捜しに行くわ」わたしは自ら申し出た。

「俺も一緒に行く」ホーマーが続いた。

「そう、分かったわ」ロビンが言った。「わたしとフィは、いったんキャンプに戻る。それからまた引き返して、あなたたちに合流することにする。いいよね、それで」

「どうかな。止めたほうがいいと思うけど」わたしは言った。「こんな暗闇の中じゃ、また会えるかどうかも分からないじゃない。これから、ホーマーとわたしは防火帯のところに引き返すけど、もし、リーの姿も、彼の痕跡も見つけられなかったら、夜明けまでもう何もしようがない。そしたら、わたしたちもキャンプに戻るしかないもの」

話はまとまった。わたしたちはみんな、再びキャンプ地にたどり着けるものと思い込んでいた。たとえ、断崖を見上げ、尾根伝いの道を探さなければならないとしても。

ホーマーとわたしはこれまで来た道を急いで引き返した。音を立てないように神経を尖らす必要はなさそうだった。あまりの暗闇に、茂みの中を追いかけられることもなさそうだったから。防火帯の近くまで行くのにどれくらい時間がかかるのか、ちゃんと計算していたつもりだったけれど、実際には亀が這うようなスピードになった。三〇分近い時間がかかった。

森の暗さに比べたら、月明りを受けた防火帯は青白く光るハイウェイのようだった。わたしたちは二〇分ほど、茂みの背後に隠れて防火帯の様子を探っていた。やがて、ホーマーが小声で「大丈夫そうだな」とささやいた。

「わたしが行くわ。あなたは、ここにいて」

ホーマーに文句を言う隙も与えず、わたしはさっと立ち上がると、傷跡のような防火帯の側面をビクビクしながら下っていった。みんな一緒の時はホーマーが先頭に立つことが普通なんだけど、こうして二人きりになるとわたしが真っ先に先頭を切ってしまう。どうしてかな。そんなことを考えているうちに、わたしは道路付近まで降りていた。眼につくものは特にない。死体も、兵士の姿も、銃もなかった。装甲車までもが姿を消していた。

こんな小細工に引っかかるなんて、ハーベイズ・ヒーローもかなり間抜けだよね。でも、忘れちゃいけない。わたしだってその罠に引っかかったんだから。巨大なキャンプファイヤーでも観ることになるんだろう。わたしはその程度にしか考えていなかった。けれど、現実に観戦する羽目になったのは、吐き気のするような無益な殺戮シーンだった。

わたしは右手へと進路を変え、カーブの近くにたどり着いた。道路上にはところどころ暗いシミのようなものがあって、ぞっとしながらもそれを見つめる。血痕なのか木の影なのか、確信が持てない。本当に、みんな殺されてしまったんだろうか？　わたしは生存者の身に何が起こったのかを考え始めた。思考は一つの鎖となって、次から次へとつながっていき、次の瞬間、わたしは丘を猛スピードで駆け上るとホーマーを捜した。

「ねえ、聞いて」彼が隠れている茂みの背後にまわり込んで、わたしは息を切らせて言った。「みんながみんな、殺されたんじゃないとしたら、どうなる？　何人かは負傷しただけだったとしたら、どう？」

「はあ？　なんの話をしてるんだ？」

「いい、敵の兵士が捕虜に最初に聞くことって何だと思う？」

「何を聞くかだって？　ああ、なるほどな、そういうことか。『お前たちのアジトはどこだ』だよな」

「それで、やつらが場所を聞き出そうとして、みんなを痛い目にあわせようとしたら……」

「白状するしかない。だとしたら……、ヤバイな、行こう」ホーマーはすばやく立ち上がったけれど、そのまま考え込んだ。

「リーのやつ、何してんだ？」

「ロビンやフィは無事かな？　もし、リーがやつらに見つかってたら……」わたしはそう言いながら、額の辺りに刺すような痛みを感じた。「そしたら、とっくに捕まってるよね。もしリーが怪我でもしてて今も茂みの中に隠れてたら、一晩中捜しても見つかりっこない。もし無事だったら、彼もキャンプに向かってるはず……、だとしたら三人は今頃、キャンプにたどり着いてやつらの攻撃に巻き込まれてるかもしれない。それなのに、わたしたちはこんなところでのんびり話をしてるってわけ……」

最後まで言い終わらないうちに、わたしたち二人はキャンプ地へと急いだ。来る時とは違って完全に動揺した状態で、時折地面につまずきながら森の中を走り続けた。あちこちで木や枝に衝突して、あっという間に引っかき傷だらけだ。

ある場所まで来ると、しばらくは楽に進むことができた。そこにはクロイチゴも、ウサギの巣穴も、横倒しの丸太もなかったから。油断したせいか、突然、わたしはコケの生えた岩に足を滑らせ、派手に転んでしまった。膝に強い衝撃が走る。あやうくホーマーも巻き添えにするところだった。

「大丈夫か?」彼は尋ねた。

「そんな台詞が出るなんて予想外ね」

「立てるか?」

「分かんない」わたしは、ホーマーが時々話す精神的タフさって言葉を思い起こした。「いえ、大丈夫。立てるわ。ただ、ちょっと時間をちょうだい」

やがて、ホーマーの助けを借りて、わたしは立ち上がった。足元がふらついている。膝の状態はそんなにひどくなかったけれど、転倒のショックを引きずっていた。

「ゆっくり行くか」ホーマーが言った。

「ゆっくりなんかしてられない。さあ、行くわよ」

わたしたちはしばらく進んだところで、足を止めた。どこかから銃声が聞こえたからだ。ある程度距離は離れているようだ。とはいえ、驚くほどやかましいマシンガンの連射音と、重く鈍いショットガンの銃声が響いている。

ホーマーとわたしは取り乱してお互いを見つめた。これで残りの人生、わたしはホーマーとクリスの三人で、あのヘルで暮らすことになるんだろうか？　そう考えただけでもぞっとする。もし、わたしたちが誰一人生還せず、クリスがこのままヘルに置き去りにされてしまったら、彼はどうなるの？　何かを言おうにも、適当な言葉が見つからない。

「行こう、あの木のとこに」

わたしは思わず言った。

「あの木って？　どの木だよ？」

「ほら、ヘルから崖を降りる時に通った木よ。ハシゴに使ったやつ」

「場所、憶えてるか？　見つけられるか？」

「ええ、とにかく崖まで行って探せば、きっと見つかるはず。崖のとこにあるのは間違いないんだから」

わたしたちには武器もなかった。敵の兵士が流れ込んだキャンプに向かったところで、何もできないのは分かりきっていた。崖の木を目指してわたしたちは走った。先頭はずっとわたし、膝は温めておけば大丈夫なはず。鋭い痛みが走っても、我慢できないほどじゃなかった。

キャンプ地のかなり上のほうを通って、崖に向かおうとした。わたしたちは坂を登り、ひたすら前進を続けた。キャンプ地のほうからは、人々の叫び声の合間に銃声が聞こえる。

やがて木々が密集した場所に入り込むと、走ることが難しくなった。暗闇、疲労、混乱、行く手を遮る深い茂み……、そんなものが絡まり合って、一歩一歩が苦しい道のりになっていく。あちこちぶつかってばかりで、わたしは痛みと苛立ちから声を上げてしまった。膝なんか、何度ぶつけたかも分からない。突如、眼の前に倒れた大木が現れて、わたしの行く手を阻んだ。乗り越える気力も体力も残っていないような気がして、わたしはその場に立ち尽くしたまま三歳の子どものようにすすり泣いた。

「さあ、行くぞ」

ホーマーがよろよろと背後に現れると、背中をつつきながらわたしを急かした。同情もしてくれない。いや、彼だって疲れすぎていて、他人を心配する余裕もなかったんじゃないかな。

わたしたちは大木を乗り越えて、さらに進み続けた。三〇分後、ようやく崖がその姿を現した。旧友との再会を喜ぶみたいに、わたしは崖に飛びつき、しばらく寄りかかっていた。頬に岩肌の冷たさが伝わってくる。その後、再び弱々しく立ち上がって崖に沿って歩き出した。

あちこちで崖の表面から木々が突き出していて、進んでいくのは相変わらず大変だった。だけど、少なくともわたしたちが進むべき道ははっきりしていた。足元の道がゴールにつながっている。その事実がわたしたちの気持ちを支えてくれていた。たとえ、旅の終わりに誰も出迎えてくれないとしても。

午前一時頃、わたしたちはようやく白い老木の横たわる場所にたどり着いた。か細い月明かりを受けて、老木は幽霊みたいにぼんやりと光を放っている。そこには誰もいなかった。わたしは幹の右側に座り、そっともたれかかった。ホーマーは左側に座った。

わたしたちは何も言わず、ひたすら待ち続けた。

CHAPTER 10

東の空にかすかな光？　いや、それとも、これは錯覚？　ずっと夜明けの兆しを探し続けていた。でも、期待は裏切られてばかりだ。

わたしの左側で、ホーマーは口を開け、かすかにイビキをかいて眠っていた。わたしも瞼が重くなってきた。瞳は、曇りガラスをはめ込んだみたいだ。

わたしは呆然と周囲を見まわした。そよ風が木の葉にちょっかいを出している。葉っぱは身震いすると、小声でカサカサとささやいた。茂みの中で、枝が折れたようだ。その音は驚くほど大きかったけれど、折れた枝が地面にぶつかる音までは聞こえなかった。シロフクロウだろうか、大きな鳥が崖のてっぺんを横切っていく。

その時だ。紛れもない人の足音が聞こえてきた。重々しく、何か目的を持って歩いているような音。そんな足音を立てるのは、牛以外に人間しか考えられない。こんな密林に牛なんているわけないし……。わたしは、恐怖と希望でいても立ってもいられなくなった。

わたしはホーマーに覆いかぶさって、彼の口を手で塞いだ。びくりと身体に緊張が走り、彼は眼を覚ました。そして、わたしたち二人はそこに座ったまま身をすくめた。足音が、速度を上げながら近づいてくる。わたしは立ち上がり、低い姿勢になって身構えた。

何かの影が木々の間をちらついた……と思った瞬間、フィの姿が現れた。わたしは手を差し出したけれど、彼女はわたしを直視しようとせず、早口で言った。

「敵の兵士に追われてるわ」

空気が恐ろしく凍りつく。ホーマーがすぐさま尋ねた。

「何人くらいだ?」

「分からないの。一人だけと思うんだけど。ごめんなさい」

耳を林に向けると、すぐに別の足音が聞こえた。どこか頼りなく、道に迷っているかのような足音。

「ごめんなさい」フィがまた言った。「ずっと振り切ろうと頑張ったんだけど」

彼女の声は死にそうなくらい弱々しくて、感情がこもっていなかった。疲れ切って、力のない声だ。倒れそうになる彼女を、わたしはさっと抱きかかえた。

ホーマーは、頑丈そうな棒切れを拾い上げていた。手にしているのが小型のショットガンでなくて残念だ。わたしも武器になりそうなものがないか、周囲を探した。選択肢があるわけではない。わたしは野球のボールぐらいの石をつかむと、それをフィに手渡した。けれど、彼女はその石を何に使うのか分かってなかったと思う。石を握ったまま、腕をだらりと下げていたからだ。とにかく、わたしも石を手に取った。

こんな時、どうしたらいいんだろう？　正しい方法なんて誰にも分からない。わたしたちは直感で動くしかなかったし、本能に従って武器を探していただけ。もちろんすぐさまばらばらに散らばって逃走すべき方法もあったかもしれない。だけど、崖と茂みに挟まれた場所で、わたしたちにできることは限られていた。それに、すばやく移動するにはフィは疲れ果てていた。立ち上がって戦うしかないんだ。

フィは木に寄りかかっていた。ヘルに帰るハシゴとなる木に。うなだれて、手には石を握ったままで。彼女は突然、吐き気を催し、「オエッ」という声を上げた。

追跡者がその音を聞き逃すはずはない。茂みをさまよう足音が少し速くなった。何者かが今、わたしたちのほうへと真っすぐに近づいていた。目標を定めた確かな足取りだった。

ホーマーは木の背後に身を隠しているようだった。わたしも、別の木の後ろに身を潜めた。木々の間から現れたのは、兵士の影だった。ここから一〇メートルも離れていない。兵士は一人きりで、その他には人影もなければ足音も聞こえなかった。

彼はフィを目指して、真っすぐに進んでいた。ライフルは肩にかけられたまま。フィに格闘するだけの力が残っていないのは誰の眼にも明らかだったし、兵士の目的は彼女を捕まえること以外にあったのかもしれない。彼のすばしっこい動きは、まるで出産間近の羊を狙うキツネのようだった。

兵士は小柄な少年で、年齢もわたしたちと同じくらいだろう。痩せた身体は、クリスそっくりだった。軍帽はかぶらず、夏用の薄手の軍服を着ている。ライフルの他に、何も携帯していないようだ。

わたしは木の陰から出ると、フィに狙いを定めた兵士の背後に回り込むように忍び寄っていった。心の中では恐怖の嵐が荒れ狂っている。わたし、何をしようとしているんだろう？　どうしてこんなことしてるの？

わたしが石を強く握りしめた瞬間、フィが地面に崩れ落ちた。兵士は、フィまであと一〇歩ほどのところにいた。わたしは兵士のすぐ背後に迫っていた。なんでもいいから誰かわたしの背中を押してよ！　わたしは叫び出したかった。

すると兵士が人の気配を察知したのか、突然振り返った。恐怖でカッと見開いた眼でこっちを見、手を振りかざした。わたしもきっと同じだったに違いない。反射的にわたしも腕を振り上げ、次の瞬間、彼の頭上めがけて石を振り下ろした。

わたしは夢でも見ているのだろうか。奇妙な記憶がフラッシュバックしてくる。それは遠い昔に聞いた怖いお話。殺人鬼の犠牲者が、網膜にその殺人鬼の残像を刻みつけていたという話だ。死体の眼を調べれば、その人を殺した者の顔が写ってるというのだ。

わたしは腕を振り下ろした。けれど、それだけでは終わらなかった。力が足りなかったんじゃないかと不安になって、次の瞬間には、さらに力を込めたのだ。兵士は腕を上げながら攻撃をかわそうとしたけれど、石は頭の側面をかなり激しく痛打した。わたしの腕もビリビリと痺れた。石を落とさなくてラッキーだった。

兵士が襲いかかってきた。わたしはとっさに身をかがめたものの、頭を殴られてめまいがした。頭を上げると、兵士のどす黒く汗まみれの顔が見えた。彼の眼は、半分閉じられた状態だった。もしかすると、考えていた以上のダメージを与えたのかもしれない。わたしが石を握りしめた手で兵士の顔を突っつくと、彼はその手を押し返した。

その時、兵士の背後からこちらに駆け寄ってくる足音が聞こえた。兵士は気配に振り返ってとっさに頭をそらした。でも次の瞬間、ホーマーが思い切り振り下ろした木の棒が、兵士の肩に食い込んだ。兵士が片膝を落としてよろめく。もうここでとどめをさすしかなかった。わたしは石を両手で持ち上げて、それを激しく彼の頭に叩きつけた。「ズン、ドシ」と恐ろしく鈍い音がした。まるで斧の背で木を叩くような。

兵士は白目を剝き、いびきのような奇妙な音を立てた。ひざまずき、頭を低く垂れた姿は、まるで祈りを捧げているようにも見える。それから兵士は横向きに倒れると、地面に仰向けになった。

わたしは恐れおののきながら、そんな兵士の様子をじっと見つめていた。手の中にある汚らわしい石を慌てて投げ捨て、フィのところに駆け寄って彼女の肩をつかんだ。でも、フィは「あなたは誰?」って感じで、わたしの眼をうつろに見つめるばかりだった。

兵士が息を吹き返すかもしれない。エリー、しっかりするの。わたしは激しく頭を振ると、兵士のところに舞い戻った。ホーマーが背中を見せて、顔を木に押しつけている。彼だって自分のやったことに動揺してたんだ。もしかしたら、悪魔に相談に乗ってもらってたのかもしれない。わたしは兵士の横にひざまずくと、彼の顔をのぞき込んだ。死んでいてほしいのか、生きていてほしいのか、わたしはどっちを望んでるんだろう?

兵士はまだ生きていた。喉の奥からぞっとするうめき声を洩らしながら、ゆっくりと呼吸をしていた。重症なんだろう、呼吸が切れ切れだった。「死んでくれたほうがいい」、一瞬、そんな考えが頭をよぎり、そのことに呆然とした。わたしはライフルを兵士の肩から外すと、数メートル先に放り投げた。

と、また別の足音が木々の間から届いてきた。キビキビとした、確かな足取りだ。わたしは地面を滑るように移動し、放り投げたライフルを再び手にした。撃鉄を引こうとしたけれど、最新の自動式でどう操作したらいいのか分からない。わたしはヤケになって、ともかくライフルを構えた。それを誰かに向けてさえいれば、魔法みたいにわたしのことを守ってくれるかのように。

だけど、その足音の正体はロビンだった。彼女はいつも以上に冷静に見えた。少なくとも、ライフルを眼にするまでは。

「エリー、わたしよ！　撃たないで！」

わたしはライフルを下ろした。

「そんなもの、どこで手に入れたの？」

「あそこよ」

震えながらもライフルを注意深く下ろして、わたしは兵士のほうを指差した。ロビンがこんなに落ち着いてるのに、わたしときたらパニック一歩手前って感じだ。

ロビンは急に笑顔を失った。急いで兵士のところへ駆け寄ると、そばにひざまずいた。

「何があったの？　あなたが撃ったの？」

「殴ったのよ、石で。それから、木の棒でね」

「まあ、ひどい状態ね」

「ロビン、でも息の根を止めなくちゃ」わたしは声が震えないように努めた。「もし、そいつを生かしてたら、仲間を呼んでわたしたちを探しまわるに決まってる。そしたら、やつらはその木を登って、ヘルまで追いかけてくるかもしれないのよ」

ロビンは何も答えない。彼女は兵士から離れると、フィのところへ向かった。

「大丈夫？　しっかりして」ロビンが声をかけた。

フィは、わたしの時と同じように、しばらくロビンのことを見つめていた。それから、ゆっくりとだけどうなずいた。フィが再び意識を取り戻して、わたしはホッとした。

「誰か、リーを見かけた？」

「見て、ない」フィが答えた。

わたしは、ホーマーと二人で防火帯に引き返した時、どうして時間をかけてリーを捜そうとしなかったのか、その理由を説明した。

「みんなと会えて、夢みたいな気分よ」ロビンが言った。「突然、ここに来ようってひらめいたんだ。もし、ここに誰もいなかったら、わたし、何をしでかしてたか分からない。他には何も思い浮かばなかったんだもの」

彼女は、数秒間黙ったまま何かを考えていた。それから話し始めた。

「みんな、いい?」ロビンは言った。「これから、何もかも嫌になって絶望することになるかもしれない。叫んでも誰も答えてくれない、置き去りにされた子どもみたいに絶望的な気持ちに。でも、今は、みんな一緒にいるわけよね。わたし、真面目に話してるのよ。この状況を切り抜けるためにも、わたしたち、とにかく一緒にいるべきなの」

「キャンプで、何があったの?」わたしは尋ねた。

ロビンが話している間、わたしたちはジリジリと前に進み出て、意識を失った若い兵士を取り囲む形になった。彼は横たわったまま、ゆっくりと呼吸をしている。

「惨劇と言うしかないわ」ロビンは言った。「じつはね、わたしたちはキャンプにたどり着けなかったんだ。一時間近く、道に迷ってた。やっと木々の間からキャンプが見えて、あともう少しって思った時よ。わたし、眼の前で起こったことがまだ信じられない。

突然、銃撃が始まったんだもの。まるで工事現場で、削岩機の真横にいるみたいだった。うるさいなんてものじゃない。兵士の一人なんか、わたしたちの真ん前で銃を撃ってたわ。一歩前に進めば、触れられそうなとこでね。そいつに気づかれなくてよかった。奇跡的って感じよ。ねえ、フィ、そうでしょ?」

フィは黙ってうなずくばかりだった。ロビンは冗談っぽく話すことで、フィの気持ちを紛らわそうとしたんだろう。けれど、フィは冗談を楽しむ余裕もなかったようだ。

「それで……」ロビンはブーツを見つめながら、話を続けた。「あれ、何を言いたかったんだっけ？　そうそう、恐ろしくて吐き気がするような光景だったわ。派手な銃弾の火花のせいで、眼も開けてられないくらいまぶしかった。そのうちに、やつら、キャンプに照明弾を放り込んだわ。昼間のような明かりが広がって……。光の中でみんなが絶叫しながら、あちこちに逃げ惑ってた。どこに行けばいいのかも分からない。大量虐殺のシーンそのものよ。

急いでその場を離れたから、それ以上のことは分からないんだ。とにかくうるさすぎて、やつらもわたしの存在に気づかなかったようね。銃声も悲鳴もすごかった。最悪な一日。どれだけ人が殺されるシーンを目撃すればいいわけ。もううんざりよ」

ロビンは腹立たしそうにまばたきをした。その瞬間、彼女の表情が崩れかけた。こぶしを口に押しつけ、唇がねじれている。自分を見失わないように必死に闘っているようだった。なんとかまた口を開いたけれど、「フィを捜そうとしたけど、彼女の姿はどこにもなかった」、そう言うだけで精一杯だった。

ロビンはフィに続きを話すように目で訴えかけた。

「わたし、必死に走ったわ」一瞬戸惑い、それでもフィがささやくように話を始めた。「ロビン、ごめんなさいね。どうしたらいいのか分からなくなって、わたし逃げ出したの。しばらくして、誰かが追いかけてきたわ。ロビンであってほしかったけど、あなたの足音じゃないし、呼びかけたって返事もしてくれない。だんだん近づいてきて、だから、もう逃げるしかなかったのよ。その人をキャンプからできるだけ遠くへ引き離して、道に迷わせようともしてみたの。でも、無理だったわ。

どうしようもなかったから、わたしはクロイチゴの下に潜り込んで、じっと隠れてたの。ずいぶん長いこと待って、やっと誰もいなくなったような気がした。実際に、誰かが立ち去る音を聞いたわけじゃないわよ。でも、暗闇の中でじっと待ってられる人なんかいないと思ったんだもの。それで、わたしは這い出したの。そしたらね、誰かがこちらに走ってきたのよ！

わたし、叫んで逃げ出してたわ。森の中を必死に走りまわって、そのうちにへトヘトになっちゃった。もう走れないって思った時、この崖のことが頭に浮かんだの。ここに来たらなんとかなるかも……、ここに誰かいてほしいって思ったわ。でも、ごめんなさい。わたしのせいで、あなたたちを危険な目に遭わせてしまった。そうするべきじゃなかったのよ」

「もちろん、来るべきだったわ」

わたしたちはみな、フィを慰めようとした。

「お前は間違っちゃいない」「わたしだって同じじゃない」

でも、その慰めにどれだけの効果があったのか、わたしには分からない。わたし自身混乱していたけれど、フィが過ごした恐ろしい夜を思うと身体が震えた。暗闇に迫りくる足音を振り切ろうとし、最後にはこの木を目指してはみたものの、そこには夜の静寂しか見つけられなかったかもしれないし、疲れ果ててそれ以上進めなかったかもしれない。最悪の場合、木にたどり着いたあげく死と直面してたかもしれないんだ。フィは辛かっただろう、みんな以上に。

そういえばリーは？　わたしはふと思った。

すると、ロビンがまた口を開いた。

「まだ、かなり暗いわ。これからどうする？　リーは見つからない。ここには意識を失った兵士がいる。それも、ヘルに戻るハシゴの真下にね」

ホーマーがようやく本来の彼に戻ってきたようだ。いや、彼だけじゃない。わたしたちみんなが力を振り絞るべき時だった。わたしたちは冷静に考え、冷静に話そうとした。けれど、言葉はチューブからゆっくりと絞り出されるハミガキ粉のように、少しずつしか出てこない。

「まだ少し時間があるはずだ」ホーマーが切り出した。「やつらの立場になって考えてみろよ。やつらだって、こんな時間に林を歩きまわって生き残りを捜そうなんてしない。ここにくたばってる仲間の一人のことだってそうさ。危険すぎるからな。もしかして全員を捕まえたと思っているかもしれない。こいつはフィを追いかけてきたけど、単独行動みたいだし」

「どうなるかな？　もし」わたしは一瞬言葉を飲み込んで、でもやはり口に出すことにした。

「どうなるかな？　もし何時間かたって生き返ったとしたら……」

ホーマーはわたしを見ようとしなかった。だけど、次の瞬間、声を嗄《か》らして叫んだ。

「お前は、バターカップ・レーンでやったのと同じことをやろうって言うのか」

「それは違うわ」わたしは反論した。「わたしがそうしたのは、どっちにしても死ぬに決まってたからよ。安楽死ってやつでしょ」

「ここにくたばってるやつを見てみろ」ホーマーが言った。「こいつは死んだも同然じゃないか。もし生きてたって、植物状態でしかないだろ」

「あなたは何も分かってない」思いが伝わらなくて、わたしは歯がゆさを引きずりながら言った。「せめてもの情けだったのに……」そして、最後にこうつけ加えた。「冷酷にやれたわけじゃないんだから……」

ああ、どうしてこんな会話をしてるんだろう？　クラブやEメールや試験やバンド、そんな話に夢中になってたってぜんぜん不思議じゃないのに。暗い林の中で顔を突き合わせ、空腹と恐怖の中、どうして人殺しの話をしなくちゃいけないの？　それって、わたしたちが考えるべきことなの？

普通の高校生として、ごく普通に生きていたわたしたち。それなのにたった一晩で、生活ががらりと変わってしまった。やつらは平和な世界の扉を蹴破って、わたしたちを一瞬にして闇の世界に引きずり込んだ。

あの日から、わたしたちは闇を棲み処とするようになった。安らかな眠りは遠い夢となり、長い悪夢の中をさまよい続けている。何が正しくて、何をするべきなのか。自分の生き方を自分自身で探さなければならない。だけど、今のわたしたちにどんな未来が残されているのか、分からない。そのせいで自分たちが何者であるのかも分からなくなる。

わたしたちはこのまま、未知の恐ろしく醜悪な生き物にでも成り下がってしまうのだろうか？　ほんの少しだけ、人間であった痕跡が認められるようなバケモノに。

今でもたまに、あの「普通」の生活が一瞬の光となって射してくることがある。でも、光は簡単に新たな闇の世界に飲み込まれてしまう。闇に終わりはないんだ。これからどうなるのか、手がかりは見つからない。ただ、毎日がサバイバルだった。

妄想から脱け出したわたしの眼の前で、ホーマーは若い兵士に覆いかぶさるようにしながら、彼のポケットを漁っていた。黙って見ているわたしたちの前に、ホーマーは次々に探り当てたものを積み上げていた。暗くてはっきり見えなかったけれど、財布やナイフ、それにカギの束があった。そして、胸のポケットからペンよりも小さな懐中電灯を引っぱり出すと、ホーマーはスイッチをつけた。その光の先に、瀕死の重傷を負った兵士の姿が浮かんだ。

耳や鼻から血が流れ出し、頭には血のマットが敷かれていた。髪が血でべっとりと濡れて、固まっている。彼はずいぶん若かった。もしかすると、わたしたちより年下かもしれない。彼の滑らかな肌を見ていると、一度も髭を剃ったことがないように思えた。

わたしは複雑な気持ちだった。この男は、毒牙を剝いてフィを殺していたかもしれない危険人物。だからといって、地面に横たわるだけの男を、わたしが殺せるはずもなかった。

「どこか遠くへ運んだほうがいいわね」ロビンが不安げに言った。「そうすれば、やつらが彼とハシゴと崖を結びつけることはないでしょう」

「でも、もし彼が眼を覚ましたら?」わたしは尋ねた。「わたしたちは医者じゃないんだから。どうなるか分かんないでしょ」

「少なくとも脳震盪《のうしんとう》を起こしてるはずよ」ロビンがますます不安そうに言った。「だったら、自分がどこにいたのか、何が起こったのか、憶えてないんじゃないの」

誰もあえてその考えの欠点を指摘しようとはしなかった。

わたしたちは静かにその場に座っていた。一時間ぐらいいたっただろうか。わたしは気づいた。眼の前の兵士がわたしたちの問題を解決してくれようとしていると。若い命が、闇へと退こうとしていた。大地の上で、彼は死を迎えようとしていたのだ。わたしたちは互いに言葉を交わすことなく、その様子を見守っていた。何かしてあげられることがあったかもしれない。

でも、わたしたちは積極的に彼を助けることはしなかった。

死がこんなにゆっくりと、優しく訪れるものなんて。ここでの兵士の死は、とてもなじみ深く、身近なものに思えた。彼に触れることで、死がわたしたちの頰を優しく撫でてくるのを感じた。

一五分ごとに、ホーマーが懐中電灯のスイッチをつけた。木の下はまだ暗かったとはいえ、わたしたちはそんなに光を必要としていなかった。

兵士が着た制服の胸が、膨らんでは萎む。彼が息を吐くたびに、もっと新鮮な空気を与えてあげたくて、わたしは知らず知らず息を止めた。それでも、だんだん呼吸は浅くなり、呼吸の間隔も長くなっていった。もし彼の口元に羽を置いていたら、呼吸のたびにかすかに揺れていたかもしれない。けれど、やがて微動だにしなくなるのだ。

冷たい夜、そして、冷たい朝だった。でも、その時だけは、わたしは何も感じなかった。フィが兵士から顔を背けたまま、わたしに寄り添っている。彼女の体温がわたしを温めてくれていた。彼女は何度となく発作的に身を震わせた。寒さのためだけじゃないだろう。

ロビンは兵士の頭のそばに座って、静かに見つめている。彼を見つめるその顔が、どういうわけか美しく感じられた。

ホーマーも兵士の頭のそばに座って、同じように静かに見つめていた。彼の顔には、暗い影があった。身を乗り出して座っているその姿は、ライフルを構えているようで、とても見ていられない。わたしはどうしようもなく苛ついていた。

遠くで木々がバキバキと音を立てた。枝が落ちたのかもしれない。夜の間もずっと、あちこちで音がしていた。森の中ではありふれたこと。ポッサムや野生の犬の遠吠え、フクロウの羽ばたき、木々を吹き抜ける風の音、下生えの木々がこすれあう神秘的な音……。もうすっかり聞き慣れた音だ。

だけどこの音は、どこか違う。わたしは少し腰を浮かすと、音のするほうに身体を向けた。同時に、叫び声が聞こえた。

「エリー！　ホーマー！　みんなそこにいるのか？」

安堵ではなく喜び。堰を切ったように、喜びが身体中を駆けめぐった。

「リー！　こっちよ、こっち！」

わたしが叫び声を上げたとたん、これまで頼りなかった足音に確信が満ち溢れた。リーが、こちらに向かって駆け寄ってくる。足音で彼だと分かるんだ。わたしは立ち上がって、二、三歩踏み出した。リーは不器用に木々の間をくぐり抜けると、狭い隙間から姿を現した。

わたしが手を差し出すと、彼もそれに答えて、わたしたちは抱き合った。彼の身体から伝わるのは骨の感触だけ。愛情も、温もりも感じられない。代わりに感じたのは、不吉な荒々しさとわずかな安心でしかなかった。やがて、リーはわたしから身体を離し、みんなを見まわした。

「みんな、何か食べた？　僕は腹ペコだよ」

「いいえ」ロビンが困惑したように答えた。「なんにも」

「さあ、もたもたしてる場合じゃない」

彼の眼にも、地面に横たわる兵士が見えていたはずだ。けれど、リーは驚くような素振りは見せなかった。彼は兵士に視線を注いで言った。

「この男はなんだい？」

「こいつ、フィの後をつけてたんだ」ホーマーが答えた。

「まだ生きてる……みたいだけど」リーが言った。

「そうよ」

「それで、ここで何を待ってるのかな？」

わたしは一瞬、彼が何を言いたいのか分からなかった。

「わたしたち、あなたを待ってたの」わたしはとりあえず答えた。「それに、この兵士をどうしようか迷ってたわ。でも、もう死んじゃうと思うけど」

「もたもたしてる場合じゃない」リーがまた言った。

リーの眼が地面を探っていた。突然、彼は身をかがめ、兵士のちっぽけな所持品の山からナイフを拾い上げた。

最初、わたしは、リーがバランスを崩して兵士の上に転んだものと思った。だから、わたしは思わず「気をつけて」と叫んだのだ。けれど、それはリーにすれば、何もかも計算ずくの行動だったようだ。リーはぎこちなく兵士の胸に膝を落とすと同時に、心臓めがけてナイフを埋め込んだのだ。兵士はすさまじい絶叫を上げた。両腕が少し持ち上がり、指が激しく震えた。

ホーマーがライトをつけた。手術用のメスのように鋭く、ピタリと焦点の合った光の中で、兵士の顔から色が失せていく。ゆっくりと開いた口から、どっと血が溢れ出したその瞬間、彼の身体から何かが抜け出したような気がした。魂が飛び去ったような。

それからまもなく、兵士は完全に息絶えた。

フィはなんとかこらえていた。まるで悲鳴を飲み込んでしまったかのようだ。彼女は口に手を当て、軽くシャックリをしている。そして、大きく見開かれた眼で、リーという名の、目の前の切り裂きジャックを見つめていた。

ロビンは喉に手を当てたまま、異常に速い呼吸をしていた。

ホーマーはじっと兵士を見つめたまま、後ずさりした。彼の手は後方を探っている。身体を支えるものがほしかったんだろう。けれど、そこには支えになるものは何もなかった。

彼は、このまま永遠に変わってしまうんじゃないだろうか？　悪魔にでもなってしまうんじゃないだろうか？

リーは立ち上がってその場を二、三歩歩き、また戻ってきた。

「死体を隠そう」彼は言った。不安や冷酷さなんてものが、これっぽっちも混じっていない声で。どう見たって「普段と変わらない」様子で。

「埋めることなんかできない」わたしは声を震わせながら言った。ほとんどヒステリーを起こす寸前だった。「時間も、道具もないじゃない」

「じゃあ、死体を谷に落とそう」リーが言った。

誰一人、動こうとしなかった。それで、とうとうリーが吼《ほ》えた。

「やるしかないんだよ。突っ立ってないで、手を貸せよ」

どうして身体が動いたのか分からない。わたしがズシリと重い兵士の頭をつかむと、リーが足を抱え上げた。他の誰も、手を貸そうとはしない。わたしたち二人は、死体を抱えてもたつきながら、茂みを抜ける道を探した。

一〇メートルほど進んだだけで、わたしはぐっしょり汗をかいていた。痩せた若者がこんなに重かったなんて。彼の身体を落としそうになった時、ロビンがそばに駆けつけて手を貸してくれた。

「地面に身体をつけないほうがいいわ」わたしは言った。「じゃないと、引きずった跡を見つけられちゃうから」

わたしは、そんなことを冷酷に言う自分にショックを受けた。けれど、他の誰も答えてくれなかった。わたしたちはそのままのろのろと進み続けた。誰もがストップをかけるのをためらってたんだ。そしてついに、わたしたちは目指す場所に到着した。わたしたちは力の限り腕を振ると、兵士を乱暴に谷底へと転がり落した。

「一人いなくなったって、大した損失じゃないよね」

またしても冷淡な台詞を吐いた自分がショックだった。みんなの気を少しでも楽にしてあげたかったのだ。みんなを狂気から救い出したい一心でそう言ったのだ。

わたしたちは谷底の兵士を見下ろした。兵士の手足は壊れた人形のように不格好に広がり、頭はあり得ない角度で後ろに反りかえっていた。リーは黙ってその場を離れ、茂みから両手いっぱいの枝を引きずって戻ってきた。そして、その枝を兵士の上に放り投げた。

ロビンもリーを手伝い、それからわたしも加わった。わたしたちは一〇分近く、岩や枝を兵士の身体に向かって投げつけた。死臭はごまかせない。野生の犬やハイエナどもがすぐに嗅ぎつけるんだろう。でも、とにかくわたしたちは兵士の捜索が長く続かないようにと願うしかなかった。

やるべきことはやった。三人の間にそんな異様な空気が漂っていた。日差しが茂みに広がるにつれて、木々の間の灰色がたちまち明るくなっていく。何も言葉を残さぬまま、ここを立ち去りたくない。わたしの中にそんな不思議な気持ちが湧いてきた。横にいるロビンはきっと祈りの言葉を捧げているに違いない。

「声に出して言ってよ」わたしはロビンを急かした。彼女が驚いたような表情で見返してきたので、わたしはもう一度言った。

「声に出して言って」

「そんなの無理よ」ロビンは言った。

彼女はしばらく眉根を寄せながら考え込んでいたけれど、諦めてこう言った。「神様、彼にご加護を」それから一呼吸置いて、語気を強めた。「アーメン」

「アーメン」わたしも続いた。その直後、リーも従った。

ホーマーとフィのところに戻ると、リーがロビンに言った。

「もしさ、昨日の夜、僕が目撃したものを君も見てたら、やつのために祈るなんてことはできなかったはずだ。それに、僕たちが悪いことをしたんじゃないかって、思い悩むこともなかったろうね。やつらは腐ってる。害虫だ」

兵士の胸にナイフを突き刺したことには強い理由があるのだろう。でもまだその時は、リーに対して感じるのは、強い恐怖だけだった。

CHAPTER 11

これ以上、つらいことなど起こらない。そう思っても、次の瞬間にはまた別の出来事が襲ってくる。そんなことをわたしたちは繰り返している。

その日、わたしたちは死と恐怖の夜を、不安と混乱の夜を過ごした。たくさんの人たちが死ぬのを目撃し、自らの手で若い命を奪った。自分たちの所持品の大部分も失った。ハーベイズ・ヒーローのテントに置いてあった荷物はもう永遠にこの手に戻らない。

だけど、この時一番重要だったのは、木のハシゴを登ってヘルに帰ることだった。

崖下の木のところで、わたしたちはロビンを待っていた。彼女は兵士のポケットから取り出したがらくたを木の枝を積み上げて作った墓場に葬ろうと、谷に引き返していたのだった。彼女は真っ赤な血にまみれたナイフさえも拾い上げた。それを見たわたしは、バターカップ・レーンの襲撃で血に染まったショットガンを拾ったことを思い出し、記憶の中で震えた。

こうして手元には、兵士のライフルと懐中電灯だけが残された。

リーとフィ、それにわたしの三人は、ホーマーの行動をじっと見守った。彼は小枝で地面を掃きながら、わたしたちの足跡を消していた。木のハシゴが持つ意味を誰にも気づかれたくなかったからだ。

そのうちに、リーがわたしの手を探ると、小さな物体を押しつけてきた。温かくて柔らかい感触。次の瞬間、それがとんでもなく怖いものに思えた。わたしは唇を震わせて、おそるおそる掌を開いた。

そこには、わたしのお気に入り、チョコレート色をしたテディベアのアルビンがいた。タバコぐらいの小さな子で、片目が取れて耳はボロボロ、お尻には繕った跡がある。だけど、愛しのアルビン、かわいいテディベアには違いなかった。

「ありがとう、リー」わたしは、瞳をうるませて言った。「どこかでなくしたと思ってた」

でも、言いたかったのはそれだけじゃない。

「この子、どこにいたの？　ねえ、リー。わたし、怖かったのよ。だって、あなたがぜんぜん違う人になっちゃった気がしたから」

彼は最初の問いにだけ答えた。

「僕はそれを、いや、その子を君のテントで見つけたんだ」

「どうやって？　テントに行けたの？」

「ああ、テントの後ろに忍び込んで、君が来るのを待ってたのさ。待ち伏せ攻撃を見たせいか、君以外とは話したくなかったからね。すると、突然、銃撃が始まったんだ。アルビンは足元に落ちてた。それで、僕はこの子をつかむと、テントを脱出したってわけ。それから隠れる場所を見つけた」

「どこに？　どうやって隠れたの？」

「人間の身体だよ」

「身体？　どういうこと？」

「食堂のエリアに、四人だったかな、かたまって座ってる人たちがいたんだ。彼らは撃たれると、一列に重なって崩れ落ちた。ドミノが倒れるみたいに、ある人が別の人に寄りかかるような感じだよ。それで、僕は彼らの身体にまぎれ込んだのさ」

「嘘でしょ」わたしは息をついだ。

「やつらがキャンプに侵入してくるまで、僕はそこでじっと待ってた。何人か捕虜を連れてたっけ。それ以外のみんなは……、死んでたよ。やつらは捕虜にひどいことをしてたんだ。死体にもね。見てられなくて、僕は逃げたんだ」

「やつらに見つからなかったの?」

その時、ロビンが戻ってきた。わたしたちは木を登り始めるべきだったけれど、みんなリーの話に興味津々だった。

「見つかったよ。でも、その時はやつら、撃ってこなかった。同士討ちになるのを恐れたんじゃないかな。プロの兵士にしては、ちょっとお粗末だよね。僕がキャンプを抜け出すと、やつらは茂みに何発も銃弾をぶち込んできた。でも、それぐらいのことは予想してたし。僕は精一杯かがんで、やつらの追撃をかわしながら木から木へと進んでいった。最後に振り返った時、キャンプは火の海さ。やつらが追いかけてくる気配もなかった」

「わたしは追いかけられたけど」フィが小さな声でささやいた。

「君が女の子だからだよ」リーは険しい顔つきで言った。「僕は見たんだ。やつらが捕まえた女性をどう扱ってたのかね」

ホーマーは木を登り始めていた。

「それから、何が起こったの?」わたしは急かすように聞いた。

「走れるだけ走ったよ。頭が混乱していて、自分がどこにいるのかも分からなかったくらいさ。とにかく君たちが生き延びてれば、ここに来るかもしれないと思ったんだ。でも、まいったね。完全に迷ってしまって」

ロビンがホーマーに続いて木を登り始めた。フィも上を見上げて、木に手を伸ばした。

「待ち伏せ攻撃が始まった時はどうしてたの？」わたしは尋ねた。

「ああ、あの時だって僕は狂ったように逃げたんだ。君たちとはぐれたことが分かった時は、キャンプに向かったほうがいいと判断したんだけどね」

「ともかくアルビンを見つけてくれて、ありがとう」わたしは言い、崖を見上げた。

この岩壁はどこまで続いているんだろう？　他には何か見えたり聞こえたりしない？　わたしはふと、崖の物語を書いてみたいと思った。終わりのない、素敵な物語を。

それから、わたしはすでに登り始めているフィに視線を向けた。

「さあ、頑張ろう、都会育ちのお嬢さま。コアラになりきるの。アルビンを見習って」

わたしは死んだ兵士のライフルを背負うと、すでに木を登っている仲間を見上げた。ホーマーはもう木の〈てっぺん〉にいた。〈てっぺん〉と言ったって、それは老木の太い根元のことで最終到達点ではない。前にも書いたけれど、木は崖下に向かってさかさまに倒れていたのだから。

ロビンが彼のすぐ後ろに迫り、フィが二人を追ってじりじりと登っていた。

「だから言ったんだよ。ロープを調達しとくべきだったたって」ホーマーが吐き捨てた。

「アウトワード・バウンドで訓練したことを思い出すのよ」ロビンが言った。「つま先を岩に食い込ませて、指先に力を入れて登るの」

ロッククライミングの知識を生かせということだ。ホーマーは、安定した木の根元から崖の縁に向かって岩場を必死に登り始めた。裂け目や出っぱりを探す彼の手足に緊張がみなぎっている。顔を横に向け岩肌に張りつく彼の姿は、まるで巨大な昆虫のようだ。

みんな、不安な表情で見守っていた。すぐに自分の順番がまわってくる。たったの数メートルとはいっても、失敗した時の代償は計り知れなかった。

ホーマーはなんとか崖の縁に腕を引っかけると、最後の力を振り絞って身体を崖上に引き上げた。「あっ、消えた」そう思った次の瞬間、彼は崖の上に立って、わたしたちを満面の笑顔で見下ろした。

「な、これくらい朝飯前さ」ホーマーは言った。

ロビンが後に続いた。彼女はてきぱきとすごい勢いで登っていくと、一気に頂上に転がり込んだ。一方、三番手のフィはまだ木の〈てっぺん〉でグズグズしたままだ。

「フィ、さあ、行くのよ」わたしは下から叫んだ。

フィが自信なさげに手を伸ばして、つかめそうな場所を探していた。ホーマーとロビンが、上からフィを勇気づけている。彼女はブーツの側面を岩に引っかけながら、そろりそろりと登っていった。半分ぐらい登ったところで、いきなり凍りついたように動きが止まった。彼女の足が震えているのが分かる。

「頑張って、フィ。もう少しよ」わたしたちはみんな叫んでいた。

「もう無理よ。登れないわ」フィが叫び返す。

「やつらが来てるわよ」ロビンが差し迫った口調で言った。

敵の兵士などいるわけない。でも、その一言は効果抜群だった。フィは慌てて数メートルよじ登ると、片方の腕を振り上げてロビンが差し出す手をつかもうとした。運よく、二人の手ががっしりとつながった。もし、フィがつかみそこねていたら、どうなっていただろう？　不吉な考えを打ち消す。死体のようにぶら下がったフィを、ロビンが必死に引き上げた。

背の高いリーがあっさりと登り切ったのを、わたしは最後の枝のところから見た。リーよりも少し右側に進路を見つけると、怖い気持ちを抑え込んで木から足を離した。大切なのはパニックにならないこと。「落ちるかもしれない」という弱気な思いを抑え込もうと、「勇気を出して」「しっかり、気持ちを強く持つの」と自分に言い聞かせた。

けれど、身体はすでに悲鳴を上げていた。空腹もあって膝が震える。エネルギー切れ寸前で、これ以上登れないと思った。わたしはこれが最後とばかり力を振り絞った。見上げると、ホーマーの手がわたしに向かって差し出されている。その手はちょうど届くぐらいの距離にあった。

でも次の一言が余計だった。

「助けなんかいらないわ」すねたように言ったわたしは、次の瞬間、落下していた。

二つの最悪の選択肢。手をブレーキ代わりに使ってズタズタに引き裂いてしまうか、このまま落ちるにまかせて、足を骨折させるか。考える間もなく、わたしは手、膝、つま先、そして、たまには胸といった風に、ブレーキになりそうなものは何でも利用しながら落ちていった。少しはスピードを抑えられたかもしれない。崖の底に着地した時には、またしても膝を強打した。それから、岩にぶつかって止まるまで、ずっと地面を転がり続けた。

わたしは腹を立てながら、しばらくその場に横たわった。何もかもが腹立たしかった。もう指先を見る気もしない。わたしは起き上がると、服についた土を払って、木のところに戻った。チクショウ！　わたしはまた木を登り始めた。手の刺すような痛み、膝の鈍い痛み、背中に走る激痛なんて、完全に無視だ。

崖の上からわたしを呼ぶ悲痛な声が聞こえた。他の四人が身を乗り出して、オウムみたいに同じ言葉を繰り返している。わたしは「大丈夫よ」とつぶやいた。自分の声が仲間に届かないのは分かってる。やがて、枯れ果てた木の〈てっぺん〉にたどり着くと、わたしはしばらくそここにとどまって、震えながら白い根元を抱きしめていた。

「ライフルをこっちに放り投げるんだ」ホーマーが叫んだ。

背中にはまだ兵士のライフルがかかったままだった。道理で背中が痛かったはず。落ちた拍子にライフルが暴発しなくて、本当にラッキーだったな。

わたしはライフルを肩から外した。頼りない姿勢で一瞬ふらつく。なんとかライフルを手に持ったままバランスを取ると、頂上めがけて高々と放り投げた。頂上までもう一歩だったけれど、ロビンがなんとかうまくつかんでくれた。

「エリー、こっちから登って」一瞬姿を消していたロビンが、再びわたしの左上に姿を見せて叫んだ。見ると、左手の新たなルートを示している。途中までは楽に登っていけそうだけど、その先はどうしろって言うの？　不安に思ったが、みんなが何をしようとしているか分かったわたしは行動を始めた。

四人が、人間の鎖を作っていたのだ。リーはロビンをつかみ、ロビンはライフルを持ったまま崖から身を乗り出していた。リーとつながっているのが誰なのかは見えない。わたしは左手に進路を取り、行けるところまで行って、めいっぱい手を伸ばした。そして、ライフルの銃身をつかんだ。

「まあ、エリー、かわいそうに。手が傷だらけじゃない」ロビンが言った。

「お願いだから、手を離さないでね」わたしは言った。

「任せといて、しっかり握ってるから。つかまっていられる?」

「ええ、大丈夫よ。構わないからやって」

ライフルの銃身に必死の形相でしがみつくわたしを、やはり必死の形相をしてロビンが引き上げ始めた。一瞬、彼女の腕にわたしの全体重がかかった。わたしは岩肌に足をかけて登ることで、彼女の負担を軽くしようとした。

あと、もう少し。ホーマーとフィがわたしのわきの下を抱えて、引っぱり上げる。勢いでわたしはロビンの上に重なり、登り切った達成感でいったん跳ね起きた後、また倒れ込んだ。

フィがわたしの右手をつかんで大騒ぎをしていた。わたしは何事が起きたのかと顔を上げた。掌がずたずたに裂けて、血だらけだ。皮膚がめくれた指先は真っ赤な生肉が露出していて、親指以外のすべての指先のふくらみが消えている。左手も同じような状態で、見れば見るほど刺すような痛みを感じた。

崖を登り切ったわたしたちは泣くしかなかったし、実際、泣きじゃくった。ふいに、「いくら泣いても泣き足りないよ」というおばあちゃんの口癖を思い出す。

身体が冷え切って、猛烈に空腹を感じた。どこもかしこもアザや切り傷だらけで、身体中が痛んだ。でも、身体の傷よりもっと深い精神的ダメージを受けていた。絶望的なくらい不幸だったんだ。

まだ午前七時半ぐらいだったと思う。日差しはまだ暗闇を消し去り、恐怖に凍りついた心を溶かすほど強くはなかった。それで、わたしたちは木の下に潜り込むと――こんな状況でも、まだ警戒心が残っていたのだ――、小さな子どもみたいに泣きわめいた。涙が溢れ、鼻水が止まらない。それらを拭おうとしたが、わたしの手は激痛で使い物にならなかった。フィは頭をわたしの膝に乗せて横になったまま、わたしのジーンズがびしょびしょになるまで泣いた。泣くだけ泣いて、少し涙が枯れてきた。涙も枯れたわたしは、顔を上げて辺りを見まわした。みんなの姿はといえば、悲惨の一言だった。

ロビンの顔は血だらけで、完全に乾いていた。リーの眼の周辺は腫れ上がり、黒く変色しはじめている。わたしたちは、何ヵ月もシャワーを浴びてないような悪臭を放っていた。衣服はあちこちが裂け、汚れていた。みんな、体重が減ってげっそりしている。だぶついた服を着たわたしたちは、いかにもみすぼらしかった。

わたしはリーを見つめた。茂みの前にいた彼も、静かにわたしを見返してきた。背の高い人にありがちだと思うけれど、リーはいつも猫背だった。グレーのTシャツの胸に稲妻が光り、「Born to Rule Tour」と書かれている。背中には、彼のお気に入りのバンド名「Impunity（無実）」の文字があった。Tシャツは右肩のところで裂けて、「Rule」の文字の下には焼けて穴が開いていた。裾はよれよれになって広がり放題。ジーンズは膝が擦り切れて、片方のブーツの靴紐はぼろぼろ、どこが先っぽなのかも分からない。

そんな疲れ果てた格好をしていても、リーはどこか凛々しくて気高かった。完全に恋に落ちる、という言い方をするなら、まさしくこの瞬間、それは起こった。これまで感じた思いとはまったく違う。わたしは彼に力なく微笑むと、フィの頭を膝からどかした。

「みんな、元気を出して」わたしは言った。「さあ、行くわよ」

「君、知ってる？　それって映画でよく使われる台詞なんだよ」

リーは頭を一方に傾けたまま、わたしを見た。自分の考えを見透かされているようで、首筋のあたりが落ち着かない。わたしは「何ですって？」と返すだけだった。

リーは肩をすくめて言った。

「映画に一番よく出てくる台詞だって言ったのさ。そうだな、六〇パーセント近い映画に出てくるよね」

みんなが動き出したのと同時にリーはやってきて、わたしの腕をつかんだ。みんなは足を引きずるようにして小川に向かい、考えるだけでも嫌になる旅を始めた。冷たい水に何度も足をすくわれながら、悪戦苦闘して川の流れを遡っていく長い憂鬱な旅だ。一つだけいいこと（？）があるとすれば、背中に重くのしかかるリュックがないことだった。

ずっと、わたしは自分が失ったものを数え上げていた。唖然とする。すでにたくさんのものを奪われていた。最後にはすべてを失ってしまうかもしれない。幸福も未来も命までも、何もかも。わたしたちはすでにそのうちの二つを失っているのかもしれないのだ。ヘルにつながる小川と格闘しながら、わたしはまた少し泣いた。

川を遡る旅が終わり、わたしたちはようやくヘルに戻ってきた。まだ、昼食の時間にすらなってない。侵略される前のわたしたちの一日は、九時頃になってようやく始まったものだ。それが今では、朝食前にたくさんのことを片づけ、いろいろ大変な思いをしていた。「普通」の生活では考えられないことばかりだった。

侵略後の日々を通じてわたしが教えられたこと。「期待」なんてものに、何の意味もないってことだ。当然そうなるはずと思うようなことも、当然ではなくなっていた。クリスは「当然」ヘルにいるはず……、それはわたしの期待に過ぎなかったが、その時はクリスがいなくなってるなんて、考えもしなかった。

けれど、ヘルにクリスの姿はなかった。

最初のうちは、そんなに騒ぎ立てはしなかった。食べ物を両手に持ったまま、何人かがたまにクリスの名前を叫んでいただけ。ロビンは焼き豆やチーズにむしゃぶりつき、リーはビスケットやジャムにかぶりついていた。フィはリンゴとドライフルーツを、ホーマーはミューズリを食べている。

わたしは気分が悪くなっていた。手が猛烈に痛み出した。空腹だったけれど、とても食べられる状態じゃない。ただ我慢しながら丸太に座っていると、口をいっぱいにしたまま、ロビンが救急箱を持ってきてくれた。

「手の具合はどう？」ロビンが聞いた。

「大丈夫よ。膝のほうがもっと痛いくらい」

指の腹は血で真っ赤に染まり、皮膚がめくれていた。まるでサンドペーパーで指の腹だけ削り取ったような感じ。両方の掌に小さな発疹ができていたけれど、指先ほどひどい状態ではない。ロビンが血だらけのところにクリームを塗ってくれて、それから、指の一本一本にていねいに包帯を巻いてくれた。治療と併行して、彼女は母鳥のように、わたしの口に食べ物を運んでくれた。八本の指を空中に突き立て、それらすべてにきちんと小さな白い帽子をかぶせているわたしの姿は、きっと滑稽だったに違いない。けれど、ロビンのおかげで気分はよくなった。ナツメヤシの実や甘いビスケットも食べられたし。

「クリス、どこにいるんだろうね？」最後の指に包帯が巻かれた時、わたしは聞いてみた。

「さあ、見当もつかないわ。かなり長い間、ここを離れてたものね。無事だといいんだけど」

「こんなところに一人きりで、寂しかったんじゃないかな」

「たぶんね。でも、クリスにはどうってことなかったりして」

「変わってたからね」

食事が終わって、わたしたちはようやく熱心にクリスを探し始めた。〈世捨て人〉の小屋にいないことは分かっていた。キャンプ地に戻る途中、わたしたちはそこを通ってきたからだ。

ホーマーとフィは、ウーベゴヌーに続く道をくまなく探した。他のみんなは、クリスが事故に遭っていることも想定して茂みをかき分けていた。わたしは傷口にダメージを与えないよう両手を宙にかざしながら、茂みを歩きまわった。彼の足跡はどこにも見当たらない。

全員が空き地に戻り、わたしたちはそれぞれ、むなしい報告をした。

「クリスのやつが、ここにジッとしてたわけないよな」ホーマーが言った。「俺たちがここを出てから、この辺りで火が使われた形跡はないみたいだ」

「たぶん、クリスはわざと火をつけなかったのよ」フィが言った。

「夜は、かなり寒かったはずだけど」

「でも、彼の荷物は全部テントの中に残ってるわ」ロビンが言った。「わたしが知ってる限りのものはだけどね。寝袋もそのままだし、リュックだってそう」

わたしも彼のテントをのぞいてみた。ノートを探すのが目的だった。もし、クリスが自分の意志でヘルから立ち去ったのなら、彼がノートを持っていかないはずはないから。だけど、四冊あったノートはすべて残されていた。しかも、一番上のノートはまだ半分しか使ってないから、最新のものに違いない。彼が自らこれを残していくなんて、どう考えてもあり得ない。

わたしはみんなのところに戻ってそのことを伝えた。フィが怯えながら言った。

「何者かがここに侵入してきたんじゃないかしら。考えられない話じゃないでしょう？」

「でも、そういうことは、あり得ないわね」わたしは答えた。「何も荒らされてないもの」

リーはニワトリや羊を調べていた。

「水やエサはあげてたみたいだね」彼は言った。

わたしも自分の眼でチェックした。リーのことを信用してなかったわけじゃない。彼は町の人間だったから、彼の分からない細かい変化があるかもしれないと思ったからだ。

「水はそんなに新しくないみたい。最低でも、二日は取り替えてないって感じ」

わたしは追加の報告をした。

これ以上、何ができるっていうの？　思いつくことはすべてやったような気がする。わたしたちはその場に座って、お互い顔を見合わせた。

「今日のとこはお手上げだ」ホーマーが言った。「クリスがヘルから出てったなら、今頃、ヘルとストラットンの間のどっかにいるんだろ。いや、もっと先まで行ってるかもな」

「わたしたちを追って、ホロウェイ谷に向かったのかもしれないわよ」わたしは言った。

「その話は止めて！」フィが叫んだ。

「ちょっと待って」ロビンが言った。「みんな、冷静になろう。今のところ、わたしたちにできることは、これぽっちもないわ。とりあえず、ゆっくり眠るべきだと思うんだ。ホーマーが言ってたみたいに、クリスはどこかにいるのかもしれない。もし具体的な場所が分かってたら、今すぐ出かけたって構わない。でも、わたしたちはまだウィラウィー一帯を捜索できるような状態じゃないもの。だから、さあ、眠りましょ」

「そう言うのは簡単なんだけどさ」リーが言った。「ベッドがないんだよね」

彼の言う通りだ。わたしたちの寝袋は今頃、ハーベイズ・ヒーローの瓦礫の中で灰になってしまっているだろう。

わたしたちは周囲を探しまわり、数枚の毛布、タオル、そしてありったけの防寒着をかき集めた。それから全員が何枚も服を着込んで、毛糸の帽子をかぶり、分厚い靴下を履いた。そして、わたし以外の四人は手袋もはめた。マネキンと化したわたしには、フィが服を着せてくれた。こうして、わたしたちはテントへと重い身体を運んだ。

「これから最低四時間は、静かにしてなくちゃダメだからね」わたしはみんなに呼びかけ、膝をかばいながら歩いていった。

「分かったよ、ママ」ホーマーが返してきた。

フィとわたしは一緒にテントに潜り込んだ。わたしが横になると、フィがタオルと毛布をかけてくれた。そして、彼女は器用に自分の身体にもタオルや毛布をかけた。彼女の寝支度が終わると、わたしたちは横になったまま、お互い見つめ合った。二つの顔は一メートルも離れていない。

「ねえ、フィ」わたしはポツリと言った。

「なあに」彼女は答えた。「でも、あなたが何を話したいのか、もう分かってるわ」

「リーがあんなことするなんて……」わたしは言った。「怖かった」

「本当のこと言うとね」フィが言った。「あそこで横になってじっとしてた兵士を見ているうちに、どうしてかな、彼に親しみみたいなものを感じるようになってたの。どこかで会ったことあるような、そんな感じ。彼に追われてたこともすっかり忘れちゃってた」

「わたしも、そう」

「何歳ぐらいだったのかな」

「さあ。わたしたちよりは下じゃない」

「ああ、いろいろありすぎて怖いわ」フィの声は小さく震えた。「それにこれからどうなるのか、ぜんぜん分からないんだもの」

「わたしも怖いよ」

「でも、エリーはそんな風に見えないけどな」

「わたしが怖がってないって？　冗談でしょ。怖くて仕方ないわよ」

「崖から落ちた時だって」

「あの時は怖いとか怖くないとか言ってる余裕がなかったわ。落ちたのはわたしのミス。バカよね。せっかくホーマーが手を伸ばして、引っぱってくれようとしてたのに」

「わたしも、強くなれたらいいのに」

「フィ、あなただって充分に強いわ。分かってないのね。あなたはたくさんのことを成し遂げてきて、いつもみんなを支えてきたのよ」

「みんなって言えば」フィは言った。「あの人たち、キレン大尉や他のみんなはどうなったかしら？　キャンプで、何人もの人が殺されるのを見たのよ。信じられる？　死、殺人、死体……。シャーリンも、ダビナも、オリーブも、みんなきっと殺されてしまったんだわ。

わたしは死んだ人を見たことがなかったの。道路でペチャンコになってる動物の死骸ぐらいしか見たことなかった。二年生の時だったかな、クラスで飼ってたテンジクネズミが死んじゃって、その子『GP』って呼ばれてたんだけど、あの時はずっと泣いてたわね。なのに、今は死体を見るのが当たり前になってる……」

わたしたちはしばらく互いに黙り込んだ。

「ところで、クリスはどこに行っちゃったんだろうね」

「うん、不思議ね」

「クリスがハマってたの、あなた知ってる?」

「どういう意味? ハマってたって、何に?」

「彼、ここにお酒を持ち込んではしょっちゅう飲んでたのよ。たぶん一人で全部飲んじゃったのかも」

「全部って言っても、そんなに大量じゃないでしょ?」

「どうかな。トラックを襲った時だって彼はかなり酔っ払ってたし。わたしたちがホロウェイ谷に出発した時、朝の一〇時だったっていうのに、すっかりできあがってたんだから」

「アルコール中毒だって言いたいの?」

「ううん、そうじゃない。距離の問題よ。クリスってもともと変わってたでしょ。わたしたちお互い結構うまくやれてたけど、クリスとは何かギクシャクしてたっていうか。クリスと話しにくくなったって、フィは思わなかった?」

「そうかも。でもこれまでだって、気軽に話せてたわけじゃないから。学校でも、彼、孤立してたし」

「彼って文章がうまいのよ。ある意味、天才だと思う」

「そうね。彼が何が言いたいのか、わたしには理解できなかったけど」

わたしたちは話題を変えた。

「ねえ、もしここに誰でもいてくれるとしたら、あなたは誰を選ぶ?」

「ママね」

「家族はなし。友達だったら誰?」

「そうだなあ、コリーとケビンね」

「それはもちろんよ。でも、彼ら以外に」

「アレックス・ロウじゃないかしら」

「アレックス?　ふうん。彼女ってなんだか裏表があるような」

「そんなことないわよ。エリーが彼女のことを誤解してるだけよ」

「彼女、わたしを避けてたし」

「いいえ、そんなことありません。あなたは、みんなに嫌われてると思ってるでしょう」

「それは違うわ。学校の女の子たちにだけ。それから、男の子たちに……、あと、先生たちにもかな。他の人はそうじゃない」

「それじゃあ、ホワイトロウさんは、あなたのこと気に入ってたのね?」

ホワイトロウは学校の用務員だ。彼は確実にわたしのことを嫌ってた。だって、彼が女子更衣室をのぞいたことを一度密告したことがあったから。その時は、幸運にもクビにならなかったんだけど。

「エリーだったら、誰を選ぶの?」

「メリアムかな」

「なるほど、彼女、素敵だものね」

わたしはこうした会話を楽しんでいた。こんな「普通」の会話をずっとしたくてたまらなかったのだ。侵略される前の、楽しかった昔に返ったような感じがするから。

「ハーベイズ・ヒーローのこと、どう思った?」わたしは尋ねた。

フィは、少し考えてから答えた。

「何かヘンだったわよね、あれって。ハーベイ少佐は、本当に校長先生だったのかしら?」

「見た目はそんな感じよね」

「じゃあ、軍服はどこで手に入れたのかなあ?」

「さあね。どこかのクローゼットから拝借したんでしょ。オリーブの話だと、少佐は予備役兵として軍隊にいたことがあるらしいわ。もちろん、〈少佐〉なんかじゃなかっただろうけど」

「わたし、オリーブのこと好きだったな」

「そうね、彼女はイカしてた」

「シャーリンはどうだった？」

わたしは一瞬考え込んだ。死んでしまったかもしれないと思うと、複雑だった。

「まあ、真っ先に親友に選びたいってタイプじゃないわね。でも、キライじゃなかった。彼女に頼ったところもあるし」

「そっか」フィが言った。「ともかく久しぶりに大人たちの中で暮らして、何か変な感じだったわ。安心できたけど、なんか居心地悪かったもの」

「安心……ね。わたしはウンザリだった。わたしたちを未熟だって決めつけて、チャンスもくれなかった。いい？　わたしたちはあいつらの何倍ものことをやってきたのよ。それなのに、わたしたちは皿洗いぐらいしかできないみたいな扱いだったでしょ。知ってる？　ホフ夫人は、フライパンを洗う時にお湯を使わせてくれなかったのよ。ヤケドするかもしれない、危ないですって。馬鹿じゃないの！　少佐は少佐でいつもふんぞり返って自慢話の繰り返し。わたしたちはたった六人で、おまけに武器もない状態で大きな仕事をしてきたのに」

「うーん、でも、やっぱり彼らは大人には違いないわけだし。大人って、そんなものじゃないのかしら」

「あなたは大人になりたい？」

「もちろん、なりたいわ。でも、どうしてそんなこと聞くの？」

「なんか大人ってさ、不幸で、つまんなさそうに見えちゃうんだよね。まるで生きてると、ややこしくて面倒くさいことばっかりあるみたいな感じ。そんな大人たちのせいで、世の中がウンザリするものになった気がする。もちろん、わたしたちぐらいの年代だって毎日が楽しいってわけじゃないし、いろんな問題を抱えてるわ。でも、大人たちに比べれば、そんなにヒドイってわけじゃないもの」

「わたしたちが世の中をよくしていけばいいんじゃないの。それだけのことでしょう」

「うーん、でも、それはたぶん若い時に誰もが思うことじゃないのかな」

「あなた、自分の人生にこだわりすぎなのよ」

「わたしたちは、自分たちが置かれた状況にもっと注意を払うべきだったのよ。憶えてる？ わたしたちの国が外国とどんな条約を結んでるかって、ケビンが話してた時のこと。わたしたち、さっぱり分からなかった。何もかも政治家たちに任せておくべきじゃなかったのよ」

「政治家ですって！」フィが言った。突然、彼女は怒り出した。「あんなのクズよ、ダニよ」

「フィったら、かなり過激ね」わたしは驚いた。

「あの放送のこと、憶えてる？ あれを聴いて、わたしははらの底から幻滅したんだから」

それはラジオから、ワシントンにいるわが国の政治的リーダーたちの声が聞こえてきて、嘘、言い訳、約束といったいい加減な言葉が並べ立てられた時のことだ。わたしたちはみんな怒りまくって、いきなりラジオを切ってしまったくらいだった。

「四時間、静かにしてるように言われなかったっけ」隣のテントから、リーが皮肉な調子で言ってきた。

「ごめん」わたしはバツが悪くなって謝った。

フィはあくびをし、身体を動かして、寝心地のよい体勢を探った。

「もう寝るわ」彼女は言った。

「分かった。おやすみ。朝だけど」

その後、フィはあっという間に眠りに落ちたようだ。わたしは眠れなくて、ずっとその場に横になっていた。たまに、ウトウトすることはあったけれど、すぐに眼が覚めてしまう。眠りは、わたしに残された最後の逃げ場所だった。なのに、そのドアまでもが閉まろうとしている。バターカップ・レーンの襲撃以来ずっと、それがわたしの問題だった。

これからもずっと、わたしはそのことを悩み続けるんだろうな。でも残りの人生自体、そんなに長くはないのかなって気もする。

CHAPTER 12

それから二週間がゆっくりと過ぎていった。わたしたちは、ただぼんやりしていたわけではない。けれど、クリスの足取りについては、これっぽっちの手がかりもないままだった。

みんなはクリスを探しに、三度、ヘルを出た。一回目はわたしの家の付近、二回目はケビンとホーマーの家、そして三回目は、夜、バイクを飛ばしてクリスの家まで捜索範囲を広げた。敵に察知される恐れはあったけど、みんなで彼の家にメッセージを残してきた。クリスがどこかに行くとすれば、そこが一番立ち寄りそうな場所だからだ。

「クリスがどこかにいるなら……」

もちろん、彼はどこかにいるに決まってる。他の人たちだってそう。違うかな？　わたしは座り込み、つぶれた指で不器用にページをめくりながら、クリスのノートを読んでいた。他人のノートをのぞくのは居心地の悪いこと。けれど、みんなが「読んでもいいだろう」と言ったし、クリスの行き先について何かヒントが見つかるかもしれなかった。みんなも期待してたんだ。

クリスはどうしてノートを残していったんだろう？　それ自体、不吉な感じがする。彼にとってかけがえのないもののはずだ。でも、ひょっとしたら持っていったのかもしれない。ノートはここにある四冊以上、存在していたかもしれないのだ。

クリスのノートは、わたしのものとはまるで別物だ。とんでもなく創造力に溢れたノートだった。走り書きのメモだけじゃない、いろんなアイデアが書かれてる。かと思えば、詩や物語、人生についての思想なんてものが綴られている。たとえば、こんなの。

「青虫を死滅させておきながら、我ら人間は、蝶が舞わぬことを嘆く」

見覚えのあるページはいくつかあったけど、後半はどのページも初めて眼にするものばかりだった。「ヘル」についてもたくさん書いてある。ただ、それが地獄のことなのか、それともこうして暮らしているヘルのことなのか、はっきりとは分からない。なかには、かなり憂鬱な感じのものもあった。でも、クリスが憂鬱なのはいつものことだもの。わたしはそう納得していた。

忌々しき漆黒の馬
我が脳に忍び込み
心の風景を駆け巡る
眠りを乱すように
馬は思いのままに飛び跳ねる
翌朝、我に訪れる
途方もないダメージ

静寂なる霧の中に
過ぎ去る彼女を見つめる
それはまるで雪のよう
手に入れたいと思う
僕は家路につく
哀しみに打ちひしがれ、ゆっくりと

だけど、次の詩の雰囲気はガラリと変わっていた。

子馬が突然、この世の扉を開いた
濡れた脚を何度も滑らせる
怯えた瞳がワラに抱かれる
誕生の柔らかく、湿った匂い
やがて、夜が明け
生命の光が差し込んできた

わたしはこの詩を憶えていた。クリスがわたしたちに合流したての頃、見せてくれたものだ。わたしのお気に入りだった。クリスが書くものには、よく馬が登場する。クリスの家の牧場に何頭かいたせいかも。

母馬と子馬が
よろめき歩く

朝の霧の中
暗闇から走り出て
影を背後に残す

僕は光の中に生きている
でも、影はまとわりついたまま

次の詩は最新作のようだ。これまで一度も見たことがなかったから、たぶんそう。

渦巻く霧を突っ切って
やつらが僕を外に連れ出そうとしている
顔はもうびしょ濡れ
羊が動きを止めて
不思議そうに見つめている
そう、兵士たちがやってきて
僕を暗く冷たい地面に組み伏せ

土のかたまりを僕の顔に押しつけるんだ

人生が困難になればなるほど、感情が厄介なものに思えてくる。ノートを読み終えたわたしは、そんな感想しか持てなかった。

感情なんて、本当に必要なの？　愛や幸福で満たされた日々を送っていれば、感情は素敵な贈り物に思えるのかもしれない。でも反対に、感情が呪わしく思える時だってあるんだ。

わたしはそのまま、コリーの容態やケビンの状況について想像をめぐらせた。イメージの中で、見本市会場にいるケビンは手足を縛られたまま檻の外を見つめている。彼はたぶん、ヘルにいるわたしたちのことを羨ましく思ってるだろう。「俺もヘルに戻りたいな」って。だけど、わたしたちにしても、そんなに恵まれていたわけじゃない。これまでずっと「自由こそがすべてだ」と教わってきたけど、それは間違い。愛する人たちと鎖でつながれているほうが、一人で自由でいるよりもマシなことだってあるんだ。

わたしは考えていた。わたしたちが失った人たちの栄誉リストみたいなものを作っておくべきだったなと。コリーやケビン、そして、クリスだけじゃない。たくさんの人たちの名前が書き込まれて、リストはあっという間にいっぱいになるだろう。わたしは激しい憤りを感じて、気持ちが乱れていった。

ちょうど同じ頃、ホーマーはまったく別の種類のリストを作ろうとしていた。彼は大きなゴムの木の前に立ち、幹の表面に縦の線を彫り込んでいた。

「何してるの？」わたしは尋ねた。

「数を刻みつけてるんだ」彼が答えた。

「数って、何の数？」

「俺たちが葬ってきたやつらの数だよ」

わたしは一瞬、自分の耳を疑った。

「わたしたちが殺してきた人たちって意味？」

「ああ、その通り」

「ふざけないで！　あなたって本当にサイテーね。サッカーでもやってるつもり？」

「落ち着けよ、エリー。そんなに怒るな」彼はおどおどしながらわたしの顔をのぞき込んだ。

「ホーマー、あなた、スポーツ好きでもないくせに、人殺しを流血ゲームに仕立てあげて楽しもうってわけ？」

「うるせえな、分かったから落ち着けよ。気分悪くしたんなら、もうやめるよ」

わたしは怒りでどんな暴言を吐いてもおかしくないような状態になっていた。だから傷めた膝を引きずって、その場を離れた。ずっと賢くて勇敢で立派なリーダーだったのに。あんなことをしたらおしまいよ。理解できなかった。わたしなんか、これまで目撃した死や、かかわってきた多くの破壊を思うだけで、気が動転してしまうというのに。

わたしは混乱していて、誰かに呼びかけられたことにも気づかなかった。その人はわたしの腕をつかんだ。

「おい、エリー、落ち着けよ。しっかりするんだ」その人とは、リーだった。

「どうかしたのかい?」彼は尋ねた。

「ホーマーのやつ、サイテーよ。幼稚で、くだらない遊びに夢中になったりして」

リーはまだわたしの腕をつかんでいた。わたしは振り向くと、彼の胸に顔を埋めた。そして、胸の中ですすり泣いてから、フィにしたのと同じ質問をしてみた。

「リー、わたしたち、どうなってしまうのかな?」

「分からないよ」

「やめて。その台詞はもう聞き飽きたわ。あなたは、他のみんなと同じことなんて言わないはずでしょ」

「僕だって同じさ。それに、僕だって殺人者だよ」

そう言ったリーの身体中が小刻みに震えた。

「違う。リー、あなたは殺人者なんかじゃない」

「そう言ってくれるのはありがたいけど、言葉なんかじゃ事実は変わらないからね」

「悪いことをしたと思う？」

リーはずっと黙ったままだった。わたしは、自分の質問が聞こえなかったのだと思い、同じ質問を繰り返そうとしたけど、彼がそれを遮った。

「いいや、思ってないさ。でも、あんなことをやらかす一面がこの僕にもあったんだって分かって、怖いと言えば怖いね」

「あの夜は、本当にいろんなことが起こったもの。頭が変になったって不思議じゃないわ」

「でも、一度やってしまえば、次はもっとあっさりとやってしまうんじゃないかな」

「わたしだってやったの」わたしは言った。

「そうみたいだね。理由までは知らないけど。ただ君と僕とでは状況が違うような気がするな。クリスの話じゃ、君がやった相手はもう手の施しようがなかったんだろう。それに、なんていうのかな、ナイフを使うのと銃で殺るのとではどこか違うよ」

わたしは答えなかった。彼はしばらく待って、話を続けた。

「君、考えすぎるなよ」

眼からどっと涙が溢れてきて、わたしはそのまま泣きじゃくった。しばらく止めようがなかった。リーはずっとわたしを抱きしめてくれた。そのまま永遠に待っていてくれそうな気さえした。

それから、わたしが少し落ち着くと、わたしたちは二人で道をさらに下っていった。わたしは相変わらずリーにしがみついたままだった。狭い道が歩きづらかったけれど、構わなかった。

しばらくの間、石の上に座って休むことにした。小さなクモがわたしの腕にとまる。わたしとクモとをつなぐ細い糸をつまみ上げると、クモは宙づりになった。

「クモのバンジージャンプってとこかな」リーがそう言ったので、わたしは笑った。

「君は、僕が悪いことをしたって思ってる?」リーがクモを見つめながら聞いた。

「分からないわ。ロビンやホーマーに聞いてよ。わたしにだけは聞かないで」

「そうか。でも君はいつだって何が正しくて何が悪いのか、ちゃんと分かってるように見えるんだけどな」リーが言った。

「えっ、なんですって?」わたしはリーの長い腕をつかんで、彼を見つめた。「本気でそう思ってる?」

「そうじゃないのかい?」

「リー、何が正しくて何が悪いのかなんて、わたしはこのクモと同じくらいしか知らないよ」

「本当にそうかな。君はいつだって自信たっぷりじゃないか」

「自信たっぷりですって？　このわたしが？　嘘よ。フィも、わたしがぜんぜん怖がってないみたいだって言ってたけど、みんなまだわたしのこと分かってないのね。わたしたち、また一から友達をやり直すべきよ。自信を持って言えるのは、わたしが何に対しても自信を持てないってことだけよ。何をやるにもいつも悩んでばかり。あなたは気づかなかったのかもしれないけど、二人っきりで眠った時のこと、憶えてる？」

リーは笑った。ある日、夜遅くヘルのキャンプ地に戻ってきた時のこと。そこには、わたしたち二人以外に誰もいなかった。リーはすでに眠っていた。わたしは彼のテントに潜り込んで、彼の隣で眠ったのだ。

「憶えてるよ。君はあの時も、同じような話をしてたっけな」

「わたしに言わせれば、自信なんてタナボタみたいなものだわ」

「よく分かんないな。どういうこと？」

「つまりね、人って、自分の信念に自信を持てば持つほど、判断を誤る可能性が高くなるってこと。白・黒はっきりした信念を持ってる人にかぎって、自分がミスを犯すかもしれないとか、他の人のほうが正しいかもなんて、これっぽっちも考えやしないのよ。そんな人を見ると、わたしはぞっとするもの。

あなたは、自信が持てなかったら自分が何をするべきか考えようとするし、自分の判断が正しいか、いつも自分に聞いてみるでしょう。だからなの、あなたがさっき『自信たっぷり』って言ったのを聞いて、わたし、すごく侮辱された気分だったわ」

彼は笑った。

「ゴメンゴメン。ただ、さっきホーマーがしてたことは完全に悪いことだったんだろう」

「それは確かよ」

「それで彼は何をしてたんだい?」

「もうその話は止めましょ。彼はちょっとの間、子どもに返ってただけよ」

「なあ、あの平べったい石のところに降りていってみないか」

その平らな石は、小川が茂みから流れ出す地点にあった。たどり着くには、低木の茂みを抜けなくてはいけなかったからちょっと大変だった。それでも、行くだけの価値のある場所には違いない。太陽の温もりを吸収して、石の上はたいていは快適で温かだったから。

わたしはよろめきながら進んだ。やっとのことで快適な石にたどり着くと、わたしたちは隣り合って手足を伸ばした。柔らかなせせらぎの音、カササギの鳴き声が聞こえる。二つの音は重なり合って、コーラスのように響き渡っていた。

「手の具合はどうなの?」リーが、わたしの手首を握りながら尋ねた。

「大丈夫よ。そんなに痛みはないの。包帯が邪魔なくらい」

リーは少しだけ身体を寄せ、頭をわたしの頭にくっつけてきた。それで、わたしたちはお互いの頰を擦り合わせる格好になった。彼の肌は、石と同じように温かくて気持ちよかった。彼はその気になってるみたいだ。わたしは小川のように流れに身を任せることにした。

彼がキスしてくると、わたしも応えた。彼の硬い唇と舌の動きに、甘く、刺激的な感覚が広がっていく。わたしはもっと近くに彼を抱き寄せたかったけれど、包帯を巻いた指がそれを邪魔していた。わたしの格好は見るからに変だったはず。他人の眼にどんな風に映っているのかと想像すると、笑いがこみ上げてきた。

リーがわたしのTシャツをめくり上げた。それから、彼の手がわたしのお腹の辺りにさざなみのように流れてきた。わたしは身震いした。お腹の上を這う指はバイオリンを弾くためのもの。人を殺すためのものじゃない。彼は軽いタッチでわたしに触れていたけれど、指の動きにははっきりとした意志を感じた。偶然なのか経験からか、彼はわたしのもっとも敏感な部分を見つけた。

彼はわたしのTシャツを胸のところまでたくし上げた。何を考えてる？　どこまで突き進むつもりなの？　わたしがそう考えている間にも、彼は頭を下へとずらしておへその上に唇を這わせ、舌の先を使ってそこに小さな円を描いた。

時間はさほどかからなかった。わたしは次第に興奮していった。快感の波が肌の下まで浸透していき、さらにその下から押し寄せる他の波と合流する。温かな石の上に横たわり、すぐそばにリーの体温を感じながら、わたしは快感と温もりを一緒に抱きしめていた。身体がゆっくりと溶けていくのを感じた。

リーは横向きの姿勢をとり、片方の肘で身体を支えながら、もう片方の手でわたしを探っていった。掌を使って、またお腹に円を描いた。大きくて、ゆっくりとした動き。

「あ、ああ」わたしは眼を閉じてうめいた。唯一の不快な感情といえば、トイレに行きたくなったこと。だけど、わたしは起き上がる気になれず、もう少し我慢しようと思った。

リーは指先を使っていたかと思うと、今度は指の関節の突起を使ってわたしの身体を撫でた。わたしはひどく乱れ、崩れていく感じがした。ずっとそうしていてほしいという気持ちになった。

でも、彼がわたしのジーパンのボタンを一つ外した時、このままじゃヤバイと思った。わたしは身体を転がしてリーの上に乗っかると、両腕でリーのことを抱きしめた。そして不器用に彼のTシャツをめくり上げて、そのまま身体を密着させた。彼の膝を両足で挟み、わたしは激しく長いキスをした。こうして彼を抱きしめておけば、ジーパンのボタンをこれ以上外せないだろう。

それでもベルトの辺り、それも後ろから彼は手をくねらせて中を探ってきた。温かい指がゆっくりと。

わたしは長く、ゆっくりとした吐息をもらした。

リーは黙ったままだ。けれど、彼が腰のくびれに手を押しつけてきた時、わたしはトイレに行くことにした。わたしは彼から身体を離そうとした。

「ダメだよ」彼が言った。「途中で止めるなよ」

「でも、止めなくちゃいけないの」

わたしは何分もかけて彼にキスをすると、それから、完全に身体を離した。包帯の巻かれたかわいそうな指を宙に立てながら、彼のそばに膝で立った。わたしは覆いかぶさるようにして、彼の唇に軽いキスを連射する。でも、彼は顔を背けてしまった。

「どこに行くつもり?」そっぽを向いたまま、彼は聞いた。少し腹を立てているような感じ。

わたしは笑った。

「トイレよ、聞かないほうがよかったんじゃない」

「戻ってくるよね?」

「さあ、わたしは自分のことがよく分からないから。だけど、あなたを信用してないことだけは確かだけど」

リーは苦笑いをした。わたしは立ち上がって、しばらく彼を見下ろしたまま、その場でグズグズしていた。

「わたし、本当にあなたのこと好きよ」わたしは言った。「でも、確信が持てないんだ……。ここでは、物事が少しずつ狂っていくような気がする。何よりも、自分が抑えられなくなりそうなの」

リーがわたしの言いたいことを分かってくれたかどうか、確信は持てなかった。けれど、彼にはそれで納得してもらわなくてはならない。

わたしは茂みの中をよろよろと進んで、どこかしゃがめそうな場所がないか探した。誰の助けも借りずにジーパンのボタンを外し、しゃがむまでの間、少なくとも彼には、頭を冷やすだけの時間があるはずだった。

CHAPTER 13

　ぷつぷつと時折入る雑音、そして規則正しくトタン板の屋根をたたく雨音が、ラジオの声を聞こえづらくしている。雨はシャワーみたいに煙突の中に注ぎ込み、暖炉の底ではじかれてフローリングの床へと飛び散っていた。

　手持ちのセーターをすべて着込んで、わたしたちは小さなラジオの周りに集まっていた。バッテリーがだいぶ減っていたせいで、はっきりと声が聞き取れるのははじめの数分。やがて音が歪んで何を言っているのか分からなくなってしまう。それでも、ラジオが伝える情報はわたしたちを勇気づけてくれた。心の支えになったと言ってもいいくらい。

わたしたちはアメリカの報道から、三つ目の重要な情報を入手しようとしていた。

「……南海岸線の大半が奪還された模様です。ニューウィントン周辺での激戦によって、ニュージーランド陸空軍は敵国の大部隊に大打撃を加えたものと思われます。ニューギニア軍による上陸作戦が、北部、ケープ・マーチンデールで今なお続行中です。

ここワシントンでは、ロージー・シムズ上院議員が、アジア・太平洋地域における新たな軍事協定のあり方をめぐって、アメリカの対外政策の緊急見直しを提言しています。シムズ議員によれば、侵略された同盟国への支援として、一億ドルの軍事的援助を行うべきだということです。シムズ議員提出の法案が上院で可決される見込みは低いものの、アメリカによる間接的調停を支持する国内世論はますます高まっています……」

それから、わが国の「偉大な」指導者である首相の声が聞こえてきた。そう、戦況が劣勢になったとたん、アメリカのジェット機でいち早く逃げ出したやつだ。

「わが国は、持てる力のすべてを注ぎ込んで闘い続けている」首相は言った。「だが、目下のところ、いまだ……」

こいつの声なんか聞きたくもない。わたしたちはスイッチを切ると、壁に沿って一列にくっつけられた四枚の古いマットレスの上に一緒にごろんと横たわった。そこから、小屋の周囲に落ちる雨の滴が見える。

この日、わたしたちはケビンの家にいて、毛刈り人のオンボロ小屋に身を潜めていた。部屋は、毛を刈る小屋から少し離れたところにほぼ垂直に交わるような形で作られていた。雨漏りのひどい、隙間だらけの小屋だって、囲いのある建物で眠れるだけで最高だった。

二週間以上も降り続いた雨のおかげで、わたしたちの精神状態は最悪になっていた。それでとうとう我慢できなくなり、みんなで荷物をまとめてヘルを飛び出したのだ。

持ち物は何もかも湿気を帯び、びしょ濡れになっていた。排水路から雨水が溢れ出し、テントの中にまで侵入してきたから。どこにも行けず、何もできないと分かって、このままヘルで朝を迎えるだけの価値はないという結論に達した。長い間、ここを留守にすることになりそうだったから、わたしたちはニワトリにたくさんのエサを与えた。そうして急ごしらえの荷物に押しつぶされそうになりながら、ヘルに別れを告げた。

わたしたちはずぶ濡れ状態にうんざりしてたし、少しでも普通の生活を取り戻したくてヤケになっていたのかもしれない。敵に見つかる危険を犯して、小さな火を起こした。持ち物を乾かすためだ。三日もかかってしまったけれど、わたしたちはだんだん人間らしい感情を取り戻していった。清潔で乾燥した衣服や毛布がこの手に返ってきた！　雨風を逃れてまともに眠れる小屋も手に入れた！　中綿が減って薄くなった古いマットレスでも、わたしたちは満足だったんだ。

せっかく正常な状態に戻れたというのに、わたしたちはくだらないことにハマっていた。ニュースが始まる前の三〇分間、ホーマーとロビンは推理ゲーム〈I-spy〉をしていたが、ロビンが変な言葉をひねり出したとたん、脱線を始めていた。頭文字「I」「E」で始まる言葉として、彼女は、「indefinable futures（ぼんやりとした未来）」と「erotic daydreams（いやらしい白昼夢）」を挙げたのだ。そして、この二つがわたしたちみんなの中にあるはずだと、彼女は言い張っていた。ニュースが終わると、わたしたちはハングマンゲームをして遊び、それに飽きると、今度はシャレードが始まった。

雨が上がり、リーは散歩に出かけた。一緒に行こうと誘われたけれど、わたしはわざわざ外出する気になれなかった。それに、『白い花をわたしに（Send Me White Flowers）』という恋愛小説を読んでいる途中だった。

わたしは、四分の三のところまで読み進んでいた。隣では、フィがマットレスに寝転がりながら、わたしがいつ泣き出すかと興味深そうに見つめている。そこへ、リーが静かにドアを開けて、滑るように部屋に戻ってきた。

「やつらだ。兵士たちが近づいてくる」後ろ手にドアを閉めながら、リーは言った。

わたしは跳び上がって本を放り出すと、窓へとダッシュした。窓から外をのぞくのはあまりにも危険だ。そこで、みんなのように壁にある裂け目に眼を押しつけた。

不安な気持ちで外の様子をうかがうと、二台のトラックがギシギシ音を立てながらゆっくりと道を登ってくるのが見えた。一台は荷台を布で覆った軍用トラックで、もう一台は小さな荷台をつけたウィラウィー・ハードウェア社のトラックだ。二台のトラックはケビンの家の西側にある機械倉庫に近づくと、二台並んでピタリと止まった。それぞれの運転席から二人ずつ、敵の兵士が外に出てきた。

「大変だわ」フィが押し殺した声で言った。「気づかれたのよ。わたしたちがここにいるって」

ホーマーがわたしの横に現れて、ライフルを手渡した。崖の底で死んだ兵士から奪ったライフルだ。それから、フィに四一口径のショットガンを、ロビンには小型の二二口径の銃を、そして、リーには同じく小型の一二口径の銃をそれぞれ手渡した。ホーマー自身は、彼用の自動式ライフルをちゃんとキープしていた。

ロビンは銃を受け取ると、しばらく見つめてから床の上にそっと置いた。彼女のその行動が何を意味するのか、わたしには分からなかった。銃撃された時に、ロビンはどうするんだろう。彼女が撃つことを拒否するなら、その判断は正しいんだろうか？　もし彼女が正しいのなら、わたしが間違っているってこと？　汗がわたしの肌を刺してきて、棘のある草に身体を擦りつけているような感じだった。わたしは額を拭うと、また壁の裂け目から外をのぞき見た。

外では、人々が布で覆われたトラックの荷台から次々と降りてくるところだった。兵士たちは周囲をウロウロしながら、その様子を見ている。ライフルを持っていたけれど、それをわざわざ肩から外そうとはしない。彼らは普段通り、堂々と振る舞っていた。

人々は捕虜に違いなく、総勢一〇人、男女同数だった。見覚えのない人ばかりだと思ったけれど、その中の一人がコリーのママに少し似ている気がした。捕虜たちはいちいち指図されなくても、自分が何をすべきか分かっているようだ。何人かがハードウェア社のトラックの荷台から袋を取り出すと、果物の樹のほうへと向かった。他の何名かは家に入っていき、そのうちの二人が機械倉庫へと歩いていった。それぞれのグループには、兵士が一人ずつ同行している。居残りの兵士一人がトラックの横に立ったまま、タバコに火をつけた。

わたしはホーマーと顔を見合わせた。

「どう思う?」

「何かの労働部隊だろ」

「そうね。情報を集めるいいチャンスじゃない、違う?」

「しばらく様子を見ていよう」

「『準備に費やす時間を惜しむな』ってことでしょ。ね、あの中に、コリーのママに似てる人がいなかった?」

「そうかしら」フィが言った。「似てるのは、白髪だけじゃないの。あの女の人、痩せすぎてるし、それに歳もとりすぎってて感じだもん」

わたしたちはそれぞれ自分の位置に戻り、偵察を続けた。わたしの場所からは果樹園にいる人の姿は見えたけれど、家の中は見えなかった。一〇分後、機械倉庫に入っていた兵士が出てきて、トラックのそばにいた兵士と合流した。やがて二人の兵士は軍用トラックの運転席に乗り込むと、タバコをふかし始めた。

「わたしたち、ここから離れたほうがよさそうね」ロビンが言った。「こうして銃も手に入れたことだし。これ以上の面倒はご免だわ」

「そうしよう」ホーマーが返した。「まずは、俺たちがいたことを感づかれないよう、片づけからだ。済んだら、後ろのドアから出て木の間を登っていけばいい」

「あなたたちはそうして」わたしは言った。「わたしは機械倉庫に行ってみるから」

みんなは疑わしそうにわたしを見つめた。

「そうすべきじゃ……」ロビンが何か言いかけたけれど、「これって、絶好のチャンスじゃない」わたしがすばやく口をはさんだ。「わたしたちは、この数週間、なんの情報も入手してないよね。わたしはコリーの容態を知りたいの。それに、家族の様子だってそう。ロビン、わたしの荷物を持っていってくれるよね」

ロビンはしぶしぶうなずいた。

「僕も一緒に行くよ」リーが言った。

気持ち的には、誰かと一緒のほうがずっと心強かった。でも、わたしはそれがうまくいかないと分かっていた。

「アリガト、お礼だけは言っとくわ」わたしは言った。「二人では目立ちすぎるもの」

リーは迷っていたけれど、わたしの気持ちは決まっていた。わたしは何事かをやり遂げたかった。自分が勇敢だってことを、ホロウェイ谷での恐ろしい夜がわたしを臆病者になんかしてないってことを、この手で証明したかったんだ。このところ雨ばかりで、どれだけじれったかったことか。もう一度トライしてみよう。わたしは強くなって自信を取り戻したかったし、同時に、みんなからの信頼も回復したかった。

他の四人はすばやく、そして静かに荷物をまとめ始めた。わたしは脇の窓から外に出ると、ゴムの林の中へ駆け込んで、羊の放牧地を迂回して進んだ。丘の下へ続く木立ちは身を隠すにはもってこい。それで、わたしはその木々の影を選びながら機械倉庫を目指した。トラックは倉庫のさらに向こう側に停まっていたので、ちょうど見えなかったと思う。

あと問題は一つ。西側から入る以外に、倉庫に入るドアがないということだ。そのドアは完全に開けっ放しになっている。木々の間を抜けたわたしは、唯一身を隠せそうな角の水槽を目指しながら、倉庫の横を這って進まなければならなかった。

水槽のところに着くまで、かなり神経を消耗した。取り乱さないように気持ちをコントロールしてたし、バグパイプみたいな呼吸をしないように頑張ってたから。さあ、いよいよ正念場だからね。落ち着くのよ……、わたしはこぶしを握りしめ、心の中で自分に言い聞かせていた。

わたしは腹這いになって、水槽のスタンドの下を進んだ。兵士が立っていると思った場所には、誰もいなかった。茶色く湿った地面がむき出しのまま広がっているばかり。トラックまでは五〇メートルもの距離があったけれど、わたしにはそれが巨大で恐ろしい生き物に見えた。

わたしはさらに這って進んだ。左側に身体をねじると、そこから深くて暗い倉庫の内部が見えた。トラクターや穂刈機、それに、古い小型トラックが並んでいる。さらに奥には、羊毛梱《こん》(刈った羊毛を圧縮し、紐などで縛り上げて梱包したブロックのこと)が山積みにされている。人影は見えなかったけれど、奥から工具が触れ合う金属音や人のささやき声が聞こえてきた。

数秒間、わたしは迷った。でも、大きく深呼吸して、わたしは勢いよく飛び出した。お尻に白い綿毛の玉でもつけていたら、わたしの疾走姿はウサギのように見えたかもしれない。音を立てずに羊毛梱まで一気に駆けていくと、そこで一度安全を確認しようと小休止することにした。身震いしながら、わたしは羊毛の柔らかなかたまりにもたれかかった。

そこへ、川の流れのように高くなったり低くなったりしながら誰かの話し声が届いてきた。

何を話しているのかまでは聞き取れないけど、英語だってことは分かる。わたしは入り口を警戒しながら、さらに声の方向へ近づいた。

足を止め、耳を澄ますと、今度ははっきりと言葉が聞き取れた。そうして彼らの一人を眼で確認した時、わたしの身体は震え、どっと汗が噴き出した。眼には涙がにじんだ。その人はマッケンジー夫人、コリーのママだった。

できることなら、その場に座り込んで子どもみたいに泣きわめきたかった。けれど、そんな弱気なことを言っている場合じゃなかった。泣きたければ、穏やかに暮らしていたあの懐かしい日々に帰るしかない。でも、あの平和な日々は、戦争前はあって当然と思っていたすべての無駄なぜいたく品と一緒に失われてしまった。懐かしい声にホッとして泣くことすら、手の届かない贅沢品となったのだ。

コリーのママは、何度も紅茶やスコーンをごちそうしてくれた。コーヒーの淹れ方やクリスマスプレゼントのラッピングの仕方なんかも教わったっけ。飼い猫が死んだことや、ホーソーンさんとケンカしたこと、それにファーストキスのことまで、彼女には話したもの。パパやママに対する愚痴もよくこぼしたな。彼女はいつも黙って聞いてくれた。そう、彼女はわたしの一番の理解者だったんだ。

羊毛梱の側面ごしからは、倉庫の奥が見渡せた。作業用のベンチがあり、その上の壁には工具類がきちんと並んでいる。電気がストップしているために、倉庫の奥は暗くてぼんやりしていたけれど、二人の人が座って作業をしているのが分かった。

わたしに背中を向けていた男性は、何かを修理していた。背中を見ただけでは、彼が誰だか分かるはずもない。だけど、そんなことはどうでもいい。わたしはもうマッケンジー夫人に夢中だったから。でも、むさぼるように彼女を見つめていると、何か違うって気がしてきた。

その女性は横顔をこちらに見せて、歯ブラシでキャブレターの掃除をしていた。伸び放題の白い髪を束ねもせず、痩せて老けて見える。記憶の中のマッケンジー夫人はまだ中年、ちょうどいい感じにふっくらしてて、娘のコリーと同じ赤毛の女性だったはず。この人はマッケンジー夫人なんかじゃない！　わたしの見間違いだったんだ。

でも、その時だ。女性が歯ブラシを置いて、眼にかかる髪の毛を払った様子は完全に見覚えがあった。まぎれもなくコリーのママのものだ。ショックと愛おしさから、わたしは思わず叫んでしまった。

「マッカさん！」

彼女の手からドライバーが床に落ち、騒々しい音を立てた。彼女は身体をねじって振り返った。ぽかりと口を開け、顎がダラリと下がったその顔は、いっそう痩せて見える。彼女は真っ青になって、喉を押さえた。

「エ、エリーなの？」

一瞬、彼女が失神しちゃったんじゃないかって思った。マッケンジー夫人はとっさにベンチにもたれかかると、左手を顔の前に持っていって眼を覆った。わたしは彼女のところに駆け寄りたかったけれど、じっと我慢していた。一緒にいた男性が、トラックのほうを見て、すばやくわたしに言った。

「そこにじっとしてるんだ」

そんなの分かっている。マッケンジー夫人は身体を折り曲げて、ドライバーを拾おうとした。何度も失敗して、三回目にやっと拾うことができた。もしかすると彼女は眼がよく見えないのかもしれない。それから、彼女はわたしを切ない顔で見つめた。わたしたちは五、六メートルしか離れていなかったけれど、その距離は一〇〇キロにも思えた。

「コリー、あなた無事なの？」彼女は聞いた。

彼女がわたしを「コリー」と呼び、しかも、それに気づかなかったことに、わたしはショックを受けた。でも、わたしは自然に振る舞おうとした。

「マッカさん、わたしたちは元気です」わたしは小声で言った。「あなたはどうですか？」

「ええ、わたしは元気よ。みんな変わりないわ、エリー。ちょっと痩せてしまったけど、それだけのこと。でも、何年も痩せたいと思ってたから、ちょうどいいわね」

「コリーの具合は？」

どんな反応が返ってくるのか恐かったけれど、尋ねないわけにはいかなかった。夫人がわたしを「エリー」と呼んでくれたので、今なら大丈夫だろうとも思ったのだ。彼女が答えるまで長い間があった。半分眠っているかのように作業用ベンチにもたれていた。

「エリー、あの子は無事よ。かなり痩せてしまったけど。わたしたち、あの子が目覚めるのをずっと待ってるの」

「パパやママはどうしてます？　他のみんなは？」

「みんな無事よ。それに、元気だわ」

「君のご両親はいい状態だよ」隣の男性が言った。

彼が何者なのか、まだ分からない。

「わたしたちは最悪の数週間を過ごした。だが、君のご両親は元気だ」

「最悪の数週間って？」わたしは尋ねた。

わたしたちは用心に用心を重ねて、小声で、しかも何度もトラックの様子を見ながら会話を交わしていた。

「私たちは、多くの仲間を失ってしまったんだ」

「『失った』って、どういう意味なんですか？」わたしは聞き返しながら、息が止まりそうになった。

「敵が新しい情報源を手に入れたんだよ」男は言った。

「どういう意味?」

「連中は、一人のオーストラリア人を町から連れてきたんだ。「chalkie《チョーキー》」といった感じの男だったな。その男は、私たち捕虜の中から何人か選び出しては質問を浴びせていた。そして、尋問が終わると、何人もの捕虜が連行されたんだよ」

「どこに?」

「私たちに分かると思うかい。連中が教えてくれるわけもなかろう。私たちは神に祈るしかなかったんだ。銃殺隊のところでないようにと」

「誰が連れていかれたんですか?」

「ああ、最初は、軍隊の予備役兵だった人たちだ。あの男は、その人たちの経歴を知っていたんだね。それから、警官とバート・ヘグニー、それに君たちの教師たちだよ。とにかくリーダー的な人は片っ端から連れていかれたんだ。言ってること、分かるかい。全員ではないにしてもほとんどの人たちを調べ上げていた。一日に五人ぐらいに尋問していた。連行されたうちの三人でも、夕方までに帰ってくればラッキーだったんだよ」

わたしはずっと思っていたことを聞いてみた。

「見本市会場には、スパイがいたんじゃないですか?」

「いいや、あの男のようなやつは他にいなかったね。確かに連中に媚びを売るやつはいるが、こんな真似まではしなかった」

怒りのせいか、その男性の声が大きくなった。わたしは一瞬、陰の中に身をかがめた。人が倉庫に入ってくる気配はない。そろそろ行かなくちゃ。頭では分かっていても、わたしはマッケンジー夫人の話をもっと聞きたかった。

「リーの家族はどうしてます?」わたしは聞いた。「フィの家族は? ホーマーの家族は? ロビンの家族は?」

マッケンジー夫人はうなずくばかりで、何も言わない。

「みなさん、無事だよ」男性のほうが答えた。

「あなたたちは、ここで何を?」

「準備をしてるんだよ。もう二、三日もすれば、ここに植民者たちが移住してくるらしい。君たちのような若者はくれぐれも用心することだ。今、あちこちで労働部隊が活動してるからね。もうすぐ、何百人という人間が押し寄せてくる」

わたしは落ち込んだ。そのうちに、信じられない事態を迎えることになるのだろうか。残りの人生、奴隷として生きるしかないような事態を。未来は未来ではなくなり、人生は人生でなくなる。だけど今、あれこれ考えている時間はなかった。ただ行動あるのみだ。

「そろそろ行かなくちゃ、マッカさん」

わたしが別れを告げると、恐ろしいことが起こった。夫人が突然、激しく泣きじゃくったのだ。顔を背けた彼女は、作業用ベンチにうつぶせた。彼女の手からまたドライバーが落ちる。泣きながら叫び、叫びながら泣く。そんな表現がぴったりの状態だった。わたしは身体に高圧電流を流されたような感じがした。驚いたわたしはすぐさま後ずさりし、羊毛梱の向こう端まで走ってその背後に身をかがめた。この騒ぎでトラックのドアが開き、兵士の一人が倉庫に歩いてきた。

「どうかしたのか?」兵士が聞いた。

「私にもよく分からないんだ」男性は言った。

彼の声は少しも動揺を感じさせない。妙に説得力があった。

「夫人が泣き始めただけのことだ。このオンボロのスウェーデン製キャブレターが原因じゃないのか。こいつらは手を焼かせるからな」

わたしは暗闇に身を潜めて、苦笑するしかなかった。

しばらくの間、何も起こりそうになかった。聞こえてくるのは、マッケンジー夫人のむせび泣く声だけ。それもだんだん静まっている。気を取り直そうとしたのだろう、彼女は深呼吸をした。グッと息を飲む音が聞こえた。

「さあ、しっかりするんだ」男性が言った。

足音がまた聞こえた。兵士に違いないその足音は、どんどん遠ざかっていった。

「エリー、自分のために生きるんだ」男性は、まるでマッケンジー夫人に話しかけているように、普段の会話の調子で言った。

わたしは何も言わずにその場を離れた。倉庫を抜け、水槽の横を通りすぎ、再び茂みの中へと飛び込んだ。眼の前の木々が、親友や家族みたいに愛しくてたまらなかった。しばらく呼吸を整える間、わたしは木を背後から抱きしめていた。それから、せっせと丘を登っていった。

向こうでは、みんなが出迎えてくれた。

CHAPTER 14

それからわずか二日後のことだ。わたしたちは初めて植民者の姿を眼にすることになった。雨の勢いはすさまじかった。わたしたちは雨から逃れるために、毛刈り人の小屋へ避難して身を寄せ合っていた。柱が軋《きし》み、風がヒューヒュー音を立てて吹き抜け、雷がゴロゴロと鳴り響いている。雨はスコールと化して、トタン板の屋根を激しく叩いた。まるで屋根ごと揺り動かされているようだ。

わたしたちは交替で見張りをすることに決めて、二四時間の警戒体制を敷いた。けれど天候が荒れていたせいか、労働部隊が戻ってくることはなかった。その隙にとばかり、彼らの作業の後を念入りに調べてまわった。家の中は綺麗に整理整頓され、ベッドメイクまで行われていた。すべて、よそ者が移住し、この家を引き継ぐための準備だ。

やがて植民者たちがホルムスさんのベッドで眠り、台所で食事をし、放牧地を歩きまわり、作物を収穫するようになるんだ。想像するだけでも、わたしは恐ろしく動揺した。わが家の農場だってすぐに同じ運命をたどることになるんだろう。

二日間降り続いた雨がやっと上がった。けれど、空は灰色のまま。空気は冷たく、地面は濡れてぬかるんでいる。わたしたちはチャンスがあれば、再びクリスの家に行ってみようと決めていた。もしかしたら、クリスがひょっこり現れるかもしれないから。そこで夕暮れが迫ると、わたしたちは服を着込んで放牧地を横切っていった。

完全に日が落ちてはいなかったので、道路を進むことは危険だった。わたしたちは茂みの中をしばらく黙って歩き続けた。二日間以上動けない状態だったせいで、最初、気分は最悪だった。でも開放的な場所を歩き、新鮮な空気が吸うことで、わたしたちは回復していった。最初の二、三キロを歩くうちに、わたしはリラックスしていった。

わたしはリーの手を握っていた。でも闇が深くなればなるほど、手をつないで歩くのは難しくなる。それでわたしは後ろに下がり、リーを一人で先に進ませた。ロビンと並んで歩きながら、これまで見た映画の話をした。どの映画がお気に入りで、どの映画が嫌いかって話。もう一度、映画を観に行けるかな。わたしは、暗闇の中で巨大なスクリーンを見つめ、美しい人たちが美しい衣装をまとって、気の利いたロマンチックな台詞をお互いに語り合うシーンを観たかった。他の国では、今でも普通にたくさんの人たちが映画を楽しんでる。そういうことが信じられなかった。

ウィラウィーの町を迂回して、メルドン・マーシュ・ロードへと入っていったのは午後一〇時すぎ。周囲は落ち着いていたし、道路も安全に思えた。こうして道路を歩けるだけでホッとする。わたしたちはしばらく快適な時間を過ごした。

クリスの家まであと約二キロほどの地点で、わたしたちは一軒の家に明かりがついているのを見つけた。ショックだった。こんな田舎の家にまだ電気が通っていたということを、この時初めて知ったのだ。わたしたちは立ち止まって、呆然と明かりを見つめていた。平和な日々にいるような懐かしさを感じなかったと言えば嘘になる。だけどそれは、わたしたちを歓迎している明かりではないようだった。

野生の動物にでもなったみたいに、夜中に暗い土地をうろつき、荒々しく自然の中を走りまわる。それがわたしたちの日常になっていた。もし、植民者がこの農場だらけの土地に手を伸ばし、彼らのスタイルで開拓していったら……、わたしたちはどんどん隅っこに追いやられて、しまいには岩の間の洞窟や洞穴に隠れて住むしかなくなるんだろう。

言葉を交わさないまま、わたしたちは光を放つ家に近づいた。光に群がる蛾って感じ。誰の家なのかは分からなかった。レンガ造りのすっきりした外見で、窓は大きく、少なくとも三つの煙突が立っていた。日よけの木々が家の周囲に植えられ、レンガで囲まれた庭が、家の正面に幾何学模様を作っている。その境界は、わたしの侵入を拒絶しているような気がした。

この数日痛みの遠のいていた膝が、レンガの一つを踏みつけたとたんピリッと引きつるのを感じた。バランスを取り戻し、状態を確かめてみたけれど、特に問題はなさそうだ。

みんなはもう日よけの木まで進んで、その背後に集まっていた。わたしはみんなに追いつくと、明かりのついた窓の一つを見た。危ない、危ない。銃を持った兵士でもいたら、あっという間に皆殺しにされてしまう。わたしは木の背後で、そのことをみんなに小声でささやいた。仲間たちは一瞬その場に凍りついたけれど、すばやく広がると、他の木々に身を隠した。

家の東側には、ペパーコーンの木があった。樹上には、子どもの遊び場用の小屋が作りつけられている。小屋にかけられたハシゴを登ると、わたしは一番上の段に座った。そこからは、キッチンの様子がよく見えた。

キッチンでは三人の女性が働いていた。彼女たちはとてもリラックスしている。キッチンの片づけをしていたんだろう。ビン詰め、お皿、ソースパン、それに缶詰なんかが食器棚から取り出されて、テーブルや椅子の上に広げられていた。彼女たちは、一つ一つ、綺麗に拭いては片づけていた。でも、たまに手にしたものを不思議そうに見つめると、隣の女性にそれをかざして話しかけることもあった。

彼女たちの前に、オレンジ色のプラスチックの取っ手がついた道具があった。ビン詰めのフタ開けだったけれど、彼女たちはその道具に夢中になっていた。何に使うのか分からなかったんだろう。彼女たちは真ん中に開いた穴に指を通すと、指を動かし、それから、お互いの鼻をねじろうとしている。大爆笑が起こった。

彼女たちの声が壁を通して聞こえてきた。甲高くて、ちょっとだけ鼻にかかった声だ。彼女たちは、とても楽しそうだった。幸せだったんだろうし、新しい生活にワクワクしてたんだろうな。

わたしは彼女たちを見ながら、複雑な気持ちになっていた。嫉妬、怒り、恐怖、憂鬱……。もう見ていられない。ハシゴを降りて、木の下から滑り出すと、わたしはみんなのところに向かった。

それから、わたしたちは庭をこっそりと抜けて、道路に戻った。

歩きながら情報を交換しているうちに、少なくともあの家に八人の大人がいたことが分かってきた。それぞれの農場に一家族ずつが割り当てられているのかもしれない。広大な土地を与えられて、きっとあの人たちは贅沢な気分に浸ってるんじゃないだろうか。やがて、ウィラウィー谷全体が彼らの家で埋め尽くされ、土地の大開発がスタートするんだ。この土地が乱暴な開発に耐えられるのかは分からない。

それぞれが個人的な思いを引きずったまま、わたしたちは黙々と歩き続けた。クリスの家にたどり着いた時には真夜中を過ぎていた。明かりはなかったけれど、家の中で植民者が寝ているかもしれない。警戒を怠るわけにはいかなかった。

でも正直わたしは、つま先立ちで歩き続けることにうんざりしていた。

「屋根に石をぶつけてみようよ」

ケビンの家で、雨が毛刈り人の小屋の屋根を叩いていたのを思い出しながら、わたしは提案した。みんなが哀れむような眼でわたしを見た。こそこそと隠れたり、這いまわったりするのに嫌気がさしていたわたしは、かなりアブナイ状態になっていた。

「迷ってないで、やろう」わたしは主張した。「後先考えろって？　大丈夫よ。もし、家の中に誰かいたって、銃をぶっ放しながら暗闇に飛び出したりはしないわ。やつらだって、そんなにバカじゃないはずよ。この辺りには隠れる場所がたくさんあるし、何だったら、さっさと逃げちゃえばいいし」

わたしの言葉には、思った以上に説得力があったようだ。だって三〇秒もしないうちに、みんなは動き始めていたのだから。半分は冗談のつもりだった。だけど今さら引き返したら、完全にみんなの信用を失ってしまうことになる。わたしは持てる限りの石を拾い上げながらも、後悔で気持ちが沈んでいくのを感じていた。

敵に追われた場合の再会場所を取り決めた上で、わたしたちは家を取り囲んだ。

長ったらしくてうるさいホーマーの指笛が合図だった。と同時に、わたしは石を放り投げた。

「ピ、ピ――」

あっという間に興奮の渦に巻き込まれた。ポッサムの群れがサッカースパイクを履いて、スーパーマーケットのワゴンを全速力で走らせたって、これだけの騒音を撒き散らすことはできないだろう。驚きのあまり、わたしはすばやく後方へと走り去った。途中でガーデンチェアらしきものにつまずき、下唇をグッと噛みしめた。脛とかかとに激痛が走る。夜に動きまわると、決まって痛い思いをする。

すると、オマケとばかりに、誰かが予告もなしに後方から石を放り投げた。突然、屋根の上を石がけたたましく転がる。他の石が転がり落ちてから、ちょうど一分後の出来事だった。けれど、家の中はシーンと静まり返ったまま。わたしたちは玄関近くに再び集まると、家に誰も住んでいないことを確認し合った。そしてホーマーに命じて、台所の窓から中の様子を調べさせた。最後の石を投げた犯人が彼だと分かったからだ。

「暗すぎて、ぜんぜん見えねえよ」彼はボヤいた。

そしてもう少しだけ眺めてから、彼は言った。

「クリスにメッセージを残していった時と、何も変わってないようだな。誰も来てないってことか」

実際、ホーマーの言った通りだった。期待は裏切られたのだ。侵略直後にクリスが隠れたという古い豚小屋にも、彼が立ち寄った形跡はなかった。わたしたちはカビ臭い台所に戻って、ホコリまみれのテーブルを囲んだ。

疲れて、絶望的な気分だった。石による屋根攻撃によってもたらされた興奮も、とっくに消え去っていた。クリスの所在がつかめないとわかって、わたしたちは何をしたらいいのか分からなくなった。彼はどこにいるんだろう？　あれこれ想像してみても最悪のことしか思い浮かばなかった。こんなことなら、機械倉庫にいたマッケンジー夫人や男性に、クリスのことを聞いておくべきだったな。わたしは自分の愚かさを責めていた。だけど、あの時、わたしはとても慌てていたし、パニックになってたから。

「もし、クリスが捕まって見本市会場に連行されてたら、マッケンジーさんたちがきっと教えてくれてたはずよ」ロビンはそうフォローしてくれた。その言葉はわたしにとって唯一の救いだった。

「便りがないのは元気な証拠っていうもの」フィが小声で言った。

「そうね」わたしは吐き捨てるように言った。「すんごく気が楽になったわ。意味のあるお言葉、アリガト」

フィは傷ついたようだ。午前一時を過ぎ、わたしたちはみんな倒れる寸前だった。おまけに、寒くてたまらない。

「これ以上、どうしようもないな」ホーマーが言った。「正直、クリスのやつ、もう……、こんなこと言いたかないけど、もうダメなんじゃないか」

次の瞬間、わたしたちは怒りの混じった声で、ホーマーに集中砲火を浴びせていた。その可能性があることは、わたしたちも分かってる。だけど、口にしてしまうことが恐ろしい結末を招くような気がしてならなかった。本当になるんじゃないかと怖かったんだ。言葉の力って、本当にすごいから。

「さあ、これからどうする?」リーが尋ねた。「もうここにはいられないよね」

「そうかしら、いても構わなんじゃないの」フィが言った。

「この辺をうろつくのは危険だよ」ホーマーが言った。「すぐ先の道路まで、植民者は来てるわけだろ。どれくらいまで範囲が広がってるのか、俺たちまったく知らないけど。明日にもこの家に来るかもしれないぜ」

「でも、もう真夜中よ」フィが言った。「それに、疲れちゃった。寒くてたまらないし、もう何もかもうんざり」

彼女は頭を腕の中に埋めて、テーブルにうつぶせた。リーが同情するように、彼女の頭をポンと軽く叩いた。けれど、他のみんなだって疲れ果てていたわけだし、何もしたくないって気持ちは一緒だ。

「休むとしたって二時間程度だ」ホーマーが提案した。「夜明け前にはまた出発しないとヤバイだろ。中途半端に眠るくらいなら、後でゆっくり眠ったほうがマシじゃないか」

わたしたちは座ったままフィを見つめ、さっさと降参してくれればと願っていた。しばらくの間、沈黙が続いた。

「はい、はい。分かりました」フィは不機嫌そうに、リーの手を振り払って立ち上がった。

「それで、これからどこに行くの?」

「ウィラウィーに決まってるじゃん」ホーマーが、待ってましたとばかりに言った。「俺たち、ずいぶんご無沙汰してるよな。あれからどうなったのか、確かめておくべきだろ。俺たちに何かできることはないのか、確かめるためにもな。今から出発すれば、夜明けまでには着くんじゃないか」

わたしたちは疲れのあまり、議論する気にもなれなかった。他のアイデアが出そうな雰囲気でもない。わたし自身は、ウィラウィーに行くことになってうれしかった。できるだけ町の中にいたかったし、もうしばらくはヘルのことを考えたくなかったから。

クリスの家を出てから一〇分後、また雨が降り始めた。道を引き返し、小屋で雨宿りをしたほうが利口だったのかもしれない。でも、誰一人、そのことを言い出さなかった。出発してしまった以上、もう余計なことを考えたくなかったのだ。ずぶ濡れになりながら、みんな黙々と歩き続けた。辺りはとても暗かったけれど、捕まる心配もなく道路を歩いていけたので気分も身体も楽だった。結局、ウィラウィーに到着するまで誰も一言も話さなかった。

音楽の先生の家に着いた時には、夜は明けていた。東の空に見える灰色に濡れた光は、夜の暗闇と大差なかった。リーとロビン、わたしとフィは雨の滴を垂らし、全身を震わせながら、木の後ろで待機していた。その間、ホーマーは家の様子を調べてまわった。どこにそんなエネルギーが残っているのかと思うくらい、熱心に。やがて、家の中に誰もいないことが確認できたらしく、ホーマーがわたしたちにOKサインを送ってきた。

ずぶ濡れのわたしたちは、ビシャビシャ音を立てながら家に入った。そして、タオルと毛布を見つけると、服を脱ぎながら二階のバスルームに向かった。ホーマーは、自らすすんで見張り番を引き受けた。そんな彼に文句を言う者などいるはずもない。

ロビンとフィが同じベッドに寝て、わたしは隣の部屋にある別のベッドに潜り込んだ。リーは階段を降りると、一番奥の部屋に姿を消した。みんな裸同然だ。誰も侵入してこないように。わたしはひたすらそう願った。

念願のベッドを手に入れたというのに、わたしは眼を閉じることができなかった。別に起きていたかったわけじゃない。きめの荒いウールの毛布が肌をチクチクと刺していたけれど、それはむしろいい感じだった。素朴で、懐かしい感じがしたもの。

長い時間、身体がなかなか温まらなかった。わたしは両足をピタリとくっつけると、さらに毛布の中に身体を潜り込ませ、すっぽりとくるんだ。両手を胸の前で交差させ、手のひらをそれぞれ脇の下にはさむ。血液が再び循環しはじめたのか、肌がかゆい感じ。最後に冷え切った足が「解凍」されると、ようやく待ち望んでいた心地よい温もりが身体中に広がっていった。全身がリラックスしていく。

贅沢な気分でベッドに横になっていると、誰かのささやきが聞こえてきた。

「起きてるかい?」

驚いたわたしは、毛布から頭だけ出した。ぼさぼさの髪の毛を突きたて、周囲を見まわす様子は、きっと木の幹から顔をのぞかせるポッサムのようだったんじゃないかな。ささやき声の主は、リーだった。

「君は、またイモムシになってるの」

「ポッサムじゃなくって?」

「ああ、それもありかもね。ところで一緒に眠ってもいいかな?」

リーは毛布にくるまったまま、寒さで身を震わせてそこに立っていた。彼の茶色の瞳が、訴えるみたいにわたしを見つめている。わたしは興奮がゆっくりと、温かく燃え上がるのを感じたけれど、つとめて顔に出すまいとした。

「ダメ」わたしは言った。「毛布しか着てないのよ」

「ちょうどいいじゃないか。僕だって同じなんだし」

「バカ言わないでよ!」

「ダメかな?」

「大人しく眠っていてよね、いい。それに……」彼がベッドへ跳ねてこようとした時、わたしはつけ加えた。「甘い言葉でいい気分にさせて、変なことしようなんて考えないで」

「でも、それが僕の魅力で取り柄なんだけどね」

「はいはい。そんなの全部分かってるわ」

リーは頭を右腕で支えながら、隣に横たわった。そしてわたしを見つめた。彼がかすかに笑った。

「何を考えてる?」

「ええっと」

彼が近くにいることでわたしの胸は高鳴っていた。毛布の下で、身体は熱くなっていた。

「それについてはノーコメントで」

「言ってみてよ」

「どうしてあなたが笑ってるのか、不思議に思ってたの」

彼はしばらく何も言わなかった。でも、表情から微笑みは消えていた。代わりに、教会か何かにいるみたいにとても真剣な表情をしている。

「眠れなかったのね」わたしはリーに聞いた。

「うん、最近はずっとね。あの崖のところで過ごした夜から、ずっとそうなんだ」

「この話はやめましょう」

わたしが身震いして答えたその瞬間、彼は身体を寄せてきて、激しくキスをした。わたしも応えた。彼よりもっと激しかったかもしれない。どういう結末を迎えるのか、どういう結末を迎えたいのか、わたしには分からなかった。

激しく荒々しい口づけは、だんだん優しく悩ましいものに変わっていった。彼の唇がわたしの唇の一点に軽く触れたかと思うと、また別の点に触れて、それからまた次の……。とても興奮した。しばらくそうしてから、わたしたちは頭を互いの肩にもたせかけていた。

彼の毛布からは肩の辺りが覗いていた。鎖骨の下にある窪みを、指で触れてみる。温かく、瑞々しい肌。わたしは唇をそこに這わせて、自分の手を彼の手に絡ませた。彼の肌の下に小さな鼓動を感じ、今度はその部分に唇を当てる。

リーは手をわたしの髪や首の後ろに絡ませていた。長くしなやかな指で髪のほつれを解き、指の間に髪を滑らせながら、わたしの髪を念入りにいじっている。

「キレイな髪だね」彼はやっと口を開いた。

「汚れてるわ」わたしは不満気に言った。

「僕は好きだよ。自然な感じで、セクシーだ」

「アリガト」わたしは笑った。

リーはその言葉を、誘いの言葉とでも受け取ったに違いない。すぐさま手を毛布の下に滑らせて、わたしの肩甲骨の感触を確かめた。「ああ、助けて」わたしは思った。わたし、ここで何をしてるんだろう? パパはいつも、「些細なことが重大な結果につながるものなんだ」って言っていた。今がまさにそうじゃない。わたしは不安になった。

その気はなかったけど、わたしは止めるべきなんじゃないかと頭の片すみで考えていた。もし、彼をすぐにでも止めなければ、後悔することになるかもしれない。だけど、この気持ちの昂ぶりはもう抑えられない。

リーったら、なんでわたしの感じる部分を知ってるんだろう？　わたしの手も、同じように彼を感じさせるんだろうか？　わたしは手の届く範囲で、彼の肌に指を走らせてみた。指先が触れると鳥肌が立ったようになって、それがとても刺激的だった。

それから、わたしは少し身体をねじると、彼の左の乳首に触れた。スティーブが昔、言ってたな。男の子の乳首も、女の子と同じように感じるんだって。スティーブのとは違って、リーの乳首は小さくて、こげ茶色をしてて、まるでひしゃげたボタンのようだった。指先で遊んでいると、先端がすぐに硬くなった。わたしはつまんで、指先でくすぐってみた。

「アイ、アイ、アイ」彼は声を上げた。

「それって、タイ語？　それともベトナム語？」

「どっちでもないよ。世界共通語さ」

「ふーん」

リーが手を這わせているうちに、わたしの毛布はすっかり背中から落ちていた。彼に悪いなと思いながらも、わたしは指の動きを止めた。全身で彼の指の感触に酔っていたかったから。肌があんまり熱くなったので、彼の手が火をつけたんじゃないかと思ったくらい。それで、わたしは身体を彼から離した。彼の右の乳首で遊ばないわけにはいかなかった。さっき、左のそれでやってたみたいに。柔らかいキスをしながら、わたしは身体中を掃くような感じで、手を下へと走らせた。

「あなた、途中で止められると思う?」わたしは聞いた。

「もちろん、止められるさ」

「あなたって、すごい嘘つきね」

少しだけ彼から離れたことで、彼に好きに動ける空間を与えてしまった。何気ない振りをしながら、彼は〈前〉を隠す毛布の下に手を滑らせてくる。同時に、わたしの気を逸らそうとしたのか、激しくキスをしかけてきた。彼の罠にはまって、わたしはあっという間にうっとりしていた。彼の手が肌をまさぐっている。彼が望んでることは、わたしが望んでることでもあるのよ。感じれば感じるほど顔が赤らんでいくのが分かって、わたしは彼の髪をかきむしった。自分に止めることなんてできるの? 答えは分かってる。彼が部屋に入ってきた段階で、もう答えは出ていたんだ。

「いいわ、リー」わたしは言った。

でも、どんな言葉を続けたらいいの? わたしの手は彼の腰を通りすぎ、さらにその下まで達していた。何てことしてるの。一瞬、わたしはそう思った。でも、そうしたいんだ。

前にこの家で過ごした時、わたしはほとんどの時間、格子模様の絨毯にくるまっていた。その姿を見て、リーは初めてわたしのことを「イモムシ」と言ったのだ。「美しくセクシーなイモムシ」って。今、再びイモムシになったわたしは、毛布のマユから生まれようとしていた。

リーの手はお尻を撫でていたかと思うと、少しだけわたしの身体を転がした。すると、彼の足のつけ根にある大事な部分が触れた。だけど、すべてに触れたってわけじゃない。わたしはチラリとのぞき見た。魅力的で、生々しい外見をしたものがあった。欲望と強い意志を感じさせるもの。リーもわたしの身体を見つめていた。わたしは少しとまどったけれど、嫌じゃなかった。彼にしたって、わたしのすべてを知りたかったはずだもの。わたしはひそかに、彼の反応を楽しんでいた。

「あなた、持ってる？　あれ」頭を少し離すと、わたしは聞いた。できれば言いたくなかったんだけれど。

「あれって何を？」

「分かってるくせに、コンドームよ」

「なんだよ、エリー。こんなタイミングで！」

「あっ、そう」わたしは言った。「いいわよ。わたしの代わりに赤ちゃんを産んでくれるんならね」

「クソったれ！」リーは毒づいた。「しなくちゃだめなのか？」

「当然でしょ！　わたしが妊娠した時のこと、考えてみて」

彼は一瞬不機嫌になったけれど、すぐさま言った。「ホーマーがいくつか持ってたはずだ」

「あなた、いくつ必要か分かってるの?」

わたしは枕に顔を埋めながら、クスクス笑った。彼は起き上がった。

「待って」わたしは言った。「譲ってくれなんてホーマーに言うつもりじゃないわよね」

「僕はそんなにバカじゃないさ」彼はまだムッとしたままだ。「たぶん彼の財布の中にあるよ。それで財布を突っ込んだズボンは今、バスルームにぶら下がってるはずさ。乾かすためにね」

彼は毛布を引きずりながら、ドアから出ていった。わたしはベッドに横になって笑っていたけれど、自分がこれからやろうとしていることが信じられなかった。上手くいけばいいな。それに、あまり痛くなくて素敵なものだといい。緊張の一方で、身体はリーを求めてうずいていた。もう一度、あの指の感触に酔いたかった。だって、彼の温かい手はとても素敵なんだもの。わたしは思わず声を出して笑ってしまった。驚きや不信、そして、興奮が渦巻いていた。

長い時間に感じられた。リーは戻ってくると、わたしの上に飛びかかってきた。手には二つの小さな袋が握られている。恥ずかしそうにはにかんで、ガツガツしないように心がけた感じで、彼はわたしの毛布に潜り込んできた。

二つの裸体が肌を重ねている感覚は、これまで感じたことのない狂おしいものだった。これまでも身体が燃え上がるのを感じたことはあったけれど、今は、火花が全身を走り抜ける感じだ。バスルームに行ったことで、リーの興奮は少し冷めていたようだった。わたしは彼に肌を押しつけて、また温めてあげた。彼がすばやく反応するのを感じた。

「つけて」わたしは視線を彼の握りしめた手に送った。とうとう言ってしまったんだ。

彼は袋の一つを破ると、身体を離した。手元の動きをじっと見下ろしている。わたしはその様子を興味深く見つめた。

「見るなよ」リーはそう言いながら、手でわたしの眼を隠そうとした。

「フフ」わたしは微笑んだ。「恥ずかしがってるあなたって、とってもカワイイわね」

彼が準備を終えると、わたしは彼を抱き寄せて、軽く耳をかじった。それから、両脚を彼の腰に巻きつけた。無事に彼は入ってきた。リーは神経質になっていたのか、少しぎこちなかった。そして、それがわたしにも伝染していた。でも、仕方ないよね。

わたしは最高の恋人に、完璧なパートナーになりたかった。だから不安だったんだ。わたしたちが完全に一つになりきるまで、彼はもちこたえられなかった。ことが終わり、彼はあっという間に熱を失った。そこに横になって、わたしを抱きしめていたいだけのように見える。

わたしはまだだったのに、リーは一人でゴールに達してしまった。なんだか微妙な感じ。でも、とにかく無事に終わってうれしかった。すごくよかったわけじゃないのは残念だけど。これで、わたしは別人に生まれ変わったんだろうか?

その後、わたしは彼と抱き合ったまま余韻を楽しんでいた。三〇分もの間、わたしたちは眼を閉じて一緒に横になっていた。お互いの腕や背中をゆっくりと撫でながら、ゆっくりと眠りへと落ちていく。

するとその時、ドアを柔らかくノックする音がした。ホーマーのささやくような声が聞こえる。

「エリー、見張りだ。おまえの番だぞ」

「わかったわ」わたしは叫んだ。「すぐ行くから」

数分待って、わたしは静かにベッドを離れた。一階に降りようと毛布で身体をくるんだ。ホーマーと交替するにも、まずは服を着なければいけない。一階に置きっぱなしにしたリュックに、乾いた服が入ってるはずだ。その時だ。ドアに手をかけたわたしは、突然あることに気づいた。

ホーマーがわたしを呼ぶために、わざわざドアをノックした。それから、ドア越しに声をかけてきたのだ。普段の彼を思えば、それはあり得ないことだった。彼はいつもドアを蹴り開けて、わたしを揺り起こしていたんだから。長い付き合いで、礼儀やマナーにいちいち気を使わなかったのだ。

わたしは振り返って、ベッドに横になっているリーをにらみつけた。

「ねえ、リー」わたしは言った。「ホーマーはどうしてドアをノックしたのかな?」

「え?」彼は寝ぼけていた。

「どうして彼はノックしたのか、分かる? いつもやってるみたいに、ズカズカと踏み込んでこなかったのは、なぜなの?」

リーは急に目覚めたようだ。とても気まずそうにしている。

「嘘つきね」わたしは冷たく言った。

「コンドームが見つからなかったんだ」彼は言った。「本人に聞くしかなかった」

わたしはドアを開け放って駆け出した。毛布につまずいて、その勢いは少し弱まったけれど。腹が立って仕方ない。ホーマーにだけは知られたくなかった! 彼が知ったら、みんなが知ることになるに決まっているから。

リーがホーマーに話したことに腹が立ち、わたしは眠くならずに見張りをすることができた。リーとの関係を思い出しながら、頭の中では彼と対話を続けていた。

怒りは、必ずしも悪いものじゃないってことだ。

CHAPTER 15

リーに対する怒りは少しずつ収まっていった。ホーマーに知られてしまったのも事情からすればやむを得ない、わたしにもそのことは理解できていた。でも、リーを簡単に許すつもりはなかった。わたしが嫌がることをしたんだから、当然の報いだった。

それはともかく、全体的にはわたしはかなりご機嫌だった。何かうまくいかないことがあれば、もちろん腹を立てたけれど、それ以外はかなり充実していた。わたしは一日中、そんな自分を観察していた。「わたし、変わったかな。新しい人間に生まれ変わったのかな」、そんな風に思っていた。

でも、やっぱり魔法なんてなかった。ある意味では解放的な気分になったけれど、二度とバージンには戻れないことを残念にも思った。人生のステージを一つ乗り越えた。一度越えてしまえば、二度と引き返すことはできないんだ。

意外な変化といえば、「生きてる」実感を持てるようになったことだ。変な感じがしたけれど、悪い気はしなかった。それは、きっと長い間たくさんの死や破壊に囲まれてきたことへの反動だったかもしれない。今のわたしは、愛情に満ちたポジティブな生き方をしていた。これまでの破滅的な生き方に比べたら、それは大きな変化だ。

わたしは赤ん坊が手のかかる存在であることを知っている。赤ちゃんを育てるのは本当に大変。あと一〇年もすれば、わたしが赤ちゃんを育てる日が来るかもしれない。そんな日を夢見ることもあった。わたしたちみたいな若者が、生命をつないでいかなければならない。そんな感覚さえ芽生えていた。

けれど、そんなわたしが、またしても冷淡で破壊的な行為に手を染める時が、すぐそこまで近づいていたのだ。

ある日の夜、フィとわたしはウィラウィーの通りをうろついていた。フィの家に向かっていたのだ。家の荷物をいくつか持ち出すため、それから見捨てられた部屋を見てまわることで自分の気持ちを落ち着かせるためだった（逆に、落ち込むことになるかもしれなかったけど）。

フィの両親は法務官をしていて、小高い丘の上の、ウィラウィーでも屈指の高級住宅地に暮らしていた。大邸宅が建ち並ぶ通り沿いに、古くて大きなフィの家があった。

わたしたちには、そんなに慌てて行く理由はなかった。それでも危険を冒してみようという気分が少しあったに違いない。外に出るには時間が早すぎたけど、新鮮な空気を求めて飛び出したのだ。一日中降り続いた雨が上がり、路面の水溜まりが光っている。雲が低く垂れ込め、そのせいか気温は少し高かった。わたしたちは数区画の距離を、家々の庭から庭へと人目を避けて進んだ。そのため、歩道に身をさらす時間を少なくできた。

ジュビリー公園に着くと、わたしたちは野外劇場に腰を降ろして話に花を咲かせた。周りには、伸び放題の芝生と雑草だらけの花壇が見える。会話を始めたとたん、フィがわたしとリーの関係を知っていることが分かった。

「どうして知ってるの？」わたしは言った。

「ホーマーが教えてくれたの」

「あのお喋り！　リーがホーマーに話したって聞いて、わたしすごく怒ったのよ。でもさ、あなたとホーマー、最近はあんまり親しく話してなかったのに」

「前ほどではないわね。でも、わたしたちはまだ仲良しよ。彼の熱が冷めちゃったとは思わないわ」

「わたしはホーマーとずっと話してないような気がするな。あなたやリーとばっかりだもん」

「その日の朝のリーとの会話は、とても素敵だったんじゃない？」

「冗談言わないで！　あれは……、なんとなくそうなっちゃっただけよ。ムカつく」

「リーと、あれが……、うまくいかなかったんじゃないの？」

「なんですって！」

「あの、素敵だった？」

「悪くなかったわよ。いい感じだったわ。まあ本当はぎこちないところもあったけど、次はきっとうまくいく」

「次回はあるのかしら」

「知らないわよ！　まったく、もう。いつかあるに決まってる。でも、毎晩そうするつもりってわけじゃないからね」

「痛かった？」

「少しね。そんなにひどくはなかったけど」

「いやらしいんだ」フィは言った。

彼女は雑誌に書いてあることを鵜呑みにしているようだった。

「血は出た？　たくさん」

「そんなことないよ！　痛かったのは最初だけ。緊張がほぐれてきたら、逆に気持ちよかったくらいよ。リーも長く続かなかったし。でも、初めてにしては上手だったんじゃないかな」

「彼、初めてだったと思うの？」

「そうに決まってるわ！　あまり知らなかったし」

「彼のって……」フィは、言いにくそうにしながら、でも顔はニヤついていた。わたしたちは静かな暗闇に包まれながら声をひそめた。

「彼のって……大きいの？」

「信じらんない！　あの最中にメジャーで計れっていうわけ？」

「それはそうだけど、でも……」

「それなりに大きかったわ。本当よ。平均がどのくらいなのか知らないけど、それ以上はあるんじゃないの」

　わたしたち二人は声を殺して笑った。

　時刻は夜の一〇時、わたしたちは丘を静かに登り、ターナー通りへと向かった。最後のコーナーに差しかかった頃、ようやく周囲の様子がいろいろ変わっていることに気づいた。通りに並ぶ一二の家には、すべて明かりが灯っていたのだ。そのうち二軒の家では窓という窓から光が零れている。おまけに街灯も四つ、光を放っていた。

眼の前の別世界に、わたしは眼を疑った。まるで魔法の国に入り込んでしまったかのような錯覚。問題は、そこがわたしたちにとっての魔法の国じゃないことだ。ここは危険すぎる場所だった。フィがその場に立ち尽くして、喉の奥でぶつぶつと文句を言っている。まるでいじめられている小犬のように。わたしはフィを木の後ろに引っぱっていき、身を隠した。

「ねえ、どう思う?」わたしはフィに尋ねた。

彼女は頭を振った。眼には涙が浮かんでいた。

「わたし、やつらが憎いわ。ここで何をしてるの? 自分の家に帰ればいいのに、なんでそうしないのよ?」

そのままわたしたちは一時間近く周囲を偵察した。たまに兵士が出てきては、また別の家に入っていく。もっと近くで見なくては、そう思って足を踏み出した時だ。一台の車が丘を登ってくる音が聞こえた。わたしたちは急いで、木の背後に引き返した。

大きい新型ジャガーが風を切るように通りすぎると、ターナー通りへと入っていった。ヘッドライトの先に何かのシルエットが浮かび上がった。二つの家の外、目立たない場所に番兵が配置されていた。あのまま近づいていたら、わたしたちは捕まっていたところだ。まもなくジャガーは、二階建ての白い邸宅の前に止まった。家には大きな窓があって、そこからまぶしいくらいの明かりが溢れていた。隣がフィの家だった。

車が止まると、茂みから番兵が駆け寄り、後部座席のドアを開けた。彼らは出てきた軍服姿の男に敬礼をした。男は他の兵士たちと同じように迷彩服を着ていたけれど、前にひさしのある帽子をかぶっている点で違っていた。そう、男は司令官だったのだ。

なるほどね。わたしは、この丘にある家々が何のために使われているのかピンときた。ここはウィラウィーのエグゼクティブ・スイートなんだ。上流気取りの丘は、相変わらず上流気取りのままってこと。

わたしたち二人はみんなに偵察の結果を知らせようと、音楽の先生の家へと引き返した。けれど、ホーマーは眠っていたし、リーもそう。二人の顔を見ずにすんで、わたしは密かに胸を撫で下ろした。わたしたちも疲れ切っていたから、あえて二人を起こさなかった。見張り番だったロビンと数分話してから、フィと一緒にベッドに倒れ込んだ。これで、今晩はリーに襲われることはないわね。頭を悩ませる必要がなくなって、わたしはホッとしていた。

翌朝の九時、ようやく全員が揃った。ターナー通りの一件についての話し合いが始まった。用心のために、わたしたちは通りが見渡せる出窓に座っていた。中身のある話し合いで、最近でも一、二を争うぐらいの充実した時間だった。

わたしはリーの膝に頭をのせたまま、二人の男の子に向かって昨晩ロビンに話したことを繰り返した。フィが少しつけ加えた後、ロビンが話を始めた。

「昨日の夜、わたし、ほんの数分間だけど職務を放棄しちゃったんだ」ロビンが言った。「眠りそうになって、歩くしかなかったのよ。それで、通りの外れにある公園に行ってみたんだ。そしたら、面白いものを見つけちゃった。何度も通ってたけど、これまでは気づかなかったの」

沈黙が続いた。

「お手上げだ」ホーマーが言った。「降参だよ。面白いものって、動物か？ 野菜か？ じゃなかったら、鉱石か？」

ロビンは顔をしかめて彼を見つめた。

「戦争記念碑よ」

「ああ、あれか」ホーマーが言った。

「そう、そうよ」フィが言った。「確かにあそこに記念碑があるわ。六年生の時だったかな、あそこに花輪を置いたことがあるもの」

「でも、あなた、ちゃんと見たことある？」ロビンが聞いた。「つまり、隅々までよーく見たかってこと。どう？」

「そう言われると……ないかも」

「わたしだってそう。でも、昨日の夜はそうしてみたの。哀しかったな。そこにはたくさんの戦死者の名前が刻まれてたわ。四つの戦争があったみたいで、こんな小さな町なのに、戦死者が四〇人もいたのね。それから記念碑の下のところに、詩だと思うけどメッセージが書いてあったの。えーっとね……」

ロビンは見づらそうにしながら、手首に書き留めたメモを読み上げた。

「『戦争は我らが楚《しもと》、されど、戦争により我らは賢明になる。そして、自由を求める戦いの中にこそ、我らが自由はある』だって」

「『楚』って、どういう意味なんだ?」ホーマーが聞いた。

「何か悪いことが降りかかるってことでしょう。違う?」フィがわたしに聞いた。「とっても、とっても悪いことが」

「えーと、確か、フン族の王アッティラは『神の楚』って呼ばれてたはずよ」わたしは、歴史の授業で習ったことをぼんやりと思い出しながら言った。

「もう一度、読んでくれないか」リーが言った。

ロビンが繰り返した。

「戦争で僕たちは賢くなったのかな。アヤシイもんだね」リーが言った。「それに、自由になった気もしない」

「たぶん、そうなったのよ」わたしは寝ぼけた脳を叩き起こしながら言った。「わたしたち、この数ヵ月でずいぶん変わったんじゃない」

「どんな風に？」リーが尋ねた。

「ホーマーだってそうよ。学校での彼は、アッティラみたいに問題児だった。正直言って、一日中シャツを脱いでブラブラしてるだけ、ふざけてるだけだったじゃない。でも、こんなことになってあなた変わったわ。いい、あなたは今ではちょっとしたスターなんだから。いろんな素晴らしいアイデアを出したし、あなたがいたから、わたしたちはやってこれたの。トラックを襲撃してから少し元気がないみたいだけど、でも、だからといって責めはしないわ。悲惨な光景だったもの」

「けど、俺はあの銃でミスったんだ」ホーマーが言った。「おまえたちに黙って、銃を持ってくべきじゃなかった。バカだよな」

顔を真っ赤にしたホーマーの視線はわたしたちの頭上をさまよっている。自分の非を認めるなんて、彼にしては珍しい。わたしは言いかけた冗談を我慢した。実際、銃のことについては、完全に悪いというわけじゃなかった。彼の言い分にも納得できる部分はあったから。ともかく、そのミスを通じて、彼がより賢くなったのは確かだった。わたしはウィンクをすると、彼をなぐさめようと手をしっかりと握った。わたしは今、大好きな二人の男の子に触れている。なかなかに幸せな気分だ。

「それに、リーだって変わったんだから」わたしは続けた。「これまで、あなたは自分の世界に閉じこもってた。バイオリンの練習や学校の宿題、それにレストランの手伝いをして過ごしてきたでしょ。今だって相変わらず気難しいところがある。でもずいぶん社交的になったし、決断力ができて、たくましくなったんじゃないかな」

「男にもなったしな」すばやくつけ加えたホーマーの手を、わたしは強く叩いた。リーも軽蔑の眼差しを向けていた。

「ロビン、あなたの場合」わたしは続けた。「いつも強くて、賢かった。だから、そんなに変わったとは思わないんだ。自分の信念にずっと忠実だもんね。それは驚きに値するわ。感心するくらい落ち着いてて、冷静に見える。あの記念碑が伝えようとしてた知恵を、あなたはもう手に入れてるんじゃない」

「わたし、そんなにお利口じゃないわ」ロビンは笑うと、こう続けた。「わたしは神様の言葉にじっと耳を傾けてるだけ」

わたしはどう答えたらいいのか分からなかったから、最後の話題に逃げた。

「フィ、ある意味、あなたはすごく自由になったと思うの。だって、これまでの人生を考えてみて。あんな大きな家に住んで、ピアノのレッスンに通って、人が羨むぐらいの生活をしてたのよ。それなのに今は、何ヵ月も森の中でのキャンプ暮らし。敵と戦ってものを吹き飛ばしたり、ニワトリを追いかけたり、野菜を育てたりしてる……。これまでと比べたら、自由を手に入れたって言えないかな」

「もうあの生活には戻れないんだわ、きっと」フィが言った。

「もちろん、この生活を続けたいなんて思ってない。でも、明日、戦争が終わったからといって、ママが開く夕食会でどんな花を飾ろうかとか、招待状を出すのにどんな紙を使おうかとか、急に頭を切りかえることができると思う？　何をしたらいいのか、分からなくなるに決まってる。わたしにできることを探すんだろうけどね。こんなことが二度と起こらないように」

「じゃあ、今度はエリーの番だね」ロビンが言った。

「ああ、そうね。いいわよ、誰がわたしのことを話してくれるの？」わたしはとっさに答えて、軽はずみなことを言ったと後悔した。ホーマーにはその役をしてほしくなかったのだ。彼が何かを喋ろうとしたところで、ロビンが口を開いた。

「わたしが話すわ」彼女は一瞬考えてから、話を始めた。「あなたは人の話に耳を傾けるようになったと思うの。みんなにとても気を使ってる。勇敢で、ホント、わたしたちの中で一番勇気があるんじゃない？　もちろん今でもかなりの意地っぱりだし、自分の非を認めたがらない欠点もある。でもさ、あなたの強さに比べたら、そんな欠点なんてちっぽけなもの。本当にそう」

わたしはうれしくて真っ赤になった。お世辞に慣れていなかったし、これまでそんなことを言われたこともなかったから。

「前に、ヘルの小川でホーマーが大演説をしたよね。あれから、わたしはかなり強くなった気がするんだ」わたしは言った。「怖くてどうしようもなくなった時には、いつもそのことを考えるようにしてるの」

「どんな演説だったかしら?」フィが尋ねた。

「ホーマーは言ったわ。すべては心の持ち方次第だって。怖がってばかりいたら、パニックになって取り乱すだけなの。どんなに怖くたって、気持ちをしっかりと持って勇敢に立ち向かわなくちゃいけない。わたしもそう思ってる」

「それが知恵ってものかもしれないわね」ロビンが言った。

「じゃあ、次に何をやろうか?」ホーマーが言い、少し姿勢を正した。「そろそろ、また動き出す時ってことだ。長い休みをとった。ハーベイズ・ヒーローでは俺たち何もしてない。活動する時なんだ。あのラジオの速報には勇気づけられたな。あちこちで反撃してるみたいだし、ニュージーランドの連中もかなり善戦してるみたいだ。俺たちのウィラウィーをゲスどもの好き勝手にさせとくわけにはいかない。ウィラウィーを救えるのは俺たちだけなんだ。だったら、何をやるべきなんだ?」

「あなたが命令して」わたしはニヤリとしながらホーマーに言った。すでに何かアイデアが閃いているはずでしょ。

「しょうがねえな」彼は肩をすくめた。

「昨日の夜、エリーたちが情報を仕入れてくれたおかげで、俺たちは久しぶりに絶好のチャンスを手に入れたと思った。やつらは、丘の上の邸宅を本部にでもするつもりさ。そう考えたほうが筋が通るよな。あそこはこの町でも最高の場所なんだし。けど、詳しい状況が分かるまで、俺たちは注意深くスパイを続けなくちゃいけない。何日かかっても構わない。それでな、フィ、あそこの地図や家の見取り図を描いてくれないか？　できるかぎり正確に頼む。それができたら、みんなで入手した情報を書き込んでいくんだ」

フィの家の斜め向かいには聖ジョーンズ教会があって、その教会の塔がわたしたちの偵察拠点に決まった。そこはロビンが通っていた教会で、わたしのママが台所のことなら何でも知っていたように、ロビンは教会の隅々まで知り尽くしていた。彼女の話では、レンガで塞いである聖服室の小さな窓から、教会内になんとか侵入できそうな感じだ。教会にはお金がなくて、窓を修理するだけの余裕がなかったらしい。

塔が使えそうでよかったけれど、まだやっかいな問題が残っていた。夜になってから忍び込み、次の夜までそこで待機する間、食糧や水が必要だってこと。いざという時のためにトイレ用の容器も持ち込まなくてはいけない。教会がそんなことになるなんて、神様もびっくりしちゃうだろうけど。

ホーマーとロビンが先発隊を志願し、フィとわたしがその次に、それからリーとホーマーという風に、偵察の順番も決まった。最初の夜だけはみんなで塔に登り、ロビンとホーマーの二人がそのまま任務につくことになった。わたしたちは、午前四時まで待った。そんなこと、今ではほとんど苦にならない。真夜中に活動することにはもう慣れっこだったから。

わたしたちはバラブール・アベニューに面したフェンスを乗り越え、裏手から聖ジョーンズ教会に近づいていった。ターナー通りにいる番兵からはちょうど死角になっていて、そのルートなら安全だろうと判断したのだ。

ロビンは聖服室の窓枠をいとも簡単に取り外した。窓はほとんど落ちかけ、レンガでなんとか支えている状態だったから簡単だった。問題はその窓を潜り抜けることだった。こんなに小さかったなんて……。ロビンは窓の大きさのことをすっかり忘れていたのだ。フィだけが、なんとか窓から侵入できそうだった。それで、ホーマーはフィを抱え上げると、頭から中へと押し込んだ。

お尻のあたりまで入ると、フィは身体をねじったり、くねらせたりしていた。しばらくうめき声や荒い息づかいが聞こえていたけれど、突然、彼女が頭から床に落ちた。

「ああ、痛そう！」わたしは悲鳴に近い声を上げた。「フィ、大丈夫？」

「シーッ」ホーマーが口に指をあてた。

「ええ、大丈夫よ。ホーマーって冷たいのね」フィが小声で返した。

やがて彼女が中からドアを開け、わたしたちはつま先立ちのまま教会に侵入した。暗くて何も見えないけれど、中は強烈な臭いだった。カビ臭いだけじゃなくて、じめじめして、おまけに寒々としていた。ロビンの案内で聖服室を出、わたしたちは教会の本堂に入った。ステンドガラスの窓が暗い銅版画のように見えたけれど、ターナー通りから差し込む街灯の明かりのおかげで、陰鬱な感じはしなかった。

わたしは熱心に教会に通っていたわけじゃない——町から離れたところに住んでたからというのは言い訳だけど、教会の雰囲気そのものは嫌いじゃなかった。だって、教会はいつだって安らぎに満ちているから。

わたしは目を細めて、周囲を細部までくまなく観察した。離れたところにある祭壇がとても神聖なものに感じられる。その瞬間、神経がぴーんと張りつめて、緊張感が押し寄せてきた。そばの柱に十字架に磔《はりつけ》になったキリストがいた。ほのかな光に浮かぶキリストの身体に、窓枠の影が十字模様を刻んでいる。わたしはキリストの顔を見ようと、近づいて眼を凝らした。けれど、彼の顔はそっぽを向いたまま、影の中に隠れていた。それが意味深いことのように思われた。

それからロビンの呼びかけに応じて、わたしたちは塔の中に入った。いつか二人でここを歩くことになるかもしれない。そう思いながら、わたしはリーと一緒に通路を進んでいった。パパやママがどう考えているか知らないけれど、リーの両親はアングロサクソン人との結婚に否定的だったみたい。いつだったか、そんな話をリーから聞いたことがある。

教会の裏手に着くと、リーがわたしを驚かせた。

「僕、こんなところ嫌いだな」

「教会が嫌い？」

「その通り」

「どうして？」

「うーん、教会って死の臭いがしないか。死せる場所とでもいうのかな」

「そう。わたしは結構好きなんだけど」

ホーマーとロビンは、階段を半分登ったところに小さな窓を見つけた。スパイ活動にはもってこいの窓だった。

その時、心の中にちょっぴり不快な考えが湧き出した。ホーマーは偵察の先発隊をつとめることにひどくこだわっていたが、それはわたしが一番勇敢だというロビンのコメントのせいじゃないだろうか。ホーマーはロビンの言い草が気に入らなかったに違いない。彼にしてみれば、ヒーローは常に男であって、男のほうが女よりも少しばかり優秀なのだ。一方、わたしはホーマーのそんなところが気に入らなくて、いつも彼に楯突いていたのかもしれなかった。

偵察状況を記録するために、わたしたちは紙とペンを持参していた。一つ一つの行動を考え抜くようになってきた。今や、わたしたちは茂みに隠れるただの若者なんかじゃなく、敵の動向についての情報を収集、記録するゲリラ部隊なのだ。石造りの塔の中に割れ目を見つけたわたしたちは、もし敵に見つかって連行されるようなことが起きても偵察メモをそこに隠すことを取り決めておいた。

ターナー通りの実態を把握するためにも、家々の内や外でどんな動きがあるのか、有効な情報は必須だった。誰も口にはしないけれど、わたしたちが次なる攻撃のファースト・ステージに立ったのは明らかだった。次の攻撃はこれまで以上にタフで難しくて、しかも危険なものになるはずだ。だから、細心の注意を払って計画を練り上げなくてはならない。

午前五時、フィとリー、そしてわたしの三人は、先発隊の二人を残して塔を去った。ホーマーとロビンは、これから寒く、退屈で、不快な一日を過ごすんだろう。明日になれば、フィやわたしも同じ苦しみを味わうことになるはずだ。いや、音楽の先生の家に戻っても、どっちみち単調な時間が待っているだけだった。同じようにそこでも見張り――これを怠けることは恐ろしく危険なこと——を続けなくてはならなかった。

フィが見張り番の時、リーとわたしはリビングで少しだけ愛し合った。でも、リーは乗り気じゃなかったみたい。わたしたちはまた敵に攻撃をしかけようとしていて、大怪我をするかもしれない、ひょっとすると死ぬかもしれない状況にあった。それで、リーは神経を尖らせていたんだろう。わたしだって同じ。ただ、わたしはリーと違って不安をうまく処理することができるようになっていた。これは不思議だった。以前のわたしなら、何をするにも緊張から逃れられずにいたから。

ホーマーとロビンは、真夜中まで頑張って任務を遂行した。英雄的と言うしかない、というのも二時間後、わたしがフィと一緒に任務についた時、彼らの苦労が骨身にしみて分かったからだ。

先発隊の二人は興味深いものを持ち帰った。彼らの記録はそれだけで敵の標的になるくらい重要なもので、持ったまま捕まりでもしたら、タダじゃすまないものだった。

丘の上にある邸宅は、やはり敵の活動の中心地だった。二台のジャガーに三台のメルセデス、何台もの高級車が何度となく出入りしていた。少なくとも六人の要人がそれらの車を使用しており、彼らはみな士官の制服を着、番兵たちから最上級の敬礼を受けていた。一軒は司令本部、他の二軒は上官用の住居となっているようだった。フィの家も含めて残りの家は番兵用らしい。番兵はすべての家を警備していたけれど、最も厳重に警備されていたのが司令本部の家だった。

番兵は四時間ごとに交替をし、本部には四人が、他の家には二人がそれぞれ配置されていた。兵士たちは見事なくらいいろいろで、スマートで行動の機敏な兵士もいれば、だらしなくて動きののろい兵士もいたと、ホーマーとロビンが報告した。

「あの人たち、どう見ても前線に送り込まれるような兵士じゃないわね」ロビンが言った。「ただのパトロール要員なのかも。一番年下が一四、一五歳、一番年寄りで五〇歳ぐらいだった」

フィとわたしが塔に潜り込んだのは、ちょうど夜明け前だった。凍えるような寒さに、わたしたちは三〇分ごとに交替し、身体を温めるために教会の中を歩きまわった。服をいくつも重ね着した姿は、ミシュランのキャラクターのようだった。フィはわたしにエアロビクスを数分させようとしたけど、服が邪魔してとても大変だった。

午前八時に番兵が交替するまで、通りにはまったく変化がなかった。フィがノートに「8:00番兵交替」と書き込んだ。

「『0800』と書くべきね」わたしは指摘した。「そのほうが軍隊っぽいでしょ」

番兵たちはそれぞれの家を、玄関付近と家の裏手の二手に分かれて警備していた。この時間になると、家の中でも人の動きが感じられるようになった。フィの隣家の二階では、男が一人下着姿のまま窓辺に立ち、外を眺めていた。フィが思わずぶっと吹き出した。その男が片方の腕を上げ、ワキに消臭スプレーをしていたからだ。しばらくして緑と白のスウェットを着た女性が別の家から出てきて、ジョギングに出かけた。

士官たちは勤務時間《オフィスアワーズ》をきっちり守っているようだ。それでこそ、士官《オフィサー》ってものだろう。九時五分前になると、人々が家から溢れ出てきた。何人かは普通の軍服姿で、六人が幹部のようだった。彼らはそろってターナー通りの中間にある、古くて大きなレンガ造りの家に向かっていった。

「あれってバーゲス医師《せんせい》の家よ」フィが言った。「素敵な家でしょう」

時間がたつにつれ、わたしたちから何か危険なことをしているという感覚が薄れていった。眼の前にありふれた日常の光景が広がった。車が行き来し、人々は忙しそうに家に出入りしている。通りがシーンと静まりかえると、どこかの家から電話の音まで聞こえてきた。

昼食は一二時半に始まった。人々はそれぞれの家へと帰っていった。通りに座って弱い日差しを浴びながら、小さなプラスチック製のランチボックスを開けている人もいる。おいしそうな匂いが台所から漂ってきて、わたしたちの口には唾液が溢れ、お腹が小さく鳴った。情けない気持ちで、自分たちのランチボックスを見つめる。ジャムにペースト、それにハチミツを塗りつけたビタ・ブリッツがつめ込んである。バターやマーガリンといったささやかな贅沢品でもほしかった。それにわたしは温かい食べ物を、特に肉料理を食べたくて仕方がなかった。

午後四時三五分になるまで、これといった変化はなかった。その後、わたしが衝撃的なシーンを目撃することになろうとは、その時は想像もしていなかった。

フィが身体を温めるための運動から戻ってきた。彼女はわたしのそばの壁に寄りかかり、激しく息を切らせている。

「フィ、それくらいでへばってたんじゃ、あなたがフィットネス・ビデオを作っても売れないわね」わたしは言った。「来た、来た。ほら、また車が来たわ」

フィは小窓に顔を寄せると、わたしと一緒に車が近づくのを見ていた。この丘でレンジローバーを見たのは初めてのことだ。

「あれ、リッジウェイズさんの車のはずよ」フィは怒りを隠そうともせず言った。

彼女の口調はあまりに非難めいていて、まるでこの侵略において最も重大な犯罪が行われているかのようだった。

「出ていって、市民の手で逮捕するのよ」わたしは車を見ながら言った。

運転席には一般兵士らしい姿が見え、後部座席には二人が座っていた。一人は上級士官らしく、つばの尖った帽子に、上着には金の飾りをちらつかせている。わたしからは、もう一人の姿はよく見えなかった。

フィの隣家まで来ると、ローバーは止まり、後部座席にいた二人が降りてきた。葉の茂った蔓が家の正門に覆いかぶさっている。曲がりくねった歩道はその先の庭を抜けて、玄関まで続いているようだ。これは、一度門をくぐってしまうと、その姿をとらえるのが難しくなるということを意味していた。ローバーが止まった位置は正門の真ん前だった。右後部座席にいて、車の後方を回って門に向かった士官らしい男の姿ははっきりと見ることができた。けれど、もう一人の男は車を降りると、わたしたちの視界の外を移動してさっさと門を通り抜けていった。

姿をとらえ切れなかったその男が、玄関を目指してアメリカハナズオウの木々の間を通過するまでほんの一瞬だった。わたしは首を伸ばして、必死に彼の姿をとらえようとした。次の瞬間、わたしは驚きのあまり悲鳴を上げてフィにしがみついた。

「どうしたの？」フィが聞いた。「なんなのよ？」

彼女は衝撃的な一瞬を目撃していなかった。もう一度見ようとしても、その時は遅すぎた。

「なんてこと、信じらんない。嘘でしょ」

「ねえ、どうしたの？」フィが急かすように尋ねた。彼女は少し怯えていた。

「あいつよ、ハーベイ少佐がいたの！」

「やめて、エリー、からかわないでよ」

「フィ、わたし、誓うわ。あの男はハーベイ少佐だった。間違いない」

「本当に、そうなの？」

「ええ、そう思うわ」

「あ、あの、確信があるの、それとも、あなたがそう思ってるだけ、どっちなの？」

「九〇パーセント、確実ね。いえ、九五パーセント間違いないわ。フィ、残念だけど、あれは少佐よ。見えなかったの？」

わたしは壁にもたれて震えた。

「フィ、もしあの男が少佐だったら、それってどういうことだと思う？」

「分かるわけないわ。エリー、どうしよう」

フィは、わたしの言いたいことを理解しはじめていた。

「あなた、まさか彼のこと……。そんなはずないわよ。たぶん、そう少佐は敵に協力する振りをしてスパイをしようとしてるんだわ」

そんなのあり得ない。わたしは頭を振った。ハーベイ少佐に、そんな勇気があるわけないもの。まるで水が水槽の最ももろい部分を見つけるように、羊がフェンスに開いた小さな穴を見つけるみたいに、わたしは本能的に見抜いていたんだ。少佐の中には、何か致命的な弱さがいつも見え隠れしてるって。

そう、わたしたちとハーベイ少佐との関係は、まだ終わってなかったの。

わたしたちは日が暮れても偵察を続けたけれど、彼が家から出てくることはなかった。五時から六時の間、人々は仕事を終えて家路についていた。八時になって四回目の番兵の交替を確認した二時間後の一〇時、わたしたちは偵察を切り上げた。聖服室のドアから滑り出るように外に出ると、墓地の中をつま先立ちで歩いた。

わたしは、目撃した出来事を一刻も早くみんなに教えたかった。眠っていたリーとホーマーを叩き起こし、わたしたち五人は何時間も話し合った。やつはあそこで何をしているんだろう？　いろんな可能性がぶつかり合う。それでも、次の点では意見が一致した。

あの男は、本当にハーベイズ・ヒーローの司令官だったのか。わたしたちがすべきなのは、まずそれを確かめることだって。

CHAPTER 16

それから二日間、ハーベイ少佐によく似た男に遭遇することはなかった。その間、わたしたちが知る限り、あの男が家から立ち去った様子もなかった。そしていよいよ三日目、ロビンとわたしが塔の中で偵察をしていた時、まぎれもない彼の姿を目撃することになった。レンジローバーが正門から一〇メートルほど手前で止まった。男は通りまで出て、少々歩かなければならなかった。門を通り抜けた瞬間、わたしたちはハーベイの姿を完璧に捉えた。ダークスーツを着た小太りの男。ターナー通りで、軍服を着ていない唯一の男だった。

驚きの表情いっぱいに、ロビンがわたしを見つめた。「確かに少佐ね」彼女は息を飲んだ。

わたしは自分の視力と記憶力を疑い始めていたところだったので、自分の正しさが証明されて興奮した。うれしくて、勝ち誇ったようにロビンを見つめ返した。

レンジローバーはUターンをすると、ローギアのまま、ゆっくりとスピードを上げていった。わたしはもう一度、窓から外を見た。前と同じように、後部座席の左に座ったハーベイ少佐が愛想笑いを浮かべながらドライバーに話しかけているのが見えた。

車がターナー通りから走り去ると、わたしは塔の壁にもたれかかってロビンを見た。

「あの豚男!」わたしは言った。「あのクソ……」

「やめて、エリー。汚い台詞、言わないで」ロビンが不愉快そうに言った。「教会でそんな言葉を使っちゃだめ」

「分かってるわよ」わたしは必死に感情を抑えながら言った。「分かってるけど、気がすまないの。言うだけ言わせて。聖書にだって裏切り者のユダが出てくるよね。あの豚男はどこからどう見たってユダじゃない。だったら、教会ほど裏切り者にぴったりの場所はないわ」

「でも、そんなことあり得るのかな。ハーベイズ・ヒーローを裏切ったりするなんて……、本当にそうなの?」ロビンが尋ねた。

「そんなの知らないわよ」わたしはいろいろなことが頭に押し寄せてきて、疲れすぎて、論理的に考えられずにいた。「もう、訳が分からない。装甲車を餌にしたあの待ち伏せ攻撃も、少佐が仕組んだことなのか。ううん、それはないわね。もしそうなら、わたしたちの観戦を許さなかったはずでしょ。それに、敵の兵士たちだって、上の茂みにわたしたちがいるとは思ってなかったみたいだし。とにかく、はっきりしてるのは、ハーベイが今ではわたしたちの敵だってことよ」

翌朝になって、わたしはこの難問を解くヒントに気づいた。マッケンジー夫人と再会した時に、機械倉庫で男性と交わした会話を突然思い出したのだ。朝食のシリアルを喉に詰まらせ、フルーツジュースをアゴに垂らしながら、わたしは興奮気味にロビンに尋ねた。

「ねえねえ、『chalkie』って何?」

「なんなの、それ？　聞いたことないけど」

「辞書はあるかな?」

「さあ、知らない」

「アリガト」

わたしは居間へと駆け込むと、オックスフォードの辞書とマクォーリーの辞書を見つけた。どの辞書も、ロビンと同じように頼りにならなかった。書いてあったのは、「chalky」が「chalk（チョーク）」の派生語だってことだけ。この「chalkie」という謎の言葉が頭に引っかかって、わたしの推理は先に進まなかった。

その日の夜、偵察から戻ってきたホーマーがあっさりとその謎を解決してくれた。わたしたちはそれぞれ、出窓の指定席に座っていた。

「『chalkie』だって？　『先公』のことに決まってるだろ。今さら何言ってんだよ」

「なるほどね。これで、先に進めるわ。機械倉庫にいた人の話では、元教師って感じのやつが来て、見本市会場にいた人たちにあれこれ尋問してたんだって。そいつに指差された人たちは、みんな連行されたそうよ」

記憶が蘇るにつれて、わたしはだんだん興奮していった。

「それに、そいつは予備役兵だった人のことをあらかじめ知ってたみたいなの。これって、ハーベイにぴったり当てはまるよね。完全に一致してるじゃん」

みんなの反応はさまざまだった。

フィは青い顔をして口ごもった。そんなこと、とても信じられないって顔で。

リーは腰掛けていた出窓から飛び降りた。同じように青い顔をしていたけれど、眼は怒りに燃え、こぶしを壁に叩きつけた。

「やつは死んだはずだ」彼は言った。「そうに決まってる。やつは死んだんだ」

リーは部屋の中を歩きまわったあげく、背中をこちらに向け、腕組みをしたまま窓際に立った。全身が小刻みに震えている。

ホーマーは時間をかけて、じっくりと考えを整理していた。このことについては別人かと思うほど落ち着きはらっていた。

「全部つじつまが合うな」彼は言った。「これで、いろんなことがはっきりしてきた」

「これからどうする?」わたしは聞いた。「丘の上の家を襲うって言うなら、実際に何をすればいいのかな? あそこにある家も、やつらが持ち込んだものも、何もかも破壊しようってわけ? フィの家もそうするの? やつらを殺すの? ハーベイも?」

「そうさ」リーが窓の外を見つめたまま言った。「今、言ったこと全部やるのさ」

彼の精神状態は、少年兵をナイフで突き刺した時に戻っていた。そんな彼を見て、わたしはとても怖くなった。

「わたしの家を奪った人たち、憎くてたまらないわ」フィが言った。「今、すぐにでも追い出して、消毒してまわりたいくらいよ。だからといって、あの家を壊したくはないわ。そんなことしたら、パパとママに殺されちゃう」

「けど、俺たちがお前の家だけ焼き払わなかったら、隣の家のやつは気分悪いだろうな」ホーマーが言った。「ちょっと不公平ってもんだろ」

フィはさらに悲しそうな表情をした。

「わたし、コリーの家が吹き飛ばされるのを見たのよ」彼女は言った。「それから、コリーがどうなってしまったのかもこの眼で見たんだから」

「その件は後まわしにしないか」ホーマーが言った。「まずは、あそこを攻撃できるのか確認しなくちゃな。その方法が見当たらないんなら、フィが取り乱してもムダってもんだろ」

「あなた、焼き払うって言ったよね」わたしは言った。「そんなこと、簡単にできるものなの？　どうしたらいいのか、わたしにはさっぱりなんだけど」

「思いつきで言っただけだ」ホーマーが言った。

「それで、あの人たちを殺すつもり？」ロビンが聞いた。

「その通りさ」リーがまた言った。

「リー！」ロビンは叫んだ。「止めて、あなたらしくないわ。そんな言い方、わたし嫌いよ。ゾッとする」

「やつらがハーベイズ・ヒーローのキャンプ地で何をやったのか、君は見てないからそんなことが言えるんだよ」リーが言った。

「リー、いいから来て。ここに座って」わたしはなだめるように言った。

しばらくためらってから、彼は言う通りにソファーに来てわたしの隣に座った。

「人が死ぬかもって思いながら家に火を放つのと、人を殺そうとしてわざと火を放つのとじゃ、ぜんぜん違ってくるよな」ホーマーは言った。「だがな、もしハーベイや上級士官たちを殺しちまえば、俺たちはこの戦争で、味方の陣営に大きな貢献をすることになる。うまく行けば、俺たち、他のみんなの命を守れるかもしれないんだ。それは間違いないことだし、それについて議論したって仕方がないだろ。肝心なのは、俺たちが腹の底からやるつもりがあるかってことだよ」

わたしはしばらくの間、自分の気持ちに耳を傾けていた。みんなわたしと同じようなことをしていたんじゃないだろうか。冷酷に人殺しをするだけの勇気があるのか、自分の内面を探っていたんだ。

自分でも驚いたけれど、わたしはそうすることを心に決めていた。この戦争のせいで、わたしは一瞬にして残忍極まりない人間になってしまったのだ。そのことをうらめしく思う。だけど、わたしはそうすることを期待されているんだ。見本市会場で捕虜になっているすべての人たち――わたしの両親、友人、隣人の期待を、わたしはひしひしと感じていた。ハーベイズ・ヒーローにいた哀れな人たちだって、それを期待していたのかもしれない。

その結果、自分がどうなるのか、それは後で考えればいい。奇妙なことに、今回は自分の身の安全なんてこと、これっぽっちも考えていなかった。

「わたし、やるしかないって気がするわ」わたしは言った。

「故意に、計画的に、人殺しをすることになってもか?」ホーマーが聞いた。

「やつらに銃を突きつけて、引き金を引くことがお前にできんのか?」ホーマーがまた尋ねてきた。「俺はすごく真面目に聞いてるんだ。お前がカッとして何をしでかすかは分かってるからな」

「ええ、そうよ」

抗議をしようとしたロビンをホーマーがすばやく遮った。

「本音はどうなのか、自分の気持ちを洗い出さなくちゃいけない」彼は言った。「俺たち、自分の意志をちゃんと確認しておく必要があるんだよ。やるって決めてそこに行ったはいいけど、その瞬間、後悔でもして、せっかく練り上げた計画を実行できなくなったって、もうどうしようもないからさ。そうなっちまったら、俺たちはみんな死んで、何もかもオシマイってことになる」

「他の人たちみたいに捕虜だったらよかったのに……。たまにそう考えることがあるの」わたしは言った。「どうして、こんなことをしなくちゃいけないいんだろう? なんで、わたしたちなのかって。わたしはその場に立ってみなくちゃ、何ができるか分からない。でも、やつらの一人ぐらい撃てると思うわ」

「分かった」ホーマーは言った。「で、リー、お前はどうだ?」

「僕は、誰のことも失望させたりなんかしないよ」リーが言った。

「それってどういう意味?」ロビンは腹を立てていた。「それってつまり、人を殺せないような人は味方の期待を裏切るってことなの? リー、真面目になってよ。時には、何かをするより、何もしないほうがずっと勇気があるってこともあるんだから」

リーは何も言わず、そこに座って考え込んでいるだけ。わたしの手が彼の足を撫でているのも無視していた。ホーマーはリーをしばらく見つめ、ため息をつくとフィに向き直った。

「フィ、お前はどうする?」

「わたしは、できることならなんでもするつもり」フィは言った。「たとえ自分の家を壊すことになったとしても。でも、正直言うとね、どうして、そんなことをしなくちゃいけないの? 見た感じ、あそこで暮らしてる人たちってほとんど普通の農家の人みたいなんだもの。要人は誰も、あそこで暮らしてないんじゃないかしら」

「お前は誰かを撃てるか?」ホーマーは聞いた。

「無理よ。これまで一度だって、銃を撃ったことないのよ。知ってるでしょう。銃弾を装填したりねらいを定めたり、ひと通り練習したけど、人を撃ちたいなんて思いもしないわ」

「ああ、分かったよ」ホーマーが言った。「だったらさ、やつらを屋根から突き落とすとか、ナイフで刺すとか、風呂にラジエーターを投げ込んで感電させるってことなら、お前、できんのか?」

「最後のなら……、できるかな……、たぶん」

「てことは、直接、身体に触れなくて済むんなら、やつらを殺せるってわけなのか？」

「そうね、そこには違いがあると思うから。もし、わたしが銃に慣れてれば、たぶん誰かを撃つことだってできるんじゃないかしら」

「ロビン、お前はどうなんだ？」

「え、わたし？　ああ、エリーが言ったことを考えてたから……」ロビンは不意をつかれて、慌てて答えた。「どうしてわたしたちがこんな目に遭わなくちゃいけないのか、どうして他の人たちみたいに捕虜として連行されなかったのかって、さっきエリーが言ってたでしょ。たぶん、今回のことは、わたしたちがどういう人間かを確かめるための試練とかテストみたいなものなんじゃないかな」

彼女は立ち上がり、窓のところまで行くと、わたしたちのほうを振り返った。

「最終的には、わたしたちがどれだけ自分自身をちゃんと律してきたかってことで裁かれるんでしょうね。思うんだけど、わたしたちが誇りをもって行動してれば、全力で正しいことをしようとしてさえいれば、そのテストに合格するはずよ。

欲望、野心、憎しみ、そういった誘惑に負けないようにすれば……、何かを決定する時、いつも自分の信念に忠実であろうとすれば……、そうして、いつも勇敢でフェアであろうと心がけていれば……、きっと……。そうなの、それこそがわたしたちに期待されてることなんだわ。わたしたちは、完璧である必要はない。完璧であろうと努力することが大切なの」

「それで、お前はどうするつもりなんだ?」ホーマーが聞いた。

「今は、なんとも言えないわ。まず計画を立てましょう。計画を立てたら、それがうまくいくようにわたしは努力するつもりよ。とりあえず、それで満足してくれない?」

「ホーマー、あなたこそ、どう思ってるの?」わたしは聞いた。

ホーマーの声には、彼の眼つきと同じように揺らぎがなかった。

「俺は闘う。何からも逃げない。女の兵士を殺すのは、まあ、冷酷にそうできるかっていうと、厳しい、いや、俺にとって一番苦しいことだろうな。論理的にこうだってわけじゃなくて、現実にそうなんだからしょうがない。けど、そうする必要があるんなら、俺はきっとやると思うんだ」

その後も、わたしたちはお互いの主張をぶつけ合った。そして、ぼんやりとではあるけれど、その時のわたしたちがどんなステージに立っていたのか分かってきた。次の段階は、計画を練り上げることだった。話はエンドレスで続いた。

フィは、ホーマーから指示されていた地図をまだ作っていなかった。それで、代わりにわたしたちは彼女に質問を浴びせた。あそこの家の勝手口はどこ?　階段はどの辺り?　家の後ろにベランダはあるの？　寝室は何部屋？　配電盤の位置は？　家にはどんな種類の暖房がある？……フィは、次々に降ってくる質問に必死に答えようとした。けれど、彼女の記憶はだんだんあやふやになり始めた。

わたしたちはさらに三日間、これまでと同じように偵察を続けた。そのおかげで、時間を費やして壮大な計画を組み立てるというよりも、結果的に、望んでいた休息を取ることができたのだけど。

ある朝、偵察隊のリーとわたしは、家具運搬用のトラックがターナー通りを登ってくるのを見た。ストラットンを拠点とする運送会社のトラックだ。田舎町のウィラウィーには、運送業者なんて一軒もない。トラックは丘を登り切って、方向を変えると、通りの一番奥にある家の前で止まった。ドライバー役の兵士がトラックを離れ、別の家へと歩いていく。トラックはそこに置き去りにされたままで、二、三時間何も起こらなかった。

昼食の時間が近づいた頃、士官の一人が、わたしたちが今では「本部」と呼んでいる家から外に出てきた。そして、番兵たちに自分の後についてくるように命令した。番兵たちの表情にそれほど変化はない。士官はひと言ふた言、指示を与えると、番兵たちを引き連れて奥の家へと向かった。

数分もしないうちに、わたしはそこで重大な略奪行為が始まろうとしていることに気づいた。真っ先に標的にされたのは、古くて美しい、漆黒のダイニングテーブルだ。運び出されたテーブルはやわらかな秋の日差しを受けて輝いていた。それから、赤色のクッションがついた、テーブルと同じ黒っぽい木の椅子が六脚持ち出された。さらには、大きな金の額縁に入った絵を何点か、二人の番兵が重そうに運んでいた。

士官はせかせか動きまわって指示を出していたけれど、自ら手を貸すようなことはしなかった。運び出しの作業には長い時間がかかった。だって、何を運び出すにも、士官がいちいち「大事に扱え」「傷一つつけるな」って注意していたから。それでも、番兵たちが絵をトラックに積み終わると、士官は彼らに昼食を取りに行かせた。そして、その日はそれっきり、誰もトラックに触れようとはしなかった。

リーとわたしは任務を終え、重い身体を引きずりながら家へと向かった。帰りついたわたしは、みんなに自分なりの計画を話してみた。一日中、丘のてっぺんに止まっているトラックを見ていて、一つの考えが浮かんだのだ。

「ちょっといいかな」わたしは言った。「誰でもいいんだけど、トラックに忍び込むの。それで、サイドブレーキを解除して、ギアをニュートラルに入れたらすぐに飛び降りるんだ。そしたら、どうなる?」

みんなは不思議そうな顔でこちらを見た。

「トラックはずるずると丘を下っていくよね。ターナー通りを真っすぐに転がり落ちたトラックは、そのまま角の家にぶつかると思うの。そうなったら、どう？　男も女も、犬までも家から飛び出してきて駆けつけるはずよ。やつらがそこで大騒ぎしてる隙を狙って、わたしたちは家に忍び込み、火を放つ。一人一軒を受け持つのよ。少しはダメージを与えられるんじゃないかな。家が燃え出したら、やつら、今度はそっちに気を取られるから、わたしたちは混乱の中をまんまと逃げられるわ」

この計画はハイ・リスクなものには違いない。けれど、わたしたちはみんな、退屈で欲求不満な状態になっていたから、あっさりとそれを決行することで話がまとまった。この計画の最大の利点は、早い段階で危険を察知できたら、すぐに何ごともなく暗闇にまぎれ込めるということだ。いったん家が燃え始めたら、そんなに簡単には逃げられないだろうから。

こうして、わたしたちは準備に取りかかった。用意したのは、ポケットにすっぽり収まる燃えやすいものだ。テレビン油、灯油、アルコール、ライター、それにもちろんマッチなんかがそう。

所持品をリュックに詰めると、わたしたちはそれを教会の庭の中の持ち出しやすい場所に隠した。逃走用ルートとして、町を突っ切って、見本市会場に近いアレクサンダーさんの家で合流することを予定した。最後に彼女の家に行った時、ガレージには二台の車が残されていた。

二台ともキーがついたままで、すぐにでもエンジンがかけられる状態だ。車はまだそこにあるだろう。もし、車を使って逃げたほうがいい状況になったら、きっと役に立つはず。わたしはそう考えた。

わたしたちは、お互いの時計の時刻を合わせた。

フィは、トラックのブレーキを解除する任務につくことになった。残りのみんなは、それぞれ一軒ずつを受け持つことになり、担当する家の裏庭に入り込むのに、それぞれ自分なりのアプローチの仕方を考えた。わたしはフィの隣の家を選んだ。そう、ハーベイの住まいと思われる家だ。

フィの家には手をつけないことになった。ほとんど人の出入りもなかったし、それに、わが攻撃部隊の人員はわずか四名だったから。

わたしたちは計画に十分な時間的余裕を持たせていた。おかげで、余計なプレッシャーを感じずに済んだ。攻撃開始は午前三時、それまで、残り一時間半。お互いに軽く抱擁を交わすと、わたしたちは出発した。

フィの隣の家に着き、裏庭のフェンスを乗り越えようという段階になって、わたしはようやく恐怖を実感するようになった。それまではいろんな思いが入り乱れて、恐怖を意識するひまもなかったのだ。けれど、この冷たい暗闇のどこかに銃を持った兵士がいるかもしれないと思ったとたん、地面を覆う冷気が足元から伝わって全身を駆けめぐった。寒さで震えてるのか、恐怖におののいているのか、わたし自身はっきり分からない。それでもしばらくの間、わたしはその震えを身体から追い出そうとしていた。

震えはなかなか収まらない。あきらめて、わたしは前に進むことにした。フェンスを軽々と乗り越えたつもりが――古いレンガ作りのフェンスは一メートル半ぐらいの高さだった、なんとそこに積まれた堆肥の山に飛び込んでしまった。どうやら家の持ち主は腕のいい庭師だったらしく、一列にならんだ穴にはそれぞれ違う種類の土や堆肥が積まれている。わたしの足は、堆肥の山の一つに膝まで埋まってしまった。わたしは必死にそこから抜け出すと、足についたものを払って用心しながら家に近づいていった。

家の中のどこかに、ほの暗い明かりが見えた。就寝灯だと思う。目的の場所まで四〇メートルはあったけれど、攻撃開始は一時間後の予定だったから、そんなに慌てる必要もなかった。「一歩進んだら、数分間、その場に立ち止まって様子を探る。そして、また一歩前に……」。わたしは自分にそう言い聞かせていた。

いつ撃たれるか分からないという恐怖心も手伝って、そのように進み続けることはとても辛かった。いい加減じれったくなって、「ちくしょう」と叫びながら一気に進んでしまえという衝動に駆られる。けれど、わたしは厳しく自分をコントロールして、一歩一歩の前進を続けていた。恐ろしいと同時に、とてつもなく退屈だった。

家のそばまで来ると、そこはランドリールームらしい部屋の外だった。辺りには洗濯物の匂いが漂っている。わたしはその場にうずくまると、暗闇の中で腕時計の文字盤を凝視した。なんとか二時四五分を指していることが分かって、ホッと一安心する。時間を確かめると、周囲のチェックに取りかかった。左足の脛《すね》のそばに何かある。わたしは五分もかけてじっくりと観察したあげく、それがガスメーターとガス栓だと分かった。

決行まで残り十分。右足のそばの植物に眼に止まった。忘れな草だ。「なあんだ」と少しガッカリする。

午前三時が目前に迫った。身体はまだ震えていたけれど、それは怖いからじゃなくて、明らかに寒さのせいだった。「フィ、早く」わたしはトラックが動き出すのを今か今かと待ち受けていた。いつものわたしじゃないみたい。普段のわたしなら、急いで自分の命を危険にさらそうとはしなかったから。

時計が三時をまわった。「フィ、早く。何してるのよ」わたしは心の中で彼女を責めた。足の震えがひどくなり、不安がより高まる。

三時五分、通りは静まり返ったまま。

三時一〇分、何も起こらない。信じられなかった。まだ待つべき？　それとも、あきらめていた。


撤退すべき？　わたしには判断がつきかねた。四時になれば、休息十分、すっかり眼の覚めた新たな番兵がやってくるはずだ。だから、それまでにうまく事が運ぶようにとわたしは祈っていた。

三時一五分、ゆっくりと立ち上がった拍子に膝がグキッという音を立てた。太腿に緊張が走る。わたしは三時二〇分をタイム・リミットに決めた。

三時二四分、わたしは活動を再開し、来る時と同じくらいゆっくりと撤退を開始した。

フェンスにたどり着く頃には、すでに三時四〇分になっていた。わたしは堆肥置き場で一休みして、自分の判断が正しかったのかどうかを考えた。それからフェンスをよじ登り、音楽の先生の家へと急いで引き返した。

ホーマーは先に帰っていた。心配と苛立ちが伝わってくる。

「ちくしょう、一体、どうなってるんだ？」彼はわたしに尋ねた。「お前、どう思う？」

「分からないよ」わたしは解決の糸口を探して、聞いてみた。「誰か、そのままアレクサンダーさんの家に向かったと思う？」

「荷物も持たずに、行くわけないだろ」

四時をちょうどまわった頃、ロビンが到着した。

「トラックはあのままよ。人の気配もなかったわ」彼女は報告した。

四時半にリーが戻り、四時四五分、最後にフィが生還した。彼女はとても動揺していた。

「トラックに鍵がかかってたの！」わたしたちの姿を見つけるや、彼女はわめき立てた。「鍵よ、鍵！」

わたしは笑うしかなかった。そんな単純なことも思いつかなかったのだ。偵察の最中、誰かがトラックに鍵をするシーンを見たわけじゃなかった。そもそも鍵のことなんか気にもしてなかったのだ……。

「どうしろっていうの！」フィは泣きじゃくった。「音を立てるわけにもいかないから、窓を叩くこともできなかったし。わたし、助けが来るのをずっと待ってたんだけど、誰も来てくれなかったし」

わたしたちはみんな疲れ果てていた。肉体的にもそうだけれど、精神的な疲労が大きかった。ともかくもう一日、教会で偵察を続けようと提案したけれど、わたしを支持してくれる人は誰もいなかった。

「だめよ、そんなの」フィがうめき声を上げた。「もう充分」

「もう充分に偵察したじゃない」ロビンが相づちを打った。

「君一人でやったらいい」リーがきつく言った。「僕は寝るから」

「もういい。わたしが行くわ」

偵察することの重要性をわたしは確信していた。でも、わたしが必死に元気を絞り出すのを、みんなは口をつぐんだまま見送った。家を出ていく時も、声一つかけてくれなかった。外に出ると、何やら言い争う声さえ聞こえてきた。わたしは窓を押し上げると、頭を突っ込んで別れを告げた。

「君たち、小声で話すのよ。夜は声が遠くまで響くんだからね」

聖ジョーンズ教会で孤独な一日を送ることになるのは分かっていたけれど、そんなの気にもならなかった。到着してから、一時間ぐらい仮眠を取った。そのせいか身体が硬直して、あちこちに痛みを感じた。ようやく力を取り戻し、わたしは偵察を再び開始した。

これといって通りの様子に変化はなかった。トラックは次の家へと移動して、小さいグランドピアノを積み込むと、その次の家で二枚の絨毯とドレッサーを収集した。トラックは丘の下へと降りてしまい、坂の上から転がり落とすというわたしたちの計画は実現不可能となった。別の作戦をひねり出さなければならない。

午前九時半、ハーベイ少佐が家から出てきた。すでに迎えのレンジローバーは到着している。彼が車の後部座席に乗り込むと、レンジローバーはUターンして走り去った。見本市会場にでも向かったのだろうか。もしかしたら、今日、彼の尋問を受けるのはわたしのパパやママかもしれない。

午後四時になって少佐が帰ってきた。車を降りて家に入る時、ドライバーも一緒に降りてきた。そのドライバーは別の家に姿を消し、レンジローバーに通りに残されたままになった。午後一〇時、偵察を切り上げ、暗闇の中を一人で撤退しようとした時も、車は同じ場所に止まったままだった。

番兵の行動パターンはあいかわらず規則正しかった……、夕食の準備の匂いに思わずよだれが垂れそうになったな……、そんなことを考えているうちに、わたしに一つのアイデアがひらめいた。真夜中に寒い思いをしながら、家の後ろでしゃがんで過ごしたあの時間は無駄ではなかったのだ。

家に帰ると、みんなはわたしを囲んでぶつぶつ不平を言った。でも内心は、後ろめたさがあったんじゃないかな。わたしは疲れていて、いちいち反論する気になれなかった。その後、わたしはアイデアを話した。みんなは意外にもすんなりと話に乗ってきた。まるで昨日の夜の再現シーンを見ているようだ。とにかく、行動を起こしたくてうずうずしていたに違いない。そのためなら、どんなわずかなチャンスにも食いつくって感じだった。

わたしのアイデアは、わが家の居間に設置されていたガスヒーターの記憶と結びついていた。子どもの頃から、わたしは自分でヒーターを点けていた。ガス栓を開けて、うまく火が点かなかったらすぐに栓を閉める。ほんの数秒でも栓を開けたままにしてマッチを擦ったら、その瞬間に顔が吹き飛ぶことになるから。ガスが漏れ出すスピードは、想像以上に早いのだ。かりに三、四台のヒーターのガス栓を開けっ放しにして三〇分間放置したとしたら、そして、そこでマッチを擦ったとしたら、どれだけの効果がもたらされるのだろう？　大爆発が起こるに決まっている。それこそがわたしの狙いだった。わたしが望んでいたのは、サン・アンドレアス断層の地震を気のせいだと思わせるくらいの大爆発を引き起こすことだった。

ガスヒーターの大爆発、それが計画のメインイベントだ。派手に聞こえるけれど、それだけに用意周到で綿密な計画を組み立てる必要があった。前夜の攻撃が失敗したのは、時間をかけて計画を練らなかったことが一因だ。成り行きまかせにやって、成功するはずがない。

わたしたちはこれまでの成功と失敗の経験を生かして、厳密な進行表を作成した。目的地までは、それぞれ五台の自転車を調達して、それに乗っていくことに決めた。もしもの時、より早くアレクサンダーさんのガレージに行けるようにするためだ。

ただし、わたしたちにはクリアすべき大問題が残されていた。つまり、どうやってガスに点火するかということだ。わたしたちがタンクローリーで橋を吹き飛ばした時のように、可燃性の液体を導火線代わりに地面に引くことも考えられた。でも、それこそが計画の最大の弱点になりかねないと、わたしは危惧した。

「番兵たちが、その臭いに気づくかもしれない」ホーマーが言った。「寒い夜だから窓は閉め切ってるだろうけど、だからって、臭いそのものが消えてなくなるわけじゃないからな。それだけでも充分に危険ってことだ。でも、まあ、自爆なんて最悪なことになるよりはマシか」

この難題を解決したのはリーだった。彼は黙ったまま三〇分ぐらい座っていたけれど、突然、跳び上がり、そのことでわたしたちを驚かせた。「分かった！　これだ！」なんて叫びはしなかったけれど、彼の顔はそれくらい自信に溢れていた。

「どこでもいい、空き家に侵入するんだ」リーが指令を出した。「それから、トースターを調達してくること。それに、電気タイマーも忘れずに頼むよ。一人一台をノルマにしよう。質問はとりあえずなしにしてくれないかい。時間がないからね。大急ぎで取りかかれば、今晩中にケリがつくはずさ」

「ついでに、自転車も手に入れてくるんだぜ」

わたしたちが疲れた身体を再び奮い起こそうとした時、ホーマーがそうつけ足した。わたしは貴重な睡眠時間を奪われることになったけれど、身体のほうが自然に動き出していた。

わたしはフィと一緒に出かけた。わずかな自信を頼りに、わたしたちは町中を駆けずりまわった。あの「気取り屋たち」の丘とバーカー通りにあるショッピングセンターの他に、毎晩明かりの見える場所が二ヵ所あった。そこでは兵士たちが暮らしているはずで、できるだけ近づかないようにしていた。けれど、他の場所には真っ暗な通りと静かな空き家があるばかりで、すっかり見捨てられた町と化していた。パトロール兵の姿すら見かけない。兵士たちは、ウィラウィーを完全に支配下に置いたと思っているのかもしれないな。たぶん、わたしたち以外の全員を捕らえたと。

「もし今夜」わたしは考えると背筋がゾッとしてきた。「うまく計画をやりとげたら、ウィラウィーにこのまま居座るのは危険よね」

フィとわたしは四軒の家に忍び込んで、四つのトースターをあっけなく手に入れた。けれど、タイマーはなかなか見当たらなかった。最後に侵入した家で、ようやくわたしたちは当たりくじを引き当てた。ラジエターをコントロールするために、すべての部屋にタイマーがあったのだ。きっとその家には、几帳面な人が住んでいたに違いない。

こうして午前二時頃までには、みんな小さな戦利品を持ち、自転車を押しながら家に帰ってきた。ロビンは、みんなが欲しがっていた空気ポンプを仕入れていた。だって、タイヤのほとんどがペシャンコだったから。リーはタイマーを見つけられなかったけれど、フィとわたしが余分に持ち帰っていたので問題なかった。

リーはペンチを手にすると、自ら実演しながら仕掛けの内容を説明していた。とてもシンプルで、スマートなやり方だ。おまけに、失敗する可能性も低いだろう。

タイマーとトースターを使って発火させる。そのリーの考えにわたしたちが感心している間も、彼は一つ一つのトースターのフィラメントをペンチで切って、タイマーをセットする方法をわたしたちに練習させた。

時刻は三時、いよいよ出発の時間だ。わたしたちは時計の時間を合わせると、身のまわりの荷物をリュックに詰め込み、背負った。今度は、自分の荷物も一緒に持っていくことにした。少しでも早く逃走できるようにするためだ。

わたしたちはそれぞれ前の晩と同じ家を目指した。わたしはフィ家の隣家を、ロビンはその隣の、同じように事務所として使われている家を担当した。リーは、本部であることが明らかなバーゲス医師の家を担当した。向かい側には、たくさんの士官たちが眠る、大きくて新しいレンガ造りの家があり、ホーマーはその家をターゲットに選んだ。

トラックのブレーキを操作する必要がなくなったフィは、攻撃部隊の一員に復帰した。彼女は勇敢にも自分の家を受け持つと申し出たけれど、わたしたちに説得されて丘のてっぺんにある家へと向かった。人の出入りの激しい家だ。彼女の家が爆風で被害を受ける可能性は、もちろんフィも承知していた。

わたしは昨晩と同じルートでターゲットに近づいた。レンガのフェンスを乗り越えると、堆肥の山を踏み越えた。手にはトースターを持ち、タイマーを入れたポケットはパンパンに膨らんでいる。もう一方のポケットには懐中電灯が入っていた。午前四時までには、各自、自分の持ち場についていなければならない。それでも、ゆっくりと慎重に動けるだけの時間は充分にあった。

でも……、周囲を警戒しながら、たえず自分の動きをコントロールし続けるのはうんざりだった。五分もかけて六歩進んだ後ついに冷静さを失ってしまったわたしは、一気に一〇メートル以上前進し、レモンの木の背後に隠れた。そんな風に大胆に振る舞うことで、少しは気がまぎれるだろうなんて思ったのだ。

だけど、それはほとんど自殺行為だった。わたしが木の陰から、次の一歩を踏み出そうとした瞬間、木の枝を踏み折る音がした。恐ろしい誰かの足音。わたしは前進するのをためらい、その場にうずくまった。思った通り、その後すぐに一筋の光線が庭をすばやく照らした。光線は静かに、木々の間を動いている。

わたしはさらに身を低くして、眼だけを上に向けたまま、銃弾がわたしのことを引き裂きにくるんじゃないかと身構えていた。死ぬ前に、銃弾の音は聞こえるのかな？　わたしはふと考えた。それとも銃弾が飛んできたと思った瞬間、音も聞こえないまま死んでしまうのかな。

わたしは無理やり眼を開くと、首をひねって後ろの様子を探った。真後ろで、ライフルを構えた番兵がわたしを見下ろしてるかも……、そんなシーンまで想像しながら。けれど、実際には、闇を探る懐中電灯の光線だけしか見えなかった。光は、はるか向こうのバラの茂みを照らしていた。しばらくして、明かりは消えた。

自分の軽率な行動のせいで、わたしはまずい状況に立ったのだ。これから午前四時までの間、どう動いても番兵に足音を聞かれる恐れがつきまとう。かといって、このままじっとしていても家まで近づけない。とにかく、時間に余裕はない。わたしは迷ったあげく、まずは番兵の姿が確認できる位置まで進み、それから次の戦術を考えることにした。

最大限の注意を払いながら、わたしは動き始めた。脅されたギニアブタのようにしばらく身体を丸めていたせいで、こわばった身体のあちこちに激痛が走る。もし捕まったら、トースターのことをどう言い訳しよう？　ふとそんな考えが浮かんで、皮肉な笑いがこみ上げた。

「急に、どうしてもトーストを食べたくなって、それで、コンセントを探してるんです」

わたしは一歩一歩這うように進み続け、ようやく番兵の姿が見える位置にたどり着いた。番兵は——暗すぎて男女の区別は分からないが、闇に眼を凝らし、聞き耳を立てている様子だった。番兵が一人だということが、唯一の救いだった。

時計をのぞき込んでみたものの、暗すぎて文字盤を読み取ることができない。わたしたちが午前四時を選んだのは、番兵が交替する時刻だったからだ。それなのに、わたしは今、肝心の時間が分からなかった。こうなったら見張りを引き継ぎにやってくる新しい番兵の足音で、時間を推測するしかない。

見張りの交替はちょっとした儀式で、何度も見ていたわたしにはその全体が手に取るように分かっていた。新しい番兵たちは通りを行進しながら登ってくる。彼らがバーゲス医師の家の前で立ち止まると、リーダーらしい兵士が笛を吹く。それを合図に、見張りを終えた番兵がそれぞれの持ち場から集まり、その場で報告をするのだ。彼らが一列になって家路につくのと同時に、新たな番兵たちがそれぞれの持ち場へと向かう。それは数分間の出来事にすぎなかったけれど、わたしたちの命運はそのわずかな時間にかかっていた。

眼の前の番兵――どうやら女性みたいだ――に笛の音が聞こえれば、そばにいるわたしにも聞こえるはず。わたしは凍りついたようにじっとして、時が来るのを待った。恐ろしくゆっくりと時間が経ち、ようやく通りから行進の足音が聞こえてきた。女性の番兵は突然、警戒を緩め、すばやく医師の家の方向に移動した。

家の角に立ち止まった女性兵は、そこで笛が鳴るのを待っていた。もちろん、笛が聞こえるまでは、通りに出ていくわけにはいかない。でも、彼女はその合図を心待ちにしているようだった。この瞬間、すべての家の番兵たちが、自由を待ち望んで浮き足立っていたに違いない。真夜中に退屈な任務を四時間も行うことは、そんなドラマも生んでいたのだ。

やがて笛の合図が響き渡り、番兵はこちらを振り返ることもなく立ち去った。今だ。わたしはすばやく立ち上がると、勝手口へと急いだ。番兵たちの悲劇が始まろうとしていた。

わたしが最も恐れていたことは、ドアの状態だった。もしドアに鍵がかかっていたら、それぞれが自分の判断で行動するという取り決めになっていた。あきらめるのか、それともジャンパーで手をくるんで窓を叩き割るのか、それぞれが判断しようと。

フィは、おそらく勝手口のドアに鍵はかかっていないはずと言っていた。ターナー通りの元住人はセキュリティに対する意識がとても高いため、普段から戸締まりは厳重だったらしい。となると、敵がこの丘に侵入してきた時、ドアの鍵を壊さなければならなかったに違いない。だからその後、ドアの修理がされていなければ、鍵をかけようにもかけられない状態だと推測したのだ。

フィの説明がとても論理的だったから、わたしたちはそれを信頼した。わたしがドアのノブをまわしそっと押すと、ドアそのものが倒れ落ちそうになった。この家に侵入した時、兵士たちはドアを蹴り倒しでもしたんだろう。その後は修理などせず、枠にドアをはめ込んでいただけなんだ。

「フィ、見事な推理だわ」

みんなもうまく侵入できますように。わたしは思わず口元に笑いを浮かべてそう願った。

家の中はとても暗く、懐中電灯を使わずにはいられなかった。わたしはポケットから取り出すと、レンズの部分を手で覆いながらスイッチを入れた。ほの暗い薄桃色の光の中に、ブーツの山が浮かぶ。ここが勝手口に違いない。眼の前には、フィが描いてくれた見取り図通りの光景が広がっていた。

わたしは真っすぐに台所へと急いだ。やがて、懐中電灯のかすかな光の向こうにストーブが現れた。だけど、一目見て、わたしはがっかりした。それが、電気ストーブだったからだ。わたしはさらに探しまわらなくてはならなかった。もう、時間がないのに！

次はダイニングルームだ。そこに足を踏み入れたとたん、全身の毛穴から汗が噴き出すような感じがした。やっと望んでいたものを発見したのだ。そう、ガスヒーター。わたしはタイマー、さらにトースターをセットし、ガス栓を全開にした。

タイマーの時間設定はあらかじめ済ませていた。なんらかの事情で時間をセットする余裕がなくなるかもしれないから、だいたいの時間をみんなで決めていたのだ。タイマーを微調整する時間の余裕があるのかも分からなかった。いや本音を言えば、怖くて仕方なくて、そんな心配をする余裕もなかったのだ。

それでも、トースターのフィラメントだけは念入りにチェックした。切断されたフィラメントの両端が着かず離れずのちょうどいい間隔でなければ、火花が散ることもなく、すべての計画が台無しになってしまうからだ。

ガスが部屋の中に充満してきて、わたしはそれを吸い込まないように気をつけた。ひどい臭いが立ち込める。ガスが噴き出す勢いは想像以上にすさまじかった。わたしはフィラメントの両端をできる限り近づけ、そっと床に置くと大急ぎで居間へと走った。そこにも、別のガスヒーターがあった。当たり！　すぐさま栓をひねって開けた。

遊戯室を調べる時間はあるだろうか？　それから勉強部屋を調べる時間はどう？　大丈夫、とにかく行ってみよう。

遊戯室があった。足を踏み入れると、手で懐中電灯を覆いながらすばやくあたりを探ってみる。よし。三台目のヒーターが見つかった。ガス栓を開け、わたしは猛ダッシュでの勝手口のドアに向かった。死にもの狂いで走った。

そろそろ新たな番兵が持ち場についているはずだ。再び恐怖心がこみ上げた。すでに勝手口までガスの臭いが漂っている。その広がりの早さには驚くしかなかった。

わたしはドアに近づいて、すはやく外の様子を探った。じっくり時間をかけている余裕はない。再びドアをはめ込むと、身を隠せる場所へと急いだ。ザクザク、ザクザク。建物の脇から、番兵が砂利を踏みしめる足音が近づいてきた。

わずかな葉と花が残る茂みに向かって、わたしはフットボールの選手みたいに飛び込んだ。またしても膝を石にぶつけたようだ。かわいそうなわたしの膝。痛さのあまり、口にこぶしを押し込んだ。そして涙で視界がはっきりしないまま、その場にうつ伏せた。頭上の茂みがとても甘く、いい香りを放っていることに気づく。こんな緊急事態に、そんなことが気になるなんて！　狂ってるとしか思えない！

しばらくその場にじっとしていたけれど、撤退を急いだほうがいいのは明らかだった。タイマーの時間をきっちりと調整していなかったから、予定よりもずっと早く、この家全体が吹き飛んでしまうかもしれない。茂みから這い出したわたしは、それでも気が遠くなるくらいゆっくりと庭を横切って後方のフェンスへと向かった。一〇分ぐらいでたどり着いたけれど、いつ爆発が起こるか気が気ではなかった。まるで五キロを完走した後のように、顔から汗が滴り落ちる。タイマーのスイッチが入り、電流が急激にトースターへと流れ込む。すると、切断されたフィラメントの一方の端からもう片方の端へと火花が散って、充満したガスに引火。その瞬間にドカーンと大爆発ってわけだ。わたしは歩きながら、そのプロセスを何度も思い描いた。

堆肥の山を越え、痛い膝を無視して、フェンスをよじ登った。敷地の外に出ると、足を引きずりながら通りを走り、真っすぐに自転車を置いてある場所を目指した。目の前に、フィの姿があった。わたしはうれしさを抑えられなかった。

「あなた、何やってんのよ？」わたしはわざと非難めいた口調で言った。だけど、思わず笑みがこぼれる。「こんなところで待ってるなんて、危ないじゃない」

「分かってたけど」フィは言った。「でも、一人で逃げるの怖かったから」

彼女の完璧に白い歯が、汚れた顔の奥で輝いていた。

わたしはそれ以上何も言わずに、自転車に乗ると出発した。走り出した直後、後ろから物音が近づいてきた。祈るような気持ちで振り返ると、息を切らせたリーが自転車を押してだんだん近づいてきた。

「さあ、行こうよ」彼は言った。

「映画みたいな台詞ね」わたしは小声で返した。

リーは一瞬戸惑った顔をし、それから思い出したように微笑んで自転車にまたがった。数秒もたたないうち、彼はわたしの五メートル先を走っていた。彼に追いつこうと、フィとわたしは必死にペダルを漕いだ。

アレクサンダー夫人の家に着くまでに、ずいぶん時間がかかった。かなり遠まわりをしなくてはならず、しかも、そのほとんどが上り坂だったからだ。でも、わたしたちは胸を撫で下ろした。自転車を降りた時、わたしたちが逃げてきた反対側の丘が、一面火の海と化していたからだ。火山の噴火なんか見たことはない。でもこんな感じなんだろうと思いながら、わたしはその光景を見つめていた。

プシューという空気が抜けるような音がし、続いて火柱が花火みたいに空に突き刺さった。その直後、雷が落ちたような轟音が響いたかと思うと、さらに二度、噴火が起こった。家の形は確認できなかったけれど、屋根が空高く舞い上がり、粉々になっていくのが見えた。次の瞬間、周囲の木々が激しく燃え上がった。

「何もかも、なくなっちゃえ」

フィが何かに取り憑かれたように言った。そんなに激しい言葉を、彼女の口から聞いたことは一度もなかった。

うなるような炎の音がわたしたちがいる丘の上まで聞こえてきた。爆発で生じたエネルギーが巨大な風の壁をつくり、庭の木々や植物をなぎ倒す。わたしたちも吹き飛ばされそうになった。小さな黒い影が眼の前をピッと音を立てて通りすぎた。爆発に驚いた鳥たちが、逃げ惑っていたのだ。

ウィラウィーの町の片側が次第に赤々と照らされた。空が真っ赤に染まり、焼け焦げたような臭いが漂い始めた。

「急げ」リーが言った。「車の準備だ」

わたしたちはガレージに駆け込んだ。今回は懐中電灯を持っていたから、暗闇にてこずることはなかった。以前ここに来た時、手探りでマッチを探しまわりながら、とても危険な思いをしたのをまだ忘れてはいなかった。

「ロビンやホーマーが無事だといいんだけど」わたしは言った。

それ以上話している時間はなかった。わたしはすぐそばにある車のドアを開け放ち、運転席に乗り込むと、キーを回した。エンジンが気だるそうな音を上げた。

「マズイわ」わたしは言った。「バッテリーが上がってる」

リーが別の小型トラックの運転席に頭を突っ込むと、エンジンをかけた。けれど結果は同じだった。その時、ロビンがガレージに飛び込んできた。息を切らし、眼を爛々と輝かせている。

「みんな揃ってる?」彼女は聞いた。

「ホーマーがいないわ。それに、車のエンジンがどうしてもかからないの」

わたしはもう一度、最初の車のエンジンをかけてみたけれど、エンジン音はますます弱まり、ついにはかすかなささやき声のようになってしまった。

「自転車を使うしかないみたいね」わたしはリーに言った。

わたしたちはガレージの外に出て、小屋の背後からまた自転車を引っぱり出した。丘の上で怒り狂う炎に見とれて、わたしはしばらく呆然と立ち尽くした。その頃には、ウィラウィーの町全体が眼を覚まし、たくさんの車のヘッドライトがターナー通りを目指していた。見本市会場からは二台の消防車が飛び出すのが見えた。

「僕たち、かなり有利になったんじゃないかな」リーが言った。「もし、たくさんの士官を葬っていたら、攻撃を指揮できるような利口なやつが残ってないはずだからさ」

わたしはうなずいた。「この隙を利用しない手はないわね。ところでホーマーのこと、どうする？　メモでも残していく？」

「わたしがホーマーを待つわ」ロビンは言った。

「だめよ、ロビン。危険すぎるわ。お願いだから、そんなことしないで」

その時だ。わたしたち四人はみんな、闇から聞こえる声によって救われた。

「誰かトーストはいらないか？」

ホーマーだった。

「さあ、自転車で出発よ」わたしはすぐさま言った。「車は二台ともダメみたいなんだ。フィはどこ？」

「ここにいるわ」フィのか細い声が聞こえた。

「さあ、出発よ。五人の戦士諸君」

CHAPTER 17

夜明けの訪れは早かった。

忠実なランドローバーまでは、まだかなりの距離が残っている。予定変更だ。中央通りから外れたわたしたちは、すぐ近くのマッケンジー家の敷地へ自転車で乗り込んだ。

そこを訪れたのは、ジェット機が家を爆撃したのを目撃して以来のことだった。あれから、もう長い時間が過ぎていた。冷たく、哀しい夜明けの光を受けた爆撃の跡を見たおかげだろうか。わたしは、ターナー通りを爆破したことについて少しは気が楽になった。邸宅の持ち主には悪いけれど、これまでの攻撃とは比べものにならないくらい、敵に大きなダメージを与えたに違いない。

やつらには当然の報いだ。だってマッケンジー家の生活を滅茶苦茶にしたんだから。家を爆撃しただけじゃない、娘まで撃ったのだ。そう、撃たれたのはわたしの大親友コリー……。

みんなはすぐさま毛刈り人の小屋に向かったけれど、わたしはしばらく家があった場所をうろついていた。すでに雑草がちらほら顔をのぞかせ、根を張っている。わたしは突然、怒りを感じて雑草を引っこ抜いた。すぐに小さな後悔が押し寄せる。雑草だって生きてるのにと。

すべてが残骸となっていた。ダメージを受けなかったものなどあるはずもなかった。陶器という陶器は粉々に割れ、鍋はグニャグニャに歪んでいた。柱はすべて折れ、破片があちこちに散らばっている。期待していたわけではなかったけれど、わたしは何か戦禍を逃れたものがないかと探しまわった。こんなちっこいテディベアのアルビンでさえ、ハーベイズ・ヒーローでの大量虐殺を生き延びたぐらいだもの。

あきらめて立ち去ろうとした時、わたしの眼に何かが飛び込んできた。銀色に輝くものが、レンガの下から突き出している。それは、薄くて鋭いペーパーナイフだった。わたしはそれをポケットにしまった。いつかまた、これを使う日が来るかもしれない。もちろん、武器の一つとして。手紙を開けるためになんて、これっぽっちも思わなかった。でもいつの日か、このナイフを持ち主に返せればいい、そう本気で祈った。

「エリー、大変よ」叫び声が聞こえた。

わたしは驚いて顔を上げた。ロビンが毛刈り人の小屋から手を振っている。

「飛行機が！」彼女は叫んだ。

ほぼ同時に、遠くから低くうなるような音が聞こえてきた。よく注意していないと気づかないくらいの小さな音。飛行機の音を確認したとたん、疲れ切った体内にアドレナリンがどっと放出された。疲れが一気に吹き飛んで、わたしは自転車のほうへと駆け出した。途中でレンガにつまずき、またしても膝に鋭い痛みが走る。

痛みを無視して走り続け、わたしはなんとか自転車にたどり着いた。だけど、このまま自転車で小屋に向かえば、飛行機にみんながいる小屋の存在を気づかせてしまいかねない。かといって、他に隠れる場所もない。結局、わたしは狂ったように自転車をこいで大急ぎで小屋に飛び込んだ。

すぐにみんながわたしをつかんで古い小屋の中へと引っぱり込んだ。わたしは息を切らしながら、床の上にうつ伏せになった。飛行機の轟音が頭上を掃くように通りすぎる。ホコリの中に顔を埋めたまま、わたしは見つかってないだろうか、飛行機は引き返してこないだろうかと不安になった。飛行機が、それ自身の眼や心を持つ邪悪な生き物に思えて仕方なかった。コックピットで操縦している人の姿など、もはや思い描く余裕もない。

飛行機の轟音が遠ざかると、わたしはロビンの手を借りて立ち上がった。それは恐ろしい一日の幕開けだった。わたしたちは自分たちが成し遂げたことに誇りを感じてはいたけれど、同時に恐怖も強く感じるようになっていた。人的にも物的にも、わたしたちが敵に与えたダメージは想像以上に大きく、そして、重大なものだったようだ。そのことが少しずつ分かり始めた。

飛行機やヘリコプターが絶え間なく上空を飛びまわり始めた。終わりのない轟音が、怒り狂ったチェーンソーのようにわたしの脳を引っかきまわす。あげくの果てには、その轟音がわたしの頭の中にあるのか、上空で響いているのか、区別がつかなくなった。

二、三時間後、わたしたちは小屋を離れることにした。自転車を隠し、木々の間に身を潜めながら丘の上へと向かった。濃い茂みに包まれるまで、いつ敵に見つかるかと不安で仕方がなかった。ホーマーが持ってきたビスケット一袋以外に、わたしたちに食糧はない。けれど、開けた場所で銃弾を食らうぐらいなら、飢え死にしたほうがマシってもの。

茂みに身を隠しているうちに気持ちが落ち着いてきて、わたしたちは自分がどんな風に攻撃をしかけたのか、その状況を互いに話せるようになった。お互いの報告を比較することで力が湧いてきたし、何より上空を飛びまわるやつらのうなり声を忘れることができた。最初にわたしが話し、次にロビンが報告した。彼女が受け持ったのは、わたしが攻撃した家の隣だった。

単なる事務所として使われていたらしく、それほど重視されていたとも思えない。それでも、彼女は中に侵入することができなかった。

「残念だけど、ドアに鍵がかかってたの」ロビンは説明を始めた。

「だから、番兵が四時になって立ち去るとすぐに、わたしは窓を割ったんだ。なるべく静かにって思ったんだけど、窓が高いところにあって難しかった。いろいろやってるうちに窓枠ごと家の中に落っこちて何かに激しくぶつかったみたい、その瞬間、ガシャーンって音が響いたわ。パニックになりかけたけど、時間があったし、結局侵入することに決めたの。

壁の配水管に足をのっけて登ったんだ。身体を伸ばして、必死に窓の下枠をつかもうとしたんだけど、今度は配水管のパイプが壊れちゃって。窓を壊した時よりもずっと大きな音がして、もうダメってすっかり怖じ気づいてしまったんだ。それで侵入を諦めたの。

冷静に考えたらたぶん侵入できたと思うけど、音がすごかったし、すっかり自分を見失ってたからね。パイプから水が溢れて、地面はビショビショだし、何もかもがわたしの邪魔をしてるって気がしたわ。

エリーの手助けをしようと隣の家に行こうとしたけど、そこへ戻ってきた番兵に挟まれる形になって。通りに脱出するだけで精一杯。つまり、わたしは何もしなかったってわけ、残念だけど。情けないわね」

リーが忍び込んだ家でも、同じようにドアに鍵がかかっていた。事務所用の家にだけ鍵をかけていたのかもしれない。けれど、リーの場合は慌てる必要がなかった。フィがその家のことをわが家のように熟知していて、前もって的確で詳細な情報を与えてくれていたからだ。

勝手口のドアに鍵がかかっているのが分かると、リーは真っすぐに石炭用倉庫へ向かった。地下の貯蔵庫から家の中に入れたのだ。

「そこにも鍵をつけようかってバーゲス医師《せんせい》は話してた」フィは得意気に話していた。「医師《せんせい》はすごく用心深い人だったもの。わたしのパパは、いつも言ってたわ。『だから、バーゲス医師《せんせい》の家は泥棒に入られないんだ』ってね」

結局、リーはガスストーブと三台のガスヒーターを見つけ、それらを総動員して大爆発を引き起こした。逃げる時に何かトラブルがなかったかわたしが尋ねると、彼は肩をすくめて頭上の木々を見上げて、「別に」と答えた。わたしはリーの様子に何か不安なものを感じた。どうして彼はわたしの眼を見なかったんだろう？　彼の手が、その長く優雅な音楽家の指が、また血に染まったのかもしれないと思い、わたしはとても恐ろしくなった。

ホーマーの場合、家に入るのに苦労しなかったものの、ガス器具はまったく見当たらなかった。仕方なくその場を立ち去り、彼は少し離れた場所に身を潜めて何が起こるのかを確かめようとしたらしい。

「こういうことするの、楽しんでない？」フィが言った。「あの橋を吹き飛ばした時だって、そんな風に見物してたでしょう」

「爆弾魔だもの」わたしは突っ込んだ。

「今度のやつは、橋の時なんかより、ずっとすさまじかったな」ホーマーが言った。「一つ爆発したかと思えば、次にはもっと大きな爆発だろ。あそこに爆薬を持ち込んでたんじゃないかって思うくらいだった。お前たちもあの衝撃波を味わうべきだったよ。まるで強風が突然、襲いかかってくるみたいな感じだ。おまけに、音もすごかったし。そう思ってたら、あちこちで爆発の第二幕の始まりときた。今朝の俺たちは信じられないくらい難しいことに挑戦して、それを見事にやり遂げたんだよ。ヒーローみたいな」

何かを破壊することが、誰かを殺すことが、立派なことを成し遂げたことになる。わたしはやっぱり違和感を覚えた。でも、何かを築き上げることに比べたら、壊すことって本当に簡単なんだ。

「フィ、君はどうやったんだい？」リーが聞いた。

「うん、ウサギが穴を掘って隠れるみたいにして、庭の中を進んだの」フィが言った。

「家に着くまでにすごく時間がかかってしまったわ。残り一メートルになった時、番兵の女性が居眠りしてるのに気づいたの。口笛吹いて歩けそうなくらい、ぐっすり眠ってた。わたし、少し心配になったわ。その時、四時まで残り一〇分しかなかったし、彼女、見張りの交替のことを忘れてるんじゃないかって思ったから。

だけど、アラーム付きの腕時計をしてたのね。近づいて彼女を起こさなくちゃと思った瞬間にアラームが鳴ったわ。合図の笛が聞こえたのは、その数分後。ふらふら立ち上がって、彼女向こうに行っちゃった。もしかしたら、お酒を飲んでたんじゃないかしら。だって、立ち上がった時に何かのビンをポケットに入れてたもの。

それから、わたしは急いで家に入ったわ。台所にガスストーブがあって、食堂にもヒーターがあったから、それに細工をしたのよ。だけど、とっても怖かったから、それ以上のことはなんにもできなかった。タイマーのチェックだってしなかったし、ただコンセントにつないだだけ。『どうか成功しますように』って祈ってから、家を出たの」

「わたしも似たようなものよ」わたしは告白した。結局、タイマーのチェックまでしたのはリーだけだったのだ。

「タイマーは結局うまくいったな」ホーマーが言った。「みんなでタイマーの時間をちゃんと合わせといた。それですべてが予定通りに進んだんだよ。実際、あそこの家はみんな、ほとんど同時に爆発した。たぶん、一つの爆発がまた他のやつを引き起こして。それにさっき言ったみたいに、爆薬なんかもあったんだろうしな」

わたしたちはひらすら茂みに待機していた。午後になってしばらくすると、地上パトロール隊がマッケンジー家の敷地にやってきた。彼らは二台の四駆――トヨタ車とジャッカルーに乗ってきた。ジャッカルーは演劇部の顧問カサール先生の車だった。先生がいつも自慢してたから、覚えていたのだ。

濃い茂みの中にいる限りは安全だと思いながらも、わたしたちの痕跡を嗅ぎつけられたら、彼らが支援部隊を呼び寄せたらと、怖くて仕方なかった。彼らが捜索する様子をわたしたちは集中して見つめた。少し前とは比べようにならないくらい、彼らは神経質になっていた。ライフルを手に構えたまま、小集団ごとに動きまわる。周囲を見まわす眼が不安に怯えていた。

わたしたちだけよ。わたしは叫びたかった。子どももしかいないの。そんなにビクビクしないで。

けれど、彼らにしてみれば、わたしたちは高度に訓練された破壊工作部隊に違いなかった。わたしの知る限り、わたしたちは実際にそうだった。いつの間にかそうなってしまっていた。わたしたちが捕まって、犯行のすべてが明らかになったら、わたしたちはとっくに殺されていたはず。死は、一言で片づけられる問題じゃない。死ぬのって、こうして呼吸をしたり、いろんなものを見たり、あれこれ考えたりすることのすべてが終わってしまうこと。わたしたちは、死んでたかもしれないんだ。

やがて、兵士たちは毛刈り人の小屋へ登った。彼らが接近する様子はどこか映画でも観ているようだった。互いをかばい合いながら小走りに前進し、ドアを蹴り破った。その様子を見ていると、わたしたちのこれまでの成功が、単なる幸運のように思えた。

彼らに比べれば、わたしたちはアマチュアでしかなかった。でも、アマチュアであることがかえって有利だったのかもしれない。わたしたちはたぶん彼らよりずっと想像力豊かに、柔軟に物事を考えることができた。傭兵である以上、誰かの命令なくしては何もできない彼らに対し、わたしたちは自分自身がボスだった。自分の望むように動くことができた。これって最大の利点だったのかもしれない。

わたしはいつしか、子どもの頃によく思い描いた世界をイメージしていた。それは、大人のいない世界。大人たちの影も形もない世界だ。そこでのわたしたち子どもは、やりたいように、自由気ままに振る舞っていた。車が必要になれば、ショールームからベンツを取ってくればよかったし、ガソリンが切れたら別の車に乗り換えた。わたしたちは靴下を履きかえるみたいに、次々に車を乗り換えていった。毎晩、違うマンションで眠り、ベッドのシーツを取り替えなければならなくなったら、新しい家へと移動した。まるでマッド・ハッターのティー・パーティーのような日々。パーティーの人々はテーブルからテーブルへと移り続け、カップや皿を洗うなんてことしない。まるで人生が一つの長いパーティーかのように。

それは、夢の中の物語だった。

だけど……、わたしは思った。もう一度、世界を大人に任せることができたら、どんなに幸せだろう。学校に戻って勉強したり、だらだらとテレビを見たり、コリーと長電話したり、生まれたばかりの羊の赤ちゃんにお乳をあげたり……、わたしはそんな「普通」の生活を望んでいるだけ。不安と責任なんてもうウンザリだ。これ以上、こんな怖い思いをしたくはない。妄想の中で、わたしたちが国を追われることはなかった。こそこそ隠れまわったり、人を殺したり、何かを破壊したりする必要もなかった。

兵士たちは小屋の捜索を切り上げると車へ戻った。この時にはずいぶんリラックスしているように見えた。彼らは手がかりを見つけられなかったように見えた。けれど、もしかしたら、それは彼らの仕掛けた罠なのかもしれない。今、わたしたちが近くに潜んでいることを知っていて、わたしたちを油断させておびき出すために、素知らぬ振りをしているだけなのかもしれない。仲間のみんなが同じことを考えていたかどうかは分からなかった。

午後ずっと、わたしたちはその場に座って木々の間から放牧地を眺めていた。誰も口を開かないし、眠りもしない。わたしたちは疲れ切っていた。骨の髄まで疲れ、眼が痛んだ。まるで一〇〇歳の老人になってしまったような感じだった。

日差しが弱まると、ウサギたちが巣穴から顔を出した。神経質そうに周囲の様子を探り、何歩か跳ね、夕方の食事を始めた。あまりの数に、わたしはまたショックを受けた。管理をする人が誰もいなくなって、このままだと土地が荒れ果ててしまう。植民者は土地の管理についてノウハウを持っているのだろうか。誰もいないくらいなら、植民者にでも管理してもらったほうがいい。わたしはそんなことすら考えた。

ウサギでそこら中いっぱいになった頃、わたしたちは話を再開した。その一日をなんとか生き抜くことができて、もう一晩ぐらいは無事でいられるだろうと思って、少しだけ安らかな気分だった。感情的になることもなく、静かに話した。

次に何をすべきか、どうやって危険を避けるか、どうすれば最良の結果を生み出せるか……、わたしたちは思い思いの発言をした。ヘルに戻る前にもっと物資を調達しておくべきだという点で、みんなの意見は一致していた。しばらくは町を動きまわれそうになく、物資を調達するのもこれが最後のチャンスかもしれない。だから食糧でも衣服でも、できるだけたくさん集めなければならなかった。少なくとも、ターナー通り襲撃の騒ぎが一段落しない限り、わたしたちはヘルから出てこられそうになかったから。

わたしたちには、まだ訪れていない場所があった。それは、ホーマーの家から南に五キロぐらい行ったところにある「タラ」と呼ばれる場所で、ラウントリー家が所有していた。わたしのママとパパは、ラウントリー夫妻のことを嫌っていた。夫妻は農作業よりも、パーティーにずっと熱心だったからだ。彼らは数年前から離婚調停に入っていた。彼らの土地は、わが家の三倍はあったけれど、すでにそこに植民者が住みついているとは思えなかった。あまりに町から離れすぎていたからだ。

午後一〇時になり、わたしたちは行動を開始した。自転車にまたがってわが家を目指して走り、とうとうわが忠実なるランドローバーに乗り換えた。他にもフォード車がいつでも動かせる状態だったけれど、わたしは迷わずお気に入りのランディを選んだ。咳払いをするように動き出し、そのエンジン音は相変わらず疲れた感じだったけれど、エンジンがかからないということはなかった。

わたしは道を知らなかったので、「タラ」に向けてのろのろと車を走らせた。管理人の家があって、もし時間があれば、後でそこもチェックしようと考えていた。放牧地を横切って近道をすれば、もっと早く到着できたのかもしれない。けれど、とても暗くて地面もぬかるんでいたので、その道は避けることにした。大きくて古いパイナップルの木が二列に立ち並ぶ間を、車で這うように進んだ。

目指す場所が目前に迫ったところで、リーとロビンが車を降りた。母家までの道を歩いて登り、そこに侵入者がいないかどうかを確かめた。二人が懐中電灯を振ってOKサインを送ってきたので、わたしは車で坂を登って玄関の前に駐車した。

こんな時でなければだけど、他人の家をのぞいてまわるのは、ある意味楽しいことだ。人々がどんな暮らしをして何を持っているか、部屋の配置がどうなってるのか、想像を膨らませるのが好きだったから。フィとわたしはしばらく捜索を楽しんでいた。大きくて黒光りするアンティークの家具がたくさん並んでいた。将来、プレミアがつきそうだ。そのうちに、兵士も家具運搬用トラックでここにやってくるだろう。

いや、当然のことながら、すでに兵士たちはここにも来ていたのだ。ヘル以外のすべての場所に、彼らは姿を現していた。寝室の引き出しはすべて開けられ、物があちこちに散乱している。居間にあるガラス窓のキャビネットは空っぽで、その一つはガラスが割られていた。オーディオ機器も略奪されたみたいだ。スピーカーだけがポツンと残され、プレイヤーの姿が見当たらなかったから。わが家のプレイヤーなんて見向きもされないけれど、ラウントリーさんのプレイヤーはきっと高級品だったはず。

わたしたちが探していた食糧は、食糧庫の中に残っていた。夢中になって探すと、六本の大きなサラミソーセージが見つかった。久しぶりに肉が食べられると思い、うれしかった。それから、ペプシ二箱、大量のチョコレート、それに空気の抜けた何袋かのチップスもあった。スープやサーモン以外、缶詰はほとんど残っていない。インスタントヌードル、スモークオイスターなども見つかった。全部かき集めれば、スーツケース二つをいっぱいにするくらいの量はあった。

わたしたちは他の部屋も急いで捜索し、服や寝袋をいくつか調達した。フィとわたしは、高価な化粧品や石鹸などをリュックにつめ込んだ。書斎から出てきたリーは、腕いっぱいにファンタジー小説を抱えていた。

出発する時間になり、わたしは運転席に飛び乗った。フィが助手席に座り、ホーマーとリーは後部座席に座った。ロビンは後方のラゲッジに身体を伸ばして入り込むと、わたしたちが「タラ」から拝借してきた毛布や服を使って、自分専用のベッドを作った。そのうちみんな眠ってしまうんだろうと、わたしは思った。

「当機はただ今より、ヘルに直行いたします」わたしは言った。「シートベルトをお締めくださいい。お煙草はご遠慮願います。飛行高度は路面より一メートル上方、最高飛行速度は時速四〇キロとなっております。予報では、ヘル地方の天候状態は小雨、気温は低いということです」

「温かいのは、リーのテントの中だけってことかよ。こいつのテントは、熱くてむんむんしてるからな」ホーマーが大声で言った。

「彼もそう願ってるでしょうね」フィがつけ加えた。

わたしは二人の子どもじみたやりとりを無視して、車の速度を上げた。わたしたちはまさに飛び立ったのだ。

しばらくしてホーマーがまた声を上げた。

「あそこに何か変なものがあるな」彼は言った。

「イヤなもの？　それとも楽しいもの？」

「変わったものだ」

わたしは少しスピードを落とし、ホーマーが指差す放牧地の向こうをのぞき込もうとした。けれど、さすがに運転しながらそうするのは難しかった。

「止まって見たい？」わたしは聞いた。

「いいや、行ってくれ」

「お願い、止まって！」ロビンが突然、叫んだ。おかしな声だった。まるで喉を絞められているかのようだ。

わたしはクラッチを踏んで、ブレーキをかけると、ランディをゆっくりと止めた。ロビンは後方のドアを開けて飛び出し、どこかへ走り出した。

「何があるの？」フィが聞いた。

「あそこだよ」ホーマーが言った。「堰堤《えんてい》の近くだ」

土を盛り上げて作った小さな堰堤の壁が見え、その中で水が光を反射してきらめいていた。

けれど、見えるのはそれだけだった。それでも左側、少し下のほうへ視線をずらすと、暗くて不自然な形が見えるような気がした。

その時だ。この世のものとは思えない、奇妙であやしい音が響き渡った。全身に鳥肌が立ち、すぐさま恐怖が駆けめぐる。頭がカッと熱くなる。まるで小さな虫が髪の毛の中を這いまわっているような感じ。

「どうしたの?」フィが言った。「なんなの?」

「ロビンの声さ」リーが言った。

それは、哀しみに暮れる声だった。わたしはランディから飛び降りると、車の後方にまわり込み、堰堤に向かって駆け出した。あと一五メートルと迫った時、ロビンの発する音につぶやきが混じっているのが聞こえてきた。

「あんまりよ」彼女は話し続けた。「あんまりよ。こんなのひどすぎるわ」

それは、わたしがこれまで聞いたことのない、空恐ろしい声だった。

ロビンのところに着いたら、わたしは彼女を抱きしめ、慰めてあげるつもりだった。他のみんなの足音も後ろから近づいてくる。

でも一番最初にロビンのそばに到着したわたしの眼に、彼女が見たのと同じものが飛び込んできて、彼女を抱きしめるどころではなくなった。わたしはその場に立ち尽くして、誰かに抱きしめてほしい、慰めてほしいと強く願った。

戦争が始まる前だって、わたしはたくさんの死を見てきた。農場で働いていると、誰もが死体に慣れっこになるのだ。もちろん気分が悪くなったり、怒りを覚えることもあった。生まれてすぐキツネに殺されたヤギ、カラスに眼をえぐり取られた羊……でも何度も見ているうちに人は死に慣れてくる。死んだ牛がお腹にガスをためて川に浮かんでいるシーンなんて、飽きるほど見てきた。伝染病にかかったウサギ、フェンスの網にからまったカンガルー、トラクターで轢かれてしまった亀なんかもそう。気味の悪い死、乾いた死、静かな死、痛みに溢れた死、それから露出した内臓にハエがたかり、ウジが湧いているのなんか、わたしの日常に溢れていたんだ。

飼っていた犬もそう。そのうちの一匹は毒物を食べ、痛みに耐え切れずに駐車していたトラックの側面に全速力で突進して首を折った。眼が見えず、耳も聞こえない老犬が、ある暑い日、堰堤に浮いてるのを見つけたこともある。身体を冷やそうと水の中に入り、そのまま溺れてしまったのだ。でも……。

でもクリスは、溺れたわけじゃない。彼の身体は、動物の死骸みたいに地面に放置されていた。誰にも気づかれずに、数週間そこに放っておかれたみたいに。彼の身体は、他の死骸と同じように、キツネや野生のネコ、あるいはカラスといったハイエナたちの餌食になっていた。

地面の痕跡が、クリスの死の物語を伝えていた。彼の身体は、転倒した小型トラックから一〇メートルほどのところに横たわっていた。彼の手が地面をえぐるようにしてつけた跡も、雨に流されずにそのまま残っていた。これらの跡によって、彼がどこに放り出されたのか、どのくらい這い進んだのか、わたしたちは想像することができた。力尽きた場所で横たわったまま、一日かそこら死ぬのをじっと待っていたのかもしれないクリス。

彼の顔はまだ空を見つめていた。空っぽの眼の穴が、もはや見ることのできない星を探しているようだった。口は動物が遠吠えするみたいに、開いたまま固まっていた。背中は激痛に苦しんだせいか、弧を描いて反っていた。

クリスのことだもの、何か地面に書き残してないだろうか？　わたしはそう思った。けれど、もし書き残してたって、もう読むことはできないかもしれない。誰にも理解できないメッセージを残したかもしれないなんて、最後までクリスらしいな。

この肉体から、この脳から、これまで素晴らしい言葉が紡ぎ出されたなんて、とても信じられなかった。腐臭を放つ屍が、かつてこのように書いたのだ。

「星たちは澄み切った空を愛する。星が輝いている」

隣ではロビンが、ひざまずいて泣きじゃくっていた。他のみんなは、まだわたしの背後にいた。仲間たちが何をしていたのか分からない。あまりの出来事に、身動き一つできずにいるのかもしれない。

わたしは大破した車を見た。何が起こったのか、簡単に分かった。それは四輪駆動のフォード車で、テイラーズ・ステッチに隠しておいたはずの車だ。フォード車は、堰堤の側面にある坂のところでひっくり返っていた。たぶん、転がるように坂の下に滑り落ちたんだろう。五、六本の酒ビンが地面に転がっていた。割れたビンや空の箱が、あちこちに散らばっている。ビンの何本かはまだ無事みたいだった。酒に酔って事故で死ぬなんて馬鹿みたい。わたしはそう思わずにはいられなかった。放牧地を抜けて近道をしようとした時、クリスを酒気検知機にかけたら、とんでもない数値がはじき出されたに違いない。

敵に大きなダメージを与えると、わたしたちは決まって仲間の誰かを失うようだ。だけど、クリスの死に関しては敵は無関係だった。言ってみれば、自爆だったし、わたしたちがターナー通りを攻撃するよりかなり以前にクリスは死んだのだ。クリスの死を引き起こしたもの、その一つはわたしたちが彼を一人きりでヘルに残したことだったろう。

わたしたちは何も言わず、しばらくそこに立ち尽くした。驚くべきことに、いち早く気を持ち直したのはロビンだった。彼女はランドローバーに戻ると、毛布を手に引き返してきた。一言も言葉はない。彼女はクリスの横で毛布を広げると、彼の身体を転がして毛布で包もうとした。その間もずっと彼女はしゃくりあげていた。呼吸をすることすら苦しそうで、作業はなかなか進まなかった。それでも、彼女は黙々と彼の身体を包み込んでいた。

わたしたちもようやく動き始めた。わたしたちはクリスの周囲に集まって、ロビンが最後の仕上げをするのを手伝った。クリスを毛布できちんと包み終わると、頭と足のところで毛布を内側にたくし込んだ。そして、フィに懐中電灯で足元を照らしてもらいながら、四人で毛布の四隅を持ってクリスをランディへと運んだ。車の後方に場所を作ると、彼をそこへ引きずり入れる。なるべく優しく扱おうとしたけれど、あちこちにぶつけてしまった。

どうしようもない疲労感がわたしたちを襲っていた。車に乗り込み、すぐに出発した。臭いがするので窓を開けた。誰も何も言えなかった。仲間の身体をどのように眠らせてあげるのか、話をすることすらできなかった。

EPILOGUE

もう一ヵ月近くヘルに閉じこもったまま。いや、正確には分からない。正直、わたしは時間の感覚を失ってしまったのだ。今日が何日なのか、いや、何曜日なのかも分からない。はっきりしているのは寒いってことだけ。

毎日のように飛行機やヘリコプターが頭上を飛びまわっている。彼らは、この山を疑い始めているのかもしれない。巨大なトンボのようなヘリコプターが前後にゆっくりと動きながら念入りに辺りを調べていた。わたしたちは見つからないように、一日中、隠れていなければならなかった。辛い日々が続いた。

あの夜、ウィラウィーの町にどれくらいのダメージを与えたんだろう。そう考えるのはスリリングでもあった。恐怖心と、不思議な興奮。

けれど、昨日、ホーマーに言われて、自分たちが一つだけ過ちを犯したかもしれないことに気づいた。受け持ちの家に向かっていた時、ターナー通りには一台も車が止まってなかったと彼は自信満々に話したのだ。つまりあの時、ハーベイ少佐はあの場にいなかったのかもしれないのだ。

わたしたちの本当のターゲットはハーベイだった。本気でやっつけたかった。やつは生きているのかもしれない。だけど、それを確かめる方法はない。

ラジオは続々と戦況を伝えていた。ほとんどの地域で事態は一進一退、泥沼化していた。わが国は領土を減らしたわけでも取り返したわけでもなかった。敵は田園地域の大部分を支配下においたらしく、一〇万人規模の植民者が新たに移住したとニュースは伝えた。

アメリカのニュースで、わが国のことに触れることはそんなにない。それでも、アメリカは経済的にも軍事的にもかなりの援助をし、ニュージーランドの活動をバックアップもしていた。

ニュージーランド人は勇敢な人たちだった。彼らは軍隊を上陸させ、三つの地域で激しい戦闘を展開していた。いくつか重要な地域を奪い返したようで、空軍基地があったニューウィントンはその一つだった。

この周辺で、彼らが主要な攻撃目標としている場所はコブラー湾だった。三日前の夜、たくさんの飛行機がそこへ向かう音を聞いた。リーとロビンの話では、どこか遠くのほうで爆撃音がしたらしい。翌朝テイラーズの崖に登ってみると、コブラー湾の方角に大量の煙が昇っているのが見えた。

そのうちに、わたしたちも活動を再開しなければならないだろう。そのことは憂鬱だけれど、他に選択肢はないのだ。状況はどんどん難しくなっていた。植民者の数が増え、警備も厳重になっている。そんな状況で、どれだけのダメージを与えられるというのだろう。

「僕たちがまた、ここを出ていくんであれば、コブラーを狙うべきだろうね」

昨日の夜、リーが言い出した。他のみんなは何も答えずに、うつむいたまま食事を続けていた。でも、みんな分かっていたんだ、そうなるって。鳥が一羽飛び立てば、瞬く間に空は白で埋め尽くされる。リーは、最初の鳥になっただけだ。

わたしたちの記録に、新たにつけ加えなくてはならないこと。それはクリスのことだ。わたしは彼のことを冷静に書く自信はなかった。クリスに対するわたしの感情は複雑に絡み合って、混乱していたから。

わたしたちは、彼を素敵な場所に埋葬してあげた。そこは大きな岩の間の窪みで、わたしたちのテントと、小川が茂みの中に流れ込む中間ぐらいの場所だった。一面に軟らかい緑の草が生えていて、まるで芝生のように見えた。でも軟らかいのは表面だけだった。地面の下は堅く、石だらけだった。結局、わたしたちが望むような穴を掘るのに三日もかかった。気乗りのしない作業で、もたもたしていたせいかもしれない。

夕暮れ時、クリスを土の中に安置すると、すぐに土をかけた。最悪の瞬間……、あのシーンを思い出すと今でも胸が苦しくなる。穴が完全に埋まると、わたしたちは数分間、その周りに立ち尽くした。どんな言葉をかけたらいいのかも分からないまま、やがてわたしたちはその場を去った。ホロウェイ谷に放り投げた若い兵士にできたことを、友達のためにはできなかった。そう、祈りを捧げ、「アーメン」の一言もかけてあげられなかったんだ。

でも今では、クリスのお墓にいつも花が一輪か、二輪供えられている。散歩に出かける時、誰かが花を持っていき、そこに置いてくるみたい。

〈世捨て人〉の死体も、このヘルのどこかに眠っているのだろうか。クリスのことを考えると、わたしはいつもそのことを考えてしまう。どこか似たもの同士の彼ら二人が、同じこの土地に眠っている。

さあ、冷静になんてなれないから、感じたままに書こう。

クリスは死んだ。彼がいなくなって淋しいし、あんな風に死んでしまって気の毒に思う。不公平だ。無駄死にもいいところだ。

他にも感じることがある。特に、罪悪感。わたしたちは彼を一人きりにしてしまった。一緒に行こうと誰も熱心に誘わなかったのだ。クリスが自分の殻に閉じこもってしまうと、わたしたちはたいてい諦めて、彼をそこから引っぱり出そうと努力しなかった。もっと積極的に、彼にかかわるべきだったのかもしれない。

感じたままに書けば、わたしの中には怒りの気持ちもあった。弱虫で、わたしたちと積極的にかかわろうとしてくれなかったクリスに対して。天才だったのかもしれないけれど、その才能で何かを成し遂げたことなんて、一度でもあっただろうか。

勇敢でなければならない。強くなければならない。決して弱気になってはいけない。わたしたちをパニックに引きずり込もうとする悪魔に打ち勝たなくてはいけない。

一歩一歩、少しでも前進し、どこまでももがき続けるんだ。後退することがあっても、きっと取り戻せる、そんな希望を捨ててはいけない。

――それこそが、わたしが学んできたことなんだ。

テントの左側、草の中で小さな音がする。たぶん、小さな夜行性の生き物たちが、わたしたちの食べ物を狙ってるんだろう。林や茂みにまぎれて、敵に見つからないよう念入りに周囲を確認しながら、生き残る道を探しまわるわたしたちと一緒だ。

ホーマーの寝息が聞こえる。フィが寝言で何かをつぶやいている。リーの寝返りの音が、ロビンの規則正しい寝息が聞こえる。わたしはこの四人の仲間を愛している。

わたしはクリスのことが好きになれなかった。だから余計に、彼にすまないと思うんだ。

著者

ジョン・マーズデン John MARSDEN

1950年メルボルン生まれ。シドニー大学で学び、さまざまな職業を転々とした後、28歳で教員生活へ。87年に処女作『So Much To Tell You』(邦訳「話すことがたくさんあるの…」)を発表、オーストラリア児童文学賞を受賞。小説、エッセイの執筆活動の他、若い小説家を育てるためのワークショップも開いている。

監修

菅 靖彦 すが・やすひこ

1947年岩手生まれ。翻訳家、セラピスト。日本トランスパーソナル学会副会長。人間の可能性の探求をテーマに著作、翻訳、講座を手がけている。主な著書に『自由に、創造的に生きる』(風雲舎)、訳書に『この世で一番の奇跡』、『この世で一番の贈り物』(共にオグ・マンディーノ、PHP研究所)、『子どもの話にどんな返事をしてますか?』(ハイム・G・ギノット、草思社)、『顔は口ほどに嘘をつく』(ポール・エクマン、河出書房新社)などがある。

訳

二見千尋 ふたみ・ちひろ

1967年宮崎生まれ。慶應義塾大学大学院博士課程単位取得満期退学。専門は近・現代倫理学。現在、大学・専門学校にて非常勤講師を務める傍ら、著述・翻訳活動を行う。著書に『倫理学案内』(共著、慶應義塾大学出版会)、字幕翻訳に『秋のミルク』(J・フィルスマイヤー監督)などがある。

Tomorrow
Stage 2 友の死

2007年2月13日　第1刷発行

著　者　ジョン・マーズデン
監　修　菅 靖彦
訳　二見千尋
発行者　坂井宏先
編　集　浅井四葉、小松大輔
発行所　株式会社ポプラ社
〒160-8565　東京都新宿区大京町22-1
【電　話】03-3357-2212（営業）03-3357-2305（編集）
0120-666-553（お客様相談室）
【ファックス】03-3359-2359（ご注文）
【振　替】00140-3-149271
【一般書編集局ホームページ】http://www.poplarbeech.com/
イラスト　サイトウユウスケ
ブックデザイン　守先 正
印刷・製本　凸版印刷株式会社

Japanese Text ©Yasuhiko Suga, Chihiro Futami 2007 Printed in Japan
N.D.C. 933　408ページ　20cm
ISBN978-4-591-09700-7

落丁・乱丁本は送料小社負担でお取り替えいたします。ご面倒でも小社お客様相談室宛にご連絡ください。受付時間は月～金曜日、9:00～18:00（ただし祝祭日は除く）。読者の皆様からのお便りをお待ちしております。頂いたお便りは編集局から著者にお渡しいたします。

ファンタジーからリアリティーへ――。
全豪のティーンエイジカルチャーを揺さぶった
サバイバルアクションシリーズ全7巻

Tomorrow

stage 3 爆破へのカウントダウン

敵の重要拠点である
コブラー湾への接近をはかり、
ついに若き戦士たちが行動を開始した！
ケビン救出、コンテナ船の大爆破、
味方軍との交信開始……。
しかし、憎むべきひとりの男が、
彼らの行く手を阻む。

2007年4月
発売予定